Sina Trelde

CASSIOPEIA 2

Sina Trelde lebt mit ihrer Familie und vielen Tieren in einem kleinen Ort in Westfalen. Nach einem Studium der Agrarwirtschaft übernahm sie den Hof ihres Großvaters, um dort eine biologische Landwirtschaft zu betreiben. Eine enge Verbindung hat Sina Trelde zu Pferden. Sie reitet gerne und bildet auch Jungpferde aus. Da sie oft im Stall sitzt und schreibt, erfindet sie besonders gerne Pferdegeschichten.

Sina Trelde

CASSIOPEIA 2

DAS GEHEIMNIS DER FRIESENPFERDE

you & ivi

Bücher für coole Mädchen.
www.piper.de/youandivi

Von Sina Trelde liegen im Piper Verlag vor:
Cassiopeia. Das magische Pferde-Casting
Cassiopeia 2. Das Geheimnis der Friesenpferde

FSC
www.fsc.org
MIX
Papier aus verantwortungsvollen Quellen
FSC® C014496

Originalausgabe
ISBN 978-3-492-70488-5

Umschlaggestaltung: zero-media.net, München
Umschlagabbildung: FinePic®, München
Satz: Satz für Satz, Wangen im Allgäu
Gesetzt aus der Dante
Druck und Bindung: GGP Media GmbH, Pößneck
Printed in Germany

1. Kapitel

Ein aufregendes Wiedersehen

»Okay. Die Pferde sind drin!«, rief Frau Schröder ihrem Sohn Linus und mir zu und schloss die Laderampe des Pferdeanhängers. Sie verriegelte die Klappe an der einen Seite, ich übernahm die andere. Dann warfen wir einen Blick durch das kleine Fenster des geräumigen Hängers. Linus' Stute Fairy und mein Wallach Merlin standen ruhig nebeneinander und knabberten gemeinsam an dem Heunetz, das vor ihren Köpfen hing. Sie wirkten ganz entspannt. Hänger fahren machte ihnen längst nichts mehr aus, auch wenn die Fahrt manchmal lang wurde.

Linus und ich nickten uns zu. Dann öffneten wir die hinteren Autotüren – Linus links, ich rechts – und krochen beide auf den Rücksitz.

»Will niemand von euch vorne sitzen?«, fragte Frau Schröder verwundert.

»Heute nicht«, antwortete Linus. »Juna und ich haben noch ein paar wichtige Sachen zu besprechen.«

Wir schnallten uns an und schauten gemeinsam auf die Einladung, die Linus aus seinem Rucksack geholt hatte.

»Ihr trefft euch doch jeden Tag«, wunderte sich Frau Schröder. »Gibt es irgendetwas, was ihr noch nicht besprochen habt?«

Linus und ich lachten. Seine Mutter hatte ja recht. Linus und ich waren die besten Freunde der Welt und wir waren tatsächlich jeden Tag zusammen. Wenn die Schule zu Ende war, trafen wir uns entweder am Gestüt meiner Eltern, wo Merlin stand, oder auf dem Lindenhof nebenan, der den Schröders gehörte und auf dem Linus' Fairy untergebracht war. Dann kümmerten wir uns zusammen um unsere Pferde. Manchmal gingen wir auf den großen Reitplatz, oder wir ritten aus. Dabei redeten wir über Gott und die Welt, über Pferde, über Beziehungen und immer wieder auch über die Gruppe Cassiopeia, mit der wir ein unglaublich aufregendes Abenteuer erlebt hatten. Die Gruppe hatten wir bei einem Casting für die Pferdeshow Cassiopeia kennengelernt, und gemeinsam hatten wir schwere Prüfungen bestehen müssen. Das hatte uns fest zusammengeschmiedet und wir hatten zuletzt eine großartige Show aufgeführt. Heute würden wir endlich alle aus der Gruppe wiedersehen: Henry und Madita, Emma und Samuel, und natürlich auch die Pferde Thessa, Filou, Duke und Smoky. Außerdem würden wir der Crew wieder begegnen, die uns bei der Cassiopeia-Show begleitet hatte: Jacob Cordes, Ilyas van Hees, Karina Demski und die muffelige Sheila Brown.

Der Gedanke, diesem Team bald wieder gegenüberzustehen, machte mir Herzklopfen. Besonders wenn ich an Jacob dachte, machte mein Herz undefinierbare Hüpfer, die sich eher nach Boxhieben gegen den Magen als nach Schmetterlingsflügelschlagen anfühlten.

»Hast du eigentlich noch etwas von Emma gehört?«, fragte ich Linus.

»Klar. Sie ist auf dem Weg«, entgegnete Linus und schaute verliebt auf sein Handy.

Linus und Emma hatten sich bei unserem letzten Abenteuer wahnsinnig ineinander verliebt. Das hatte mir erst furchtbar wehgetan, weil Linus doch eigentlich mein bester Freund war und ich mich erst an den Gedanken gewöhnen musste, ihn mit einem anderen Mädchen zu teilen. Aber da ich auch Emma sehr gerne mochte, hatte ich es schließlich akzeptiert. Daran war sicherlich auch Jacob nicht unschuldig, denn irgendwie hatte ich mich ein bisschen in ihn verliebt, obwohl er der komplizierteste Mensch war, den ich mir vorstellen konnte.

Linus drehte den Brief um, den er in den Händen hielt, und las den Text vor:

Lieber Linus,
unser Cassiopeia-Team trifft sich zu einem neuen Event, bei dem auch Du nicht fehlen darfst. Wir werden einen Trailer für die neue Show drehen. Anschließend haben wir für Euch einen sechstägigen Ausritt von Reiterhotel zu Reiterhotel geplant. Wir erwarten Dich am Montag, den 28. September um 15 Uhr in der Reitsportanlage Langenberg. Bitte bring auch Dein Pferd Fairy und Dein Reitzubehör mit. Wir freuen uns auf Dich.
Ilyas van Hees, Karina Demski, Jacob Cordes und Sheila Brown

Auch mein Wallach Merlin und ich hatten diese Einladung erhalten, nur dass sie eben an mich und Merlin gerichtet war.

Meine Eltern waren nicht sehr begeistert darüber, dass ich in den Herbstferien nicht bei ihnen blieb. Meine Mutter war Reitlehrerin an dem Gestüt, auf dem wir lebten, und in den

Ferien gab es immer viel zu tun. Aber ehrlich gesagt konnte ich es kaum abwarten, mich in ein neues Cassiopeia-Abenteuer zu stürzen.

»Kinder? Hört ihr mich?«, rief Frau Schröder nun ungeduldig. »Ihr müsst mir mal die Adresse sagen, sonst verfahre ich mich noch.«

»Reitsportanlage Langenberger See in Langenberg«, las Linus vor.

Seine Mutter tippte alles in das Navi. Dann wartete sie einen Augenblick.

»Zweieinhalb Stunden«, seufzte sie dann. »Das ist ja nicht gerade um die Ecke.«

»Wir haben es immer noch besser als Emma«, erinnerte Linus sie. »Die fährt bestimmt drei Stunden.«

»Sie haben das Treffen so gelegt, dass es für alle innerhalb von zwei bis drei Stunden zu erreichen ist«, sagte ich. »Henry kommt aus der Nähe von München, Emma kommt aus dem hohen Norden. Madita wohnt in Köln. Samuel kommt aus der Nähe von Dresden, oder?«, versuchte ich mich zu erinnern.

Linus nickte. »Und das Organisationsteam wohnt in der Nähe von Berlin, oder?«, überlegte er und sah mich nachdenklich an.

Ich nickte. Ja, Jacob wohnte im Umland von Berlin, das wusste ich. Aber wo genau er lebte, hatte er mir nicht gesagt.

Nach unserer letzten Cassiopeia-Aufführung hatte er mich liebevoll in den Arm genommen und ich hatte das Gefühl gehabt, dass ich ihm sehr viel bedeutete. Dann aber war er in der Versenkung verschwunden und hatte meine Mails, Anrufe und Handynachrichten unbeantwortet gelassen. Das hatte mir sehr wehgetan. Erst mit dem Brief des Cassiopeia-Teams hatte er sich gemeldet.

Wir haben lange nichts voneinander gehört. Ich freue mich sehr auf dich, hatte er überraschenderweise als handschriftliche Notiz unter dem Brief notiert. Als ob es an mir gelegen hätte, dass wir keinen Kontakt zueinander gehabt hatten. Trotzdem hatte mich dieser Satz umgehauen. Ich hatte ihn wieder und wieder gelesen. Vielleicht bedeutete ich Jacob ja doch etwas. Ich wagte es kaum, daran zu glauben.

»Freust du dich auf Emma?«, fragte ich Linus leise.

Der lachte und seine Augen strahlten. »Was für eine Frage. Ich kann es kaum erwarten sie wiederzusehen«, sagte er.

Emma und Linus hatten viel telefoniert, geskypt, Nachrichten geschrieben und was man sonst noch so macht, wenn man verliebt ist und in Kontakt bleiben will – zumindest, wenn man nicht so einen komplizierten Typen wie Jacob Cordes erwischt hatte.

»Linus, guck mal nach rechts, ob frei ist«, rief Frau Schröder Linus zu.

Linus und ich sahen uns um und blickten auf die Autobahnspur.

»Ist frei«, antworteten Linus und ich wie aus einem Munde.

Linus' Mutter setzte den Blinker und fuhr auf die Autobahn.

»Reitsportanlage Langenberger See, da war das Schild!«, rief Linus. »Es geht da hinten rechts ab!«

Seine Mutter blinkte und bog ab. Linus und ich schauten neugierig nach draußen. Hinter einigen Häusern wand sich eine Straße in ein Tal hinein, an dessen Ende wir eine tolle Reitanlage sahen.

»Das ist aber vornehm«, staunte Frau Schröder. »Hast du die neue Jeans eingepackt, die ich dir gekauft habe, Linus?«

Linus grinste. »Jeans? Ich habe sogar meinen Konfirmationsanzug und die Krawatte mitgenommen, falls wir einen schicken Cocktailabend machen.«

Jetzt war Frau Schröder so verblüfft, dass sie sich zu Linus umschaute und ihr Wagen einen leichten Schlenker machte.

»Hast du nicht, oder?«, fragte ich.

»Hab ich doch«, meinte Linus.

»Welche Farbe hat die Krawatte?«, fragte ich.

»Blau«, sagte Linus.

»Du lügst«, sagte ich. »Sie war grau.«

Jetzt lachten wir beide. War doch klar, dass wir nur Reitsachen dabeihatten. Nur für den unwahrscheinlichen Fall aller Fälle, dass ein Discoabend geplant war, hatte ich eine normale Jeans und ein schwarzes langärmliges T-Shirt mitgenommen.

Frau Schröder bog nun auf den großen Reiterhof ein und fuhr ihr Auto in eine große Parklücke vor dem Stall.

»Wow! Ein Round Pen. Und die Reithalle sieht ziemlich groß aus«, staunte sie.

»Das Hotel macht auch einen guten Eindruck«, meinte ich. »Schwimmbad, Sauna – alles, was man braucht.«

»Ihr sitzt doch sowieso den ganzen Tag auf euren Pferden«, seufzte Frau Schröder. »Euch braucht man doch nur ein Bett in den Pferdestall zu stellen.«

Und ehrlich gesagt hatte sie damit eigentlich recht.

Jetzt sah ich ein Mädel aus der Eingangstür des Hotels kommen. Lange dunkelbraune Haare mit ein paar gefärbten rötlichen Strähnen.

»Madita!«, riefen Linus und ich gleichzeitig.

Madita sah sich nach uns um. Ihre Haare flogen, ihr ganzer Körper lachte. Sie trommelte wie wild auf das Dach des Autos, bis Linus und ich die Autotüren aufrissen. Madita fiel mir um den Hals.

»Ich werde verrückt. Das ist Wahnsinn!«, rief sie. »Einer nach dem anderen kommt hier in diesem Kaff an. Ich kriege mich nicht mehr ein.« Sie drückte mir einen Knutscher auf die Wange. »Du wirst auch nicht dicker!«, sagte sie und gab mir einen Klaps auf den Po. Dann rannte sie zu Linus und küsste ihn ebenfalls. »Lass das aber nicht Emma sehen!«, sagte sie.

»Ist sie da?«, rief Linus und seine Augen leuchteten.

»Schon seit einer Stunde. Sie steht am Fenster und drückt sich die Nase platt«, grinste Madita.

»Oh«, machte Linus nur. Dann rannte er die Eingangstreppe des Hotels hoch.

Christel Schröder und ich starrten ihm nach.

»Soll ich die Pferde jetzt ganz alleine aus dem Hänger holen?«, rief sie hinter Linus her. Aber der reagierte gar nicht mehr.

»So ist das mit den Jungs«, erklärte Madita. »Wenn die ein Mädel in die Birne kriegen, sind sie nicht zu stoppen.«

»Na ja, er ist eben hin und weg von diesem Mädchen«, sagte Frau Schröder und sah nun etwas bekümmert zu mir herüber. »Sonst lässt er mich nie mit seiner Arbeit sitzen.«

Kaum hatte sie den Satz zu Ende gesagt, tauchte Linus schon wieder an der Tür auf, mit Emma an der Hand. Hinter den beiden waren Henry und Samuel zu sehen.

»Hi, Magermilchmädchen«, spottete Samuel und kam auf mich zu. »Schön, dich zu sehen!«

Magermilchmädchen – so hatte mich der blöde Fürst von Tannenberg genannt, als es mir im Sommer nicht gelungen war, das große, schwere Tor zum Innenhof seines Schlosses zu öffnen, in dem er eine Pferdeherde gefangen gehalten hatte.

»He, etwas mehr Respekt bitte!«, gab ich zurück. »Ich habe in der letzten Zeit täglich an meinem Bizeps gearbeitet.«

»Oh, das sehe ich!«, tat Samuel beeindruckt und drückte mir in meine dünnen Arme. Wir lachten und umarmten uns innig, dann reichte Samuel mich an Henry weiter, der mich ebenfalls fest an sich drückte. Auch Emma und ich lagen uns in den Armen. Es war schön, alle wiederzusehen.

»Die Crew ist auch schon da«, berichtete Henry. »Karina und Ilyas sind in der Hotellobby und bereiten unser Treffen vor. Sheila kommt erst zur Premiere und Jacob …«

Ich muss wohl ein gespanntes Gesicht aufgesetzt haben, denn ich merkte, dass Madita mich mit ihrem scharfen Blick musterte. Ihr war natürlich nicht entgangen, wie sehr ich mich auf ihn freute.

»Jacob ist natürlich im Stall«, fuhr Henry fort.

»Ah, toll«, sagte ich und bemühte mich um ein unbeteiligtes Gesicht. Ich war mir aber nicht sicher, ob es mir gelang, meine Gefühle zu verbergen.

Frau Schröder hatte in der Zwischenzeit die Laderampe des Hängers heruntergeklappt. Jetzt führte sie Merlin behutsam aus dem Hänger. Ich nahm ihn ihr ab.

»Danke, Christel«, sagte ich. »Wo ist der Stall?«

Madita zeigte auf die Stalltür und lächelte dabei.

»Er freut sich bestimmt«, raunte sie mir nach.

Als ich mit Merlin die Stallgasse betrat, hatte Jacob mir den Rücken zugedreht. Er war damit beschäftigt, Stroh in einer Box zu verteilen. So leise ich konnte – ganz leise ging es leider nicht, denn Merlins Hufe waren frisch beschlagen – schlich ich an Jacob heran.

»Da bist du ja endlich, Juna«, sagte er, ohne sich umzudrehen. Das war typisch für ihn. Er konnte mich mal wieder in seinem Rücken spüren.

»Woher weißt du, dass ich es bin?«, knurrte ich.

Jacob lachte. Ohne sich umzudrehen sagte er: »Das wäre ja wohl armselig, wenn ich dich nicht bemerken würde.«

»Aber spürst du auch, dass ich meine Haare cyanblau gefärbt habe?«, fragte ich.

Mit einem Ruck flog Jacobs Kopf zu mir herum.

»Reingelegt«, sagte ich.

Jacob lachte. Kleine Lachfalten umrandeten seine Augen.

»Natürlich hätte ich das gespürt«, behauptetet er. »Dann wären kleine blaue Pfeile durch mein Herz geschossen.«

Jetzt lachten wir beide. Jacob stellte die Heugabel an die Seite und kam auf mich zu.

»Willkommen, Juna!«, sagte er. »Ich freue mich schon auf dich.«

Seine Arme umschlangen mich. Ganz fest drückte er mich an seinen warmen und weichen Pullover. Ich hörte sein Herz schlagen. Seine innige Umarmung nahm mir fast den Atem. Dann fasste er mich an den Armen und schob mich ein Stück von sich fort. Wir schauten uns an. Seine Augen hatten diesen unglaublichen Glanz, dieses ungeheuerliche Strahlen, das mich immer so fasziniert hatte.

Nun fuhr er mir behutsam mit beiden Händen über das Gesicht, klemmte dabei meine Haare links und rechts hinter meine Ohren. Für einen Moment dachte ich, dass er mich küssen würde. Darum schloss ich kurz meine Augen. Aber er küsste mich nicht und so öffnete ich sie wieder und war einen Moment lang verwirrt. Noch immer schaute er mich an. Er lächelte jetzt und seine Daumen streichelten meine Wangen. Dann schob er mich von sich.

»Ich habe Merlins Box schon fertig gemacht«, sagte er. »Stell ihn hier rein, ja?«

Er nahm mir Merlins Strick aus der Hand und führte Merlin in die Box. Ich musste zugeben, dass ich irgendwie enttäuscht war. Überrascht, enttäuscht und auch verletzt. Was war zwischen uns? Wie passten dieses »Ich freue mich auf dich« und der liebevolle Blick mit dem geschäftsmäßigen »Stell dein Pferd hier rein« zusammen? Hatten wir jetzt eine Beziehung oder nicht? Liebte er mich eigentlich? Sein Verhalten irritierte mich.

»Jacob? Bist du hier?«, hörte ich nun Linus' Stimme.

Ich sah Jacob an, wie erleichtert er war, dass er nicht mehr mit mir alleine war.

»Ich bin hier, Linus«, rief er und trat aus Merlins Box. »Komm rein. Ich habe für Fairy die Box neben Filou fertig gemacht.«

»Gute Idee«, lachte Linus.

Filou war Emmas Pferd. Jacob hatte also daran gedacht, dass Emma und Linus gerne zusammen waren. Merlin dagegen hatte er zwischen Duke und Thessa gestellt, sodass ich Samuel und Henry als Nachbarn hatte. Jacobs Friesenstute Bjalla stand am anderen Ende der Stallgasse neben Maditas Pferd Smoky. Er hatte also einen großen Abstand zwischen uns eingerichtet. Seltsam.

Linus warf mir einen fragenden Blick zu. Er bemerkte sofort, dass ich irritiert war, und so sah auch er plötzlich traurig aus.

Alles okay?, fragten seine Augen.

Ich zuckte die Achseln. Die erste Begegnung mit Jacob hatte ich mir schöner vorgestellt.

Wir verabschiedeten uns von Frau Schröder und ließen uns dann unsere Zimmer zuweisen. Madita, Emma und ich bekamen ein Dreibettzimmer, das sehr groß war. Die Betten waren in verschiedenen Ecken angeordnet, damit jeder von uns einen privaten Bereich hatte. Trotzdem hätte ich alles dafür gegeben, jetzt ein Einzelzimmer zu besitzen. Ich hätte zu gerne über die seltsame Begegnung mit Jacob nachgedacht.

Es klopfte an der Tür und Karina Demski steckte ihren Kopf ins Zimmer.

»Seid ihr fertig? Wir wollen uns in der Reithalle zur ersten Besprechung treffen«, sagte sie.

Wir nickten. Ich stellte meinen Koffer ungeöffnet in die Ecke. Im Moment hatte ich überhaupt keine Lust, meine Sachen auszupacken. Emma und Madita dagegen hatten ihre Schränke schon gefüllt und ihre Waschsachen im gemeinsamen Badezimmer verteilt.

»Ist etwas mit dir?«, fragte mich Madita neugierig. Ihr war nicht entgangen, dass mein Treffen mit Jacob nicht so gut verlaufen war. Auch Emma sah mich fragend und ein bisschen mitleidig an.

»Alles gut«, sagte ich schnell. »Ich bin nur ein bisschen müde.«

Aber ich wusste, dass mir das niemand glaubte.

»Wir begrüßen euch herzlich hier im Reitsportzentrum in Langenberg«, begann Ilyas van Hees. »Setzt euch doch.« Er wies auf die Stühle, die Jacob gerade in einem Kreis aufstellte. In der großen Reithalle wirkten sie ziemlich verloren.

Ich schaute kurz zu Jacob und überlegte, ob ich mich neben ihn setzen konnte, aber er stand neben Karina und so setzte ich mich schließlich neben Linus. Jacob wählte einen Stuhl, der ein Stück von mir weg stand und platzierte sich so, dass wir uns nicht anschauen konnten. All das verwirrte mich so sehr, dass ich mich kaum auf das konzentrieren konnte, was die anderen erzählten.

Jeder berichtete in einer kurzen Blitzlichtrunde über sich

und wie es ihm ergangen war, seit wir uns das letzte Mal gesehen hatten.

Als ich an der Reihe war, wusste ich erst gar nicht, was ich erzählen sollte. Die Zeit ohne die Cassiopeiagruppe war mir so langweilig erschienen. Dann aber fiel mir ein Vielseitigkeitsturnier ein, das ich gewonnen hatte. Und ich berichtete auch von einem schwierigen Pferd, das ich für einen Monat von einer Reitschülerin meiner Mutter übernommen hatte, um es einzureiten.

Während ich erzählte, spürte ich Jacobs Blick auf mir ruhen, aber als ich zu ihm hinüberschaute, sah er schnell wieder weg.

Auch die anderen hatten interessante Sachen mit ihren Pferden erlebt. Linus hatte verschiedene Zirkuslektionen mit Fairy eingeübt, Madita war bei einem Springturnier Dritte geworden, Samuel hatte mit seiner Thessa bei einem Holzrück-Seminar mitgemacht und Henry hatte mit Duke und ein paar Freunden einen langen Wanderritt gemacht. Auch Ilyas und Karina erzählten ein bisschen von Dreharbeiten zu einem neuen Film.

Allmählich lösten sich meine Gedanken von Jacob. Ich konnte den anderen zuhören und mich wieder auf sie einlassen.

Doch dann übernahm Jacob das Wort: »In den nächsten Tagen planen wir einen Trailer zu drehen, um für die neue Show …«

»Wie ist es dir eigentlich in der Zwischenzeit ergangen?«, unterbrach ihn Madita und betrachtete ihn mit scharfem Blick.

»Wie bitte?« Jacob war ein bisschen verwirrt.

»Wir haben alle erzählt, wie es uns geht, nur du gehst gleich zur Tagesordnung über«, sagte sie.

Jacob lachte ein wenig verlegen und warf mir einen ganz kurzen Blick zu. Ich hatte mich ein Stück vorgebeugt, um ihn genauer zu betrachten. Wahrscheinlich sah das total neugierig aus. Als ich sah, wie verlegen er wirkte, lehnte ich mich wieder zurück.

»Ähm … ja, danke, dass du fragst«, sagte Jacob und es war zu spüren, dass er seine Worte sorgsam wählte. »Ich war mit Bjalla unterwegs, wir … wir haben ein bisschen Urlaub gemacht.«

Das hörte sich so seltsam an, dass wir lachen mussten.

»Bjalla – so nennt man seine Freundin also heutzutage«, spottete Henry. Die anderen grinsten. Das ging mir ziemlich nahe. Ob Jacob tatsächlich mit einer Freundin in den Urlaub gefahren war? Es war ihm nicht anzusehen, was er dachte.

»Gut. Kann ich dann mit dem Trailer weitermachen?«, fragte er.

Nun mischte sich Ilyas van Hees ein. »Ich weiß nicht so recht, was mit dir los ist, Jacob«, sagte er. »Ihr seid doch die Cassiopeiagruppe. Ihr sitzt doch nicht einfach so zusammen und plant einen Trailer, als wenn wir ein Reitclub wären, der ein Vereinstreffen organisiert.«

»Ich verstehe nicht …«, sagte Jacob verwirrt.

»Holt bitte alle mal eure Pferde. Dann machen wir erst mal ein Begrüßungsspiel«, erklärte Karina. Das hörte sich tatsächlich anders an als Jacobs trockene Begrüßungsrede. Es passte viel besser zu unserer Cassiopeiagruppe. Wir freuten uns sofort.

»Pferde. Na klar. Pferde haben wir auch mitgebracht«, lachte Emma. »Und die freuen sich auch, wenn sie sich mal wiedersehen.«

Wir sprangen auf und liefen in den Stall, um unsere Pferde

zu holen. Für einen Moment schaute uns Jacob irritiert nach. Dann stand er ebenfalls auf, um Bjalla zu holen.

Nach und nach kamen alle mit ihren Pferden aus dem Stall.

Jetzt schlug mein Herz höher. Unsere Gruppe war erst mit den Pferden vollständig. Mit ihnen war ich genauso eng befreundet wie mit Emma oder Linus. Da war zum Beispiel Filou, dieser hübsche Rotschimmelwallach mit seiner unglaublichen Power. Er war ein Berber, erinnerte mich aber mit seiner Nase und dem kurzen Hals an ein Islandpferd, auch wenn sein Gesicht edler und feiner aussah. Filou konnte tatsächlich tölten wie ein Isi. Wenn wir vom Traben einen schmerzenden Hintern hatten, legte Emma Filou kurzerhand in den Tölt und machte es sich im Sattel gemütlich. Dann platzten wir anderen fast vor Neid.

Dann gab es Thessa, die große, edle Holsteinerstute, die sehr auf andere Pferde bezogen war und in Panik geriet, wenn sie allein im Stall bleiben musste. Samuel war manchmal unsicher, ob sie ihn überhaupt mochte, aber ich war überzeugt davon, dass sie ihn über alles liebte.

Madita hatte ein schickes Paint Horse, Smoky. Es hatte eine seltsame Fellzeichnung. Der Körper war dunkelbraun, ebenso die Beine, aber der Nacken und der Rücken waren weiß, sodass es immer so aussah, als hätte Smoky eine weiße Satteldecke auf.

Henrys Pferd Duke sah so normal aus, dass man eine Weile brauchte, bis man bemerkte, welch ein besonderes Pferd dieser Hannoveranerwallach war. Er war braun mit schwarzer Mähne und einem Stern auf der Stirn. Duke war ruhig und absolut verlässlich und ein großartiger Springer. Er stand Henry immer treu zur Seite.

Außerdem gab es natürlich noch Fairy, Linus' liebenswerte Stute – ein Mixpferd aus Welsh Cob und Shire Horse, wie

Linus immer behauptete. Linus hatte ihr die verrücktesten Zirkuslektionen beigebracht. Und dann war da Jacobs Friesenstute, eine große schwarze Riesin, die imposant aussah und klug war.

Unübertroffen aber war Merlin, mein Araber, ein Rappschimmel mit hellem Gesicht und grauem Körper. Er war unglaublich edel und man sah ihm an, wie einfühlsam er war.

Zum ersten Mal seit wir in Langenberg angekommen waren, begegneten sich unsere Pferde nun frei und schnupperten sofort begeistert aneinander herum. Besonders Thessa tauschte mit allen Pferden lange Blicke aus. Sie hatte die anderen offenbar vermisst.

»Was machen wir?«, wollte Emma wissen. Sie sah Jacob an, aber Ilyas übernahm die Erklärung.

»Das Spiel geht so«, erklärte er. »Jemand von euch geht zur langen Seite der Reithalle und bekommt die Augen verbunden. Dann stelle ich demjenigen ein Pferd oder einen Menschen gegenüber und er muss erraten, wer vor ihm steht. Wenn ihr jemanden erraten könnt, ohne die Person oder das Pferd anfassen zu müssen, gibt es zwei Punkte. Ihr dürft euer Gegenüber auch berühren und danach raten, wer vor euch steht. In dem Fall gibt es für die richtige Antwort aber nur einen Punkt.«

»Wie viele Personen oder Pferde müssen erraten werden?«, wollte Madita wissen.

»Drei«, schlug Ilyas vor. »Wer fängt an?«

Emma meldete sich. Sie stand auf und stellte sich an die lange Seite. Karina verband ihr die Augen. Dann machte sie mir ein Zeichen. Ich ging auf Emma zu.

»Jemand steht jetzt vor dir«, erklärte Ilyas.

Emma schaute mit verbundenen Augen in meine Richtung. Dann senkte sie den Kopf und konzentrierte sich.

»Ich weiß es nicht«, sagte sie. »Ich muss denjenigen fühlen.«

Ich trat näher an Emma heran und sie tastete über meine Haare.

»Juna«, sagte sie dann.

Danach brachte ihr Samuel seine Thessa. Wieder konzentrierte sich Emma.

»Duke?«, fragte sie.

Das war leider kein Punkt.

Als dann aber Linus zu erraten war, spürte sie ihn schon, als er vor ihr stand.

»Linus!«, sagte sie sofort und dann umarmte sie ihn lachend. Ich beneidete die beiden.

»Drei Punkte«, meinte Karina und notierte sich die Zahl.

Danach war Linus an der Reihe. Er war ziemlich gut und erriet Madita nur durch Spüren, Smoky und Henry durch Berühren. Er erreichte vier Punkte.

Auch Madita war gut. Sie erzielte ebenfalls vier Punkte. Henry und Samuel bekamen drei Punkte. Allerdings fanden wir es lustig, dass Samuel sein eigenes Pferd nicht erriet. Das war ihm offenbar ein bisschen peinlich.

Endlich war ich an der Reihe. Ich war schon sehr gespannt.

Als ich mit verbundenen Augen an der langen Seite der Reithalle stand, konzentrierte ich mich. Ich spürte, dass ein Pferd ausgewählt wurde und nun ein Stück entfernt vor mir stand. Ganz genau konnte ich fühlen, dass es ein großes und stattliches Pferd war, denn ich hatte das Gefühl, dass es mich durch seine Gegenwart ebenfalls aufrichtete.

»Bjalla«, sagte ich.

Die anderen klatschten.

»Zwei Punkte«, zählte Ilyas.

Nun kam wieder ein Pferd auf mich zu, auch das konnte

ich spüren. Ohne dass ich es berühren musste, fühlte ich, dass es kleiner war als Bjalla. Klein und wuschelig.

»Filou«, sagte ich.

Wieder klatschten alle.

»Okay, letzter Versuch«, hörte ich Karinas Stimme. Ich konnte sogar spüren, wie sie mit ihrem Finger auf jemanden zeigte, und dann fühlte ich Jacob auf mich zukommen. Seine Ausstrahlung war so intensiv, dass mein Herz schneller schlug.

»Jacob«, sagte ich.

Ein riesiger Applaus setzte ein. Ich riss mir das Tuch von den Augen und sah Jacob an. Sein staunender Blick sprach Bände.

»Ich bin doch gerade erst losgegangen«, sagte er.

»Darum konnte ich dich doch spüren«, antwortete ich.

Jetzt waren alle sprachlos.

»Sechs Punkte«, sagte Karina.

»Wie machst du das?«, wollte Ilyas wissen.

»Das weiß ich nicht«, sagte ich. »Ich kann es einfach.«

»Jetzt wollen wir es aber wissen«, meinte Ilyas. »Ich binde dir das Tuch noch mal um. Und jetzt testen wir dich in Grund und Boden.«

Ich hatte Spaß an der Sache bekommen.

Ilyas verband mir wieder die Augen.

»Wie viele Finger sind das?«, fragte er und streckte die Hand aus.

»Drei«, sagte ich und alle lachten. Es schien zu stimmen.

»Die ist ja verrückt«, lachte Karina. Dann drehte sie mich im Kreis, als wären wir bei einem Kindergeburtstag und würden Topfschlagen spielen. Danach ging es los.

»Fairy«, sagte ich, als ich das erste Pferd vor mir fühlte.

Fairy war begeistert und schnupperte an meinen Haaren.

»Merlin«, fuhr ich fort. Natürlich stimmte das. Mein Traumpferd konnte ich immer mit geschlossenen Augen aus einer Pferdeherde heraus erkennen. Aber ich erkannte nun auch Madita und Henry, schließlich sogar Karina, danach noch mal Smoky und Duke und Thessa.

Nur zuletzt stand ein seltsames Etwas vor mir, zu dem ich keinen Kontakt bekam. Obwohl, das war gar nicht der richtige Ausdruck. Ich fühlte schon, dass jemand vor mir stand. Aber ich konnte mir nicht erklären, wer das war. Es war ein Tier, soviel war klar. Aber es schien klein zu sein und es roch ganz anders als Merlin und die Pferde der anderen.

»Kann ich mal anfassen?«, fragte ich.

»Klar«, hörte ich Jacobs Stimme neben mir und dann schob er mich auf das Tier zu. Ich berührte es vorsichtig. Es hatte ein weiches Maul und struppiges Fell.

Wieder konzentrierte ich mich. Das kleinste Pferd, das wir hatten, war Filou, aber er war es definitiv nicht.

»Den kenne ich nicht«, sagte ich. »Der fühlt sich an wie ein Esel.«

Alle lachten und klatschten. Dann wurde mir das Tuch von den Augen genommen und ich traute meinen Augen kaum. Ein kleiner grauer Esel stand vor mir.

»Das ist der Hotelesel August«, erklärte Jacob. »Wir haben ihn ausgeliehen, um dich ein bisschen zu verwirren.«

Jetzt musste ich furchtbar lachen. Der Esel sah einfach zu süß aus und ich liebte Esel sowieso fast genauso sehr wie Pferde.

»Du bist ja niedlich«, rief ich begeistert und küsste den Esel auf die Nase, doch er wich vorsichtig zurück.

Henry streichelte ihn. »Die tut dir nichts. Sie ist bloß immer ein bisschen emotional«, versuchte er, den Esel zu beruhigen.

»Hundert Punkte«, nickte Jacob mir anerkennend zu. »Du hast wirklich ein ungewöhnliches Talent.«

»Danke«, erwiderte ich. Zu gerne hätte ich gewusst, ob Jacob dieses Talent auch besaß, aber er machte keine Anstalten, sich auch testen zu lassen. Er gehörte eben zur Crew, wurde mir in diesem Moment wieder bewusst.

»Bitte bringt eure Pferde erst mal zurück«, sagte er. »Wir treffen uns dann zur ersten Besprechung.«

2. KAPITEL

ERSTE TRAININGS-VERSUCHE

»Ich habe mir Folgendes überlegt: Wir zeigen gemeinsam eine Springquadrille, außerdem wird jeder von euch einzeln gefilmt, während er etwas ganz Besonderes präsentiert. Du, Linus, machst vielleicht eine Zirkuslektion, Juna kann diesen tollen Spin zeigen, Henry reitet ein paar hohe Sprünge, Emma macht vielleicht eine schöne Bodenarbeit – jeder, was er am Besten kann. Und dann schneiden wir diese Sequenzen in den Film mit der Quadrille ein. Was meint ihr?«

»Hört sich gut an«, sagte ich.

Es hörte sich wirklich gut an, aber ich wollte auch zeigen, dass ich auf einer sachlichen Ebene mitarbeiten konnte, ohne die ganze Zeit daran zu denken, dass Jacob mich so distanziert behandelte.

»Ich finde auch, dass das eine gute Idee ist«, meinte Samuel und die anderen nickten zu seinen Worten.

»Kannst du noch etwas zur Quadrille sagen?«, wollte Henry wissen.

Jacob nickte. »Karina und ich haben uns Gedanken gemacht und schon mal ein bisschen zusammen geübt. Wollen wir sie mal vorstellen?«, wandte er sich an Karina.

Karina nickte. Ihre Augen blitzten.

»Wir haben das aber erst mal nur auf dem Papier skizziert. Ich hatte ja kein Pferd.« Sie sah sich um. »Kann mir jemand mal sein Pferd leihen?«

Wir zögerten alle. Niemand verlieh gerne sein Pferd und wir hatten Karina noch nie reiten sehen.

»Kann ich Merlin bekommen?«, wandte sie sich direkt an mich. »Den finde ich so süß.«

»Ja, natürlich, gerne«, sagte ich. Aber es fiel mir schwer, das zu sagen.

Jacob und ich gingen gemeinsam zu den Ställen, während die anderen in der Reithalle warteten. Es war mir unangenehm, mit ihm allein zu sein. Ich spürte, wie er mir auswich. Er ging voran und sah sich nicht nach mir um.

»Ist irgendwas?«, fragte ich.

»Nee, was soll sein?«, tat Jacob verwundert, aber er war ein schlechter Schauspieler. Ich sah ihm an, dass er vor einem Gespräch mit mir davonlief.

»Du bist plötzlich so anders«, sagte ich.

»Findest du?«, gab er die Frage zurück.

Diese blöden Spielchen hasste ich. Ich sagte nichts mehr und auch Jacob schwieg. Ich war ratlos und ziemlich unglücklich. Er hatte sich vor mir verschlossen und gab mir keine Chance, an ihn heranzukommen.

Als Jacob und ich mit Merlin und Bjalla in die Halle zurückkamen, hatten die anderen bereits ein paar kleine Hindernisse aufgestellt, Oxer mit zwei Stangen, höchstens achtzig Zentimeter hoch. Sie hatten vier Oxer so gestellt, dass sie ein

Kreuz bildeten. Am äußeren Ende lagen die Stangen auf der Holzhalterung auf, in der Mitte allerdings wurden sie auf ein Holzviereck gelegt, sodass der Mittelpunkt nicht höher war als die Stangen und man auch hierüber springen konnte.

Merlin drehte sofort seine Ohren nach vorne und betrachtete die Hindernisse mit Interesse. Ich merkte, dass er Lust hatte zu springen. Jetzt fiel es mir noch schwerer, ihn an Karina zu übergeben. Wiederstrebend reichte ich ihr die Zügel.

»Danke«, sagte sie und stieg auf. Merlin schaute mich überrascht an. Irgendwie sah er ein bisschen sauer aus. Wahrscheinlich hatte er sich schon auf mich gefreut.

Auch Jacob stieg auf.

Die beiden ritten durch die Halle und machten die Pferde warm. Ich setzte mich zurück auf den Stuhl, auf dem ich bereits vorhin gesessen hatte, und schaute zu, wie Karina mein Pferd bewegte. Sie ritt gut und es war eigentlich ganz schön, mein Pferd aus der Zuschauerperspektive zu betrachten. Neben Jacobs großer schwarzer Friesenstute Bjalla sah Merlin zwar klein und zart aus, aber er wirkte genauso edel.

Auch Jacob gymnastizierte Bjalla. Er konnte unglaublich gut reiten. Seine Stute und er verschmolzen dabei fast zu einer Person.

Jetzt ritten Karina und Jacob auf das Kreuz zu.

»An diesem Kreuz kann man verschiedene Formen zeigen«, erklärte Jacob. »Man kann über die Mitte springen … wollen wir mal, Karina?«

Karina nickte und ritt hinter ihm her. Jacob sprang mit Bjalla über den Holzblock, der in der Mitte lag und auf dem alle Stangen zu einem Kreuz auflagen, und Karina folgte ihm mit Merlin. Beide Pferde wirkten ganz ruhig und sicher.

»Man kann auch parallel springen, jeder auf einer Seite«,

sagte Jacob und nun setzte er rechts über den Oxer, Karina links.

»Man kann auch über die Seiten des Kreuzes springen«, fuhr Jacob fort.

Sie nahmen nun die seitlichen Oxer. Anschließend sprangen sie aus unterschiedlichen Richtungen, dann nacheinander spiegelverkehrt, zuletzt setzten sie sogar von verschiedenen Punkten aus über das Kreuz in der Mitte. Es sah wirklich spektakulär aus, was sie da zeigten. Wir bekamen einen guten Überblick über die verschiedenen Möglichkeiten.

»Echt toll«, meinte Samuel beeindruckt. »Ihr seid total synchron, als hättet ihr schon ganz lange geübt.«

»Wir sind eben Profis«, erklärte Karina. Es klang ein bisschen eingebildet.

»Und ihr habt ja auch ein Profipferd«, ergänzte ich. Das musste ja auch mal gesagt werden.

Jacob ging nicht darauf ein. »Okay, dann wollen wir mal zusammen üben«, schlug er vor. »Nicht so verbissen, ganz spielerisch, als hättet ihr eine freie Reitstunde.«

Ilyas stand auf. »Ich mache mich aus dem Staub und lasse Karina und Jacob hier«, sagte er. »In zwei Wochen sehen wir uns wieder und sprechen die Details ab, okay? Ich verlasse mich darauf, dass ihr bis dahin alles perfekt einstudiert habt!«

Jacob nickte, ging auf Ilyas zu und schlug ihm auf den Rücken.

»Eine gute Zeit«, sagte er.

Irgendwie hätte ich mir sehr gewünscht, dass auch Karina mit Ilyas fortging. Ich hatte Angst, dass sie Jacob zu sehr in Beschlag nehmen würde. Leider tat sie mir nicht den Gefallen, mit Ilyas zu verschwinden.

Stattdessen stieg Karina ab und reichte mir die Zügel meines Pferdes. »Ein tolles Pferd hast du«, sagte sie noch. »Da kann man richtig neidisch werden.«

»Ja, Merlin ist wundervoll«, erwiderte ich und eine warme Welle für Merlin durchflutete mich. Gerade jetzt, wo zwischen Jacob und mir alles so schwierig schien, war ich froh, dieses tolle Pferd als Freund zu haben.

»Holt ihr auch mal eure Pferde?«, wandte sich Jacob an den Rest der Cassiopeiagruppe.

Schwatzend gingen sie zum Stall hinüber. Linus und Emma gingen ziemlich eng nebeneinander. Es machte mich richtig neidisch.

Jacob, Karina und ich waren allein. Ich sah Jacobs Augen auf mir ruhen. Mitleidig sah er aus. So als würde er genau spüren, dass ich traurig war. Dann ging er zu Karina hinüber. Leise sprachen sie über den Parcours. Ich hörte Sätze wie: »… und dann teilt sich die Gruppe, die einen kommen von oben, die anderen von unten …«, und dann auch »Was meinst du? Wer soll die Gruppe führen …?«

Jetzt schielten sie zu mir, steckten dann die Köpfe enger zusammen und tuschelten. Ich wollte das alles nicht hören und schon gar nicht wollte ich sehen, wie nah sie sich waren. Also stieg ich auf und ritt mit Merlin durch die Halle. Ich machte ein paar Seitengänge mit ihm, ging Schlangenlinien und verkleinerte und vergrößerte die Kreise.

Nun kamen auch die anderen mit ihren Pferden in die Halle.

»Aufsteigen und gymnastizieren, jeder macht, was er für richtig hält. Volten, Schlangenlinien, auch mal traben, linke und rechte Hand«, spulte Jacob sein Programm ab.

Ich musste mich erst wieder daran gewöhnen, von Jacob Reitunterricht zu bekommen. Zu Hause hatte ich oft Reitstunden bei meiner Mutter, sehr oft machte ich allerdings auch bei Reitkursen mit. Beim letzten Reitkurs hatten Linus und ich zum Beispiel viel über Zirkuslektionen gelernt und dazu noch unglaublich Spaß gehabt.

Jetzt sah es eher nach einem anstrengenden Unterricht aus, auch wenn Jacob betont hatte, dass alles ganz spielerisch verlaufen sollte. Er stand neben Bjalla in der Mitte der Halle, ließ uns an sich vorbeireiten und sah uns mit aufmerksamem Blick an. Ihm entging nichts. Jetzt stieg er auf.

»Mir nach!«, ordnete er an. »Abteilungsreiten.«

Wir reihten uns hinter ihm auf. Ich fädelte mich mit Merlin hinter Filou ein. Hinter mir war Thessa. Sie machte große Schritte und musste immer wieder von Samuel zurückgenommen werden, damit sie nicht zu dicht aufritt.

Jacob trabte Bjalla an und auch wir setzten unsere Pferde in den Trab.

»Auf das Kreuz zu!«, rief Jacob und ritt auf die Mitte zu, in der die Quer- und die Längsstangen aufeinander stießen. »Und rüber.«

Bjalla setzte in lockerem Trab darüber. Wir anderen folgten.

»Linke Hand«, kommandierte Jacob und wechselte die Seite. Wir folgten ihm.

Wieder ritt er auf das Kreuz zu, diesmal von links, und setzte darüber. Einer nach dem anderen sprang.

Merlin allerdings nahm diese kleine Hürde diesmal nicht punktgenau und stieß mit dem Huf gegen die Latte. Sie fiel. Samuel hinter mir fluchte leise, denn Thessa machte einen kurzen Sprung und wartete ab, bis die Latte ausgerollt war, um mit einem panischen Hüpfer darüber zu springen.

»Wer war das?«, lachte Jacob und sah zu mir herüber. »Juna? Das glaube ich jetzt nicht.«

»Entschuldigung. Wir sind etwas unkonzentriert«, murmelte ich schuldbewusst.

Karina rannte auf das Kreuz zu und legte die Latte wieder auf.

Jacob ritt nun an die Seite.

»Macht mal allein weiter«, sagte er. »Teilt euch in zwei Gruppen. Drei Reiter springen nacheinander über den linken Oxer, drei über den rechten, dann wendet ihr ab und reitet an der langen Seite zurück. Dabei springt ihr über den anderen Oxer. Verstanden? Das wiederholt ihr dreimal. Okay?«

Wir nickten.

Ich ging mit Emma und Linus in eine Gruppe.

»Willst du nach vorne?«, bot mir Linus an.

Ich nickte und übernahm die Führung. Leider war das keine so gute Idee. Denn kaum setzte Merlin zum Sprung an, stieß er erneut gegen die Latte und warf sie ab. Wieder brachte ich die Pferde hinter mir damit völlig aus dem Konzept.

»Hast du nicht gerade gesagt, du hast ein Profipferd?«, spottete Karina. »Dann hat es wohl an dir gelegen.«

»Ich glaube, es ist besser, wenn du ans Ende gehst«, sagte Jacob genervt.

Die Gruppe hielt an und wartete ab, bis ich an ihnen vorbeigeritten war und mich am Ende neu eingefädelt hatte. Dabei spürte ich, wie mein Gesicht brannte.

Was auch immer wir in den nächsten Tagen an Übungen machten, ich war nicht gut. Bei der Springquadrille bot ich schließlich an, immer am Ende der Abteilung zu reiten, weil Merlin und ich immer wieder diesen albernen kleinen Sprung vermasselten. Dabei konzentrierte ich mich auf den Absprung und auch Merlin fixierte den Oxer mit großer Anspannung. Wahrscheinlich lag es genau an diesem inneren Druck, dass wir immer wieder scheiterten.

Ich verstand selbst nicht, was in mir vorging. Bei dem Spiel mit den geschlossenen Augen hatte ich noch gezeigt, wie gut ich mich in Pferde und Menschen hineinversetzen konnte. Wie ich sie erkennen konnte, wenn sie sich nur auf mich zubewegten. Jetzt scheiterte ich unter den strengen Blicken von Jacob an jeder noch so kleinen Hürde. Das konnte ich selbst kaum fassen. Es war, als hätte mich jemand mit einem Fluch belegt.

»Pass doch mal besser auf, Juna!«, sagte Jacob immer wieder, oder auch: »Konzentriert euch doch mal.« Und auch: »Ich glaub es nicht!«

Es half nichts. Merlin und ich waren so schlecht wie nie. Schließlich hatten sich Karina und Jacob daran gewöhnt, dass sie hinter mir immer wieder den Oxer neu aufbauen mussten.

In all dieser Zeit fühlte ich mich schrecklich. Ich konnte mich nicht damit abfinden, dass Jacob mir so plötzlich aus dem Weg ging, als hätten wir uns nie gezeigt, wie viel wir einander bedeuteten. Es tat mir weh, dass er plötzlich mein strenger Reitlehrer war, der von meinem Reiten nicht besonders überzeugt war.

Als mal wieder eine Reitstunde vorbei war, war ich total froh.

Niedergeschlagen brachte ich Merlin in den Stall zurück. Plötzlich war Henry neben mir.

»He, Juna, was ist los mit dir?«, fragte er und sah mich total mitleidig an.

Ich spürte erst jetzt, wie nah ich den Tränen war.

»Ich weiß auch nicht«, sagte ich. »Es ist heute nicht mein Tag, fürchte ich.«

»Und warum warst du gestern und vorgestern auch so schlecht?«, bohrte Henry weiter.

Ich wich seinem neugierigen Blick aus. »Keine Ahnung.«

Henry war ein netter Typ. Ich sah ihm an, dass er mich nicht fertigmachen wollte. Er hatte einfach nur Mitleid. Aber genau das konnte ich jetzt nicht ertragen.

»Hör zu, weißt du, was dein Problem ist?«, sagte er nun und legte seinen Arm auf meine Schulter. »Du willst es ganz besonders gut machen.« Er grinste. »Du hast allen gezeigt, wie genial du bist, und jetzt hast du dich selbst unter Druck gesetzt. In Wirklichkeit kannst du das doch ganz ruhig angehen. Setz dich in den Sattel und lass Merlin den Rest machen. Der kommt von ganz allein über die Hindernisse.«

Ich schniefte. »Ich weiß«, erwiderte ich leise.

Ja, ich wusste das alles. Aber trotzdem klappte es nicht. Es gelang mir nicht, wenn ich versuchte, mich zu konzentrieren, aber auch nicht, wenn ich versuchte, gelassen zu sein.

Henry streichelte kurz meine Schulter.

»Wird schon«, sagte er.

Ich nickte. Es war lieb, dass er mich zu trösten versuchte.

Ein bisschen entspannter machte ich mich auf den Weg zum Abendessen ins Hotel. Als ich den Speiseraum betrat, sah ich, dass Jacob mit Karina an einem Extratisch saß. Sie hatten die Köpfe zusammengesteckt und redeten miteinander.

Ich füllte meinen Teller mit Brot und Rührei, holte mir einen Tee und setzte mich zu Linus. Ich sah auf meinen Teller und konzentrierte mich auf mein Abendessen, um nicht zu Jacob hinüberschauen zu müssen. Trotzdem war die Traurigkeit wieder da. Jacob sah mich nicht an, er ging mir aus dem Weg, er behandelte mich wie einen unerfahrenen Reitschüler, der seinen ersten Unterricht hatte.

Linus bemerkte das sofort.

»Was hat er bloß?«, fragte er unglücklich und machte eine Kopfbewegung zu Jacob hinüber.

»Ich weiß es auch nicht«, sagte ich leise und spürte, dass ich schon wieder kurz davor war zu weinen. »Ich glaube, er hat sich in Karina verknallt.«

Linus sah mit seinen wachen Augen zu Karina hinüber, die an ihrem Handy herumtippte. »Glaube ich nicht«, sagte er. »Die ist einfach nur seine Kollegin. Die beiden finden sich ganz nett, aber mehr läuft nicht zwischen ihnen. Glaub mir.«

»Was ist es dann?«, fragte ich unglücklich.

»Der Typ ist einfach total kompliziert«, erwiderte Linus genervt. »Du hättest dich nie in ihn verlieben sollen, Juna. Vielleicht solltest du dich einfach wieder in mich verlieben.«

»Aber du stehst doch auf Emma«, sagte ich und versuchte, zu lachen.

»Ich kann auch zwei Mädels lieben«, behauptete Linus.

Ich lachte und wuschelte ihm durch die Haare. »Fragt sich nur, was Emma dazu sagt«, meinte ich.

Jetzt sah Jacob kurz auf. Sein Blick streifte mich kurz und streng.

»Na bitte«, flüsterte mir Linus zu. »Scheint ihm ja doch etwas auszumachen, wenn wir miteinander lachen. Soll ich dich mal kurz küssen? Dann fällt ihm bestimmt die Tasse aus der Hand.«

»Aber Emma wahrscheinlich auch«, sagte ich.

Jetzt steuerte Emma unseren Tisch an und musterte uns, wie wir fröhlich lachten.

»Habe ich einen guten Witz verpasst?«, fragte sie.

»So gut war er auch wieder nicht«, meinte ich.

Als wir unsere Quadrille endlich einigermaßen hinkriegten, begann das Training für die Übungen, die wir allein vorführen sollten. Dazu verteilte Jacob Termine zu Einzelreitstunden. Vor dieser Reitstunde hatte ich ziemlich Angst und doch war ich auch froh, mal mit Jacob allein zu sein. Vielleicht ergab sich ja jetzt endlich eine Gelegenheit, um über meine Gefühle für ihn zu reden.

Aber als ich mit Merlin zum vorgeschriebenen Termin in der Halle ankam, war Jacob noch nicht da. Im ersten Moment war ich enttäuscht, dann aber gab ich mir einen Ruck. Ich wollte jetzt nicht immer die Zeit damit verbringen, zu sehen, was Jacob machte, ob er da war, wie er guckte, ob er lächelte, was er sagte oder wie er sich fühlte. Ich war hier, um einen Trailer für Cassiopeia zu drehen, und da kam es darauf an, dass ich mit Merlin zusammen ein gutes Paar bildete.

Für das Video sollte ich mit Merlin eine Drehung zeigen, die auf der Hinterhand geritten wurde. Schon oft hatte ich mit Merlin so einen Spin geübt. Ich wusste, dass er ihn gut hinkriegte, wenn ich viele kleine gymnastische Übungen mit ihm geritten war. Eigentlich war er schon aufgewärmt, weil wir vorhin noch die Quadrille geübt hatten, aber ich beschloss, ihn besonders gut auf die Drehung vorzubereiten. Ich ritt Volten, die ich immer kleiner werden ließ. Dann verlagerte ich mein Gewicht auf die Hinterhand und ließ ihn vier Schritte in der Biegung laufen.

Merlin liebte Dressurübungen. Mit gespitzten Ohren folgte er meinen Hilfen. Das fand ich klasse. Er federte jetzt fast wie ein Gummiball, deshalb ritt ich meine Volten enger und konzentrierte mich. Ich ritt die Wendungen schließlich so eng, dass er mit der Hinterhand stehenblieb. Als er das machte, reagierte ich sofort, legte den äußeren Schenkel an, nahm den Zügel etwas übertrieben nach rechts an den Hals und wupps, drehte er sich locker. Die Vorderhand beschrieb dabei einen kleinen Bogen, die Beine kreuzten genau so, wie es bei einem Spin sein sollte.

Ich musste lächeln.

»Na, das klappt ja noch«, murmelte ich und klopfte Merlin behutsam auf den Hals. Ich hatte das Gefühl, dass er lachte.

Als ich meinen Kopf hob, begegnete ich Jacobs Blick und zuckte zusammen. Er stand in der Tür der Reithalle und sah uns mit kritischem Blick zu.

»Nutz die Vorwärtsbewegung aus und dreh weiter!«, sagte er.

Eigentlich hatte ich nicht vorgehabt, Merlin noch weiter in dieser Spinbewegung zu führen. Ich wollte eine Runde entspannt durch die Halle traben, um es dann noch einmal zu versuchen. Jetzt aber fühlte ich mich unter Druck gesetzt. Ich setzte den Spin fort, aber ich riss dabei Merlins Kopf herum. Diese Ungeschicklichkeit strafte er sofort, indem er zurückwich.

»Das innere Bein steht nicht«, beschwerte sich Jacob. Als ob ich zu blöde wäre, das selbst zu bemerken. »Noch mal!«

Ich merkte, wie mich sein strenger Ton anspannte, und gleichzeitig spürte ich, wie sich auch Merlin unter mir verspannte. Es kam, was kommen musste. So gut wie am Anfang wurden wir während der ganzen Reitstunde nicht mehr. Merlin wich immer wieder zurück, oder er blieb stehen, oder er kreuzte die Vorderbeine nicht, oder, oder, oder.

»Das war wohl nichts«, murmelte Jacob immer wieder. Seine Alternative dazu: »Was soll das denn sein? Ein Spin?« Oder auch: »Gleich fällt er um.«

Ich zählte die Minuten, bis die blöde Reitstunde endlich vorbei war. Zuletzt beendete ich die Übungen mit einer stinknormalen Hinterhandwende, damit Merlin wenigstens etwas hatte, das ihn positiv bestärkte.

Als ich aus der Halle ritt, spürte ich, dass mein Gesicht bis zum Halsausschnitt meines T-Shirts heiß war. Jacob fand keine Worte, um mich zu trösten.

»Hallo, Samuel. Hoffentlich klappt es mit dir besser als mit Juna«, begrüßte er Samuel, der nach mir in die Reithalle kam. Ich war unglaublich niedergeschlagen.

Immer wenn ich bedrückt und traurig war, machte ich einen Ausritt. Das war das einzige, was meine Stimmung verbessern konnte, also entschied ich mich auch jetzt dazu. Merlin schien ebenfalls froh zu sein, noch mal rauszukommen. Unsere Ausritte hatten immer eine Leichtigkeit.

Ich kannte das Gelände nicht, aber es sah sehr einladend aus: Ein sanftes Hügelland, Felder, auf denen noch der Mais stand. Laubbäume, auf denen sich die ersten Blätter rötlichbraun färbten, säumten die Wiesen.

Diesmal verzichtete ich darauf, jemanden zu fragen, ob er mich begleitete. Ich wollte mit Merlin allein sein. Wir verließen den Hof im Schritt, entschieden uns aber schon beim ersten Hügel zu traben und fielen in einen ruhigen Galopp, als wir den Hügel überblicken konnten. Ich spürte, wie Merlin sich unter mir entspannte. Er schnaubte immer wieder und wenn ich ehrlich war, hätte ich auch am liebsten laut geschnaubt. Es war so befreiend, die Reitstunde hinter mir zu lassen. Ich konnte und wollte Jacobs strenges Gesicht nicht mehr sehen – diese steile Falte zwischen den Augen, die sich bildete, wenn er mit mir unzufrieden war.

Ich hatte nicht so einen guten Orientierungssinn, darum achtete ich sehr darauf, welchen Weg ich nahm und sah mich auch immer mal um, um mir einige Punkte besonders einzuprägen. Auf die Weise fand ich den Rückweg mühelos. Als wir zum Reiterhof zurückkamen, brachte ich Merlin auf einen Paddock und sah zu, wie er sich im Sand wälzte. Anschließend legte ich ihm eine Decke auf, machte die Hufe noch einmal sauber und brachte ihn in die Box zurück.

In dem kleinen Raum hinter der Sattelkammer befand sich das Kraftfutter sowie Äpfel und Möhren. Ich füllte Kraftfutter in Merlins Schüssel, griff dann nach ein paar Äpfeln und schnitt sie in kleine Stücke.

»Und? War sie heute besser?«, hörte ich plötzlich Karinas Stimme.

»Geht so«, sagte Jacob.

Ich lauschte. Dabei hatte ich sofort das Gefühl, dass sie über mich redeten. Vorsichtig spähte ich in die Stallgasse hinein und sah Jacob und Karina nebeneinander vor Bjallas Box stehen. Offenbar waren sie gerade gekommen.

»Die letzten Übungen für die Quadrille waren jedenfalls eine ziemliche Katastrophe«, fuhr Karina fort.

»Ich weiß«, sagte Jacob. Seine Stimme klang ein wenig gepresst.

»Sei doch ehrlich, Jacob. Sie hat bei jedem Durchgang irgendwo eine Stange fallen lassen«, fuhr Karina fort. »Am ersten Tag gibt sie noch damit an, dass sie ein Profipferd hat, aber sie kriegt keinen Sprung auf die Reihe.«

»Ich weiß«, sagte Jacob erneut.

Jetzt wusste ich genau, dass sie über mich sprachen. Merlin und ich waren die einzigen, die ständig gegen eine Stange gestoßen waren.

»Beim Spin war sie gar nicht so schlecht«, meinte Jacob nun. Es überraschte mich, dass er für mich log.

»Hat sie wirklich einen doppelten Spin hingelegt?«, bohrte Karina weiter. »Ehrlich gesagt kann ich es mir gar nicht vorstellen, so schlecht, wie sie sich bis jetzt gezeigt hat. Ich wundere mich, wie sie es überhaupt ins Recall geschafft hat.«

»Gib ihr ein bisschen Zeit«, verteidigte Jacob mich. »Jeder hat mal eine schlechte Phase. Und du weißt doch, wie schnell sich das auf die Pferde überträgt.«

»Viel Zeit haben wir nicht mehr«, drängte Karina. »Wenn die Quadrille bis zur nächsten Woche nicht steht, fliegt sie raus.«

Jacob antwortete nicht.

»Das verstehst du doch, oder?«, ließ Karina nicht locker.

Jacob brummte eine Antwort, die sich wie ein Ja anhörte, aber ich merkte, dass es ihm nicht recht war. Das überraschte mich. Jacob hatte mir bis jetzt mit keinem Wort und mit keiner Geste gezeigt, dass er das, was ich machte, gut fand. Er hatte nur kritisiert und gemeckert, oder was noch schlimmer war, geschwiegen und geseufzt. Dass er mir nun offensichtlich noch eine Chance geben wollte, rührte mich.

Ich hörte, wie die beiden sich umdrehten. Himmel, das fehlte gerade noch, dass sie auf den Raum zukamen, in dem ich war. So schnell und leise ich konnte, schnappte ich mir die Schüssel mit Merlins Futter und kroch unter den Tisch. Dort krabbelte ich in die hinterste Ecke und wartete.

Jacob und Karina standen noch eine Weile vor der Tür und diskutierten.

»Das Problem ist ja auch, dass diese Quadrille zu sechst geritten werden muss«, sagte Jacob. »Wir sind auf Juna angewiesen.«

Es schien ihm tatsächlich daran gelegen zu sein, mich in der Gruppe zu halten. Aber vielleicht tat er es auch nur, weil er keine Alternative wusste. Gleichzeitig erhöhten seine Worte den Druck bei mir. Ich ritt nicht mehr gut genug. Das wusste ich selbst. Ich kriegte diese Sache mit den Sprüngen nicht gebacken, warum auch immer. Ich schaffte auch den Spin nicht mehr – den einfachen nicht und den doppelten erst recht nicht. Meine Reitkenntnisse hatten sich plötzlich auf das Niveau von Mamas Anfängergruppe zurückentwickelt. Das ließ mich völlig verzweifeln, aber so sehr ich mich auch konzentrierte und mich bemühte, es gut zu machen, es gelang mir nicht. Ich konnte diese miesen Reitversuche nicht verbessern. Im Gegenteil war ich überzeugt davon, dass ich hier in dieser Umgebung nicht mehr aus der Krise herauskommen würde.

»Wenn sie es nicht schafft, können wir immer noch Friedrich fragen«, erwiderte Karina. »Der steht auf Platz eins der Reserveliste und er würde alles geben, um bei der Cassiopeiagruppe dabei zu sein.«

»Gib ihr einfach noch eine Chance, okay?«, sagte Jacob.

Jetzt war es Karina, die nicht antwortete.

3. Kapitel

Eine schwere Entscheidung

»Heute üben wir den ersten Durchgang der Quadrille«, sagte Jacob, als wir in die Halle einritten. »Noch reiten wir ohne Musik, aber wenn es gut läuft, können wir hin und wieder schon die Musik einspielen.«

Aufgeregtes Quatschen begann. Ich war schrecklich verspannt. Wenn ich ehrlich sein sollte, konnte ich mich an keine Situation in meinem Leben erinnern, in der ich mich beim Reiten schon mal so verkrampft hatte. Selbst beim Casting für die Cassiopeiagruppe war ich nicht so fertig gewesen.

»Pferde gymnastizieren, Volten reiten, Kreise verkleinern und vergrößern, Handwechsel nicht vergessen«, sagte Jacob.

Er wirkte sehr ernst. Hin und wieder warf er mir einen kurzen Blick zu. Der Blick ging mir durch und durch. Ich hatte das Gefühl, dass dieser Durchgang meine Entscheidungsstunde werden würde. Wenn ich es heute nicht schaffte, würden Jacob und Karina mir klarmachen, dass ich meinen Platz an Friedrich abtreten musste. Der Gedanke machte mich panisch.

Linus spürte, dass es mir nicht gut ging. Er ritt zu mir herüber und trabte ein Stück mit mir.

»Gehen wir nachher noch ins Gelände?«, fragte er. »Ich habe gestern gesehen, wie du noch ausgeritten bist. Ich wäre gerne mitgekommen.«

»Mal sehen, wie es heute läuft«, murmelte ich.

Linus sah mich mitleidig an. »Wird schon«, meinte er. »Beim letzten Mal war es doch schon richtig gut.«

Ich wusste nicht, welches Mal er meinte. Seit wir hier waren, war ich noch nie richtig gut gewesen.

»Bitte voneinander lösen. Selbstständig gymnastizieren!«, ermahnte Jacob uns. Er schien es nicht zu mögen, wenn Linus und ich miteinander redeten.

Linus ließ mich vorgehen und folgte uns dann. Merlin freute sich, Fairy hinter sich zu haben. Er hüpfte leichtfüßig an der langen Seite entlang. Ich ließ ihn zur anderen Seite hinüber seitwärts gehen. Das machte er mit der gewohnten Lässigkeit.

Jacob ließ uns nicht aus den Augen. Seine Blicke folgten Merlins Beinen. Ich spürte, wie mein Pferd unter mir die Beine ordnungsgemäß kreuzte, und wusste, dass es gut aussah, was Merlin da machte. Als wir an der gegenüberliegenden Bande angekommen waren, ließ ich ihn die Übung im Trab machen. Auch das machte er anstandslos.

»Tor frei?«, hörte ich nun Karinas Stimme.

»Ist frei!«, rief Madita und ritt mit Smoky schnell zur anderen Seite.

Das Tor zur Reithalle öffnete sich und Karina trat ein. Ich merkte auf der Stelle, wie sich Merlin unter mir verkrampfte, und dann fiel mir auf, dass ich es war, die sich verspannt hatte. Ich hatte den Kopf zwischen die Schultern gezogen und machte den Rücken rund wie ein Anfänger im Stuhlsitz, wie Mama das immer nannte.

»Nicht in der Spannung nachlassen«, ermahnte mich Jacob, der es sofort wahrgenommen hatte.

»Tut einfach so, als wäre ich nicht da«, sagte Karina und lachte gekünstelt.

Eigentlich war sie wirklich sympathisch. In einem anderen Leben wäre ich vielleicht gerne mit ihr befreundet gewesen. Aber diesmal kriegten wir keinen Draht zueinander. Das war alles so seltsam. Ich hatte dieses Cassiopeiatreffen herbeigesehnt, ich hatte mich auf den Trailer gefreut, auf die Crew, die Pferde, die Aufregung … und natürlich auf Jacob. Was war bloß schiefgelaufen? Im Grunde – alles! Von Anfang an hatte ich keinen Kontakt zu der Gruppe gekriegt, wenn man mal von dem Anfangsspiel absah. Und ich wusste auch, woran das lag. Ich war traurig, weil ich das Gefühl hatte, dass meine Beziehung zu Jacob zu Ende war, ohne dass wir darüber reden konnten, weil Jacob nicht wollte, dass wir uns darüber austauschten. Gleichzeitig war ich wütend, dass ich so abhängig von Jacob war, dass ich nicht gut reiten konnte, wenn er mir nicht zeigte, dass er mich gerne mochte und mich gut fand. Genau genommen hasste ich mich sogar dafür.

»Okay, wir beachten Karina gar nicht«, übernahm Jacob nun ihren Vorschlag.

Dabei sah er selbst sehr angespannt aus. Er wusste schließlich genauso gut wie ich, dass es jetzt darum ging, ob ich drin oder draußen war.

Ob die anderen das auch ahnten? Mein Blick wanderte von Madita zu Samuel, dann zu Henry und Emma. Eigentlich sahen auch sie ziemlich angestrengt aus.

»Dann verteilt euch mal auf die linke und die rechte Seite«, schlug Jacob einen leichten Ton an. »Wie geübt, links Linus, dann Emma, zuletzt Juna, und rechts vorne Madita, dann

Henry und zuletzt Samuel. Von beiden Seiten einreiten und aufstellen.« Er nickte uns zu. »Auf vier.« Dann zählte er: »Eins, zwei, drei, vier.«

Madita und Linus ritten von der Mitte der langen Seite aus jeweils mit ihrer Gruppe los, wir anderen folgten. Jetzt bogen die beiden auf die kurze Seite ab und ritten aufeinander zu. Kurz bevor sie sich trafen, bogen sie wieder ab und hielten dann nebeneinander an. Auf die Weise bildeten sie den Anfang einer langen Reihe.

Ich hatte Emma vor mir, die nun ebenfalls abbog und sich neben Linus stellte. Dann musste auch ich mich neben Emma stellen. Ich hatte den kürzesten Weg – da konnte also nicht viel schiefgehen. Jetzt achtete ich darauf, dass Merlins Vorder- und Hinterbeine exakt nebeneinander standen. Dann grüßten wir alle, möglichst gleichzeitig. Auch dabei war ich im Takt mit den anderen.

Nun sollten wir zu zweit nebeneinander reiten. Dabei bildeten Madita und Linus eine Zweiergruppe. Sie ritten gemeinsam an und gingen zur gleichen Zeit über die Oxer, Madita über den rechten, Linus über den linken. Kurze Zeit später ritten Emma und Henry aufeinander zu, bogen dann in der Mitte der Bahn ab und ritten auf die Oxer zu. Auch sie sprangen synchron über die Hindernisse. Zuletzt mussten Samuel und ich aufeinandertreffen. Weil wir beide weiter als die anderen auseinander standen, hatten wir einen etwas weiteren Weg. Um im Takt zu bleiben, mussten wir uns also ein bisschen beeilen. Dabei machte ich schon den ersten Fehler. Ich trieb Merlin zu sehr an und statt zu traben machte er einen Galoppsprung. Jetzt bogen wir ab und ritten auf das Hindernis zu. Wieder machte Merlin einen Galoppsprung. Und dann noch einen. Ich nahm ihn erschrocken zurück. Doch nun kam der kleine Oxer. Merlin wurde in seiner Bewegung gestört und prompt riss er die erste Stange. Ich hörte, wie Karina aufstöhnte.

Da wir die letzten waren, die über das Hindernis gingen, störten wir niemanden. Jacob beeilte sich, die Stange wieder aufzuheben, aber ich merkte, wie auch er ein Seufzen unterdrückte.

»Weiter!«, zischte er.

Wir ritten um das Kreuz herum und setzten nun über die Querstangen. Diesmal passierte Merlin und mir nichts. Dafür aber patzte Madita. Karina fluchte leise.

»Weiter!« Das war wieder Jacob. Er hatte sich vorgenommen, uns durch das Programm zu manövrieren, koste es, was es wolle.

Jetzt kam das Kreuz in der Mitte. Der Sprung war nicht so einfach, aber es gelang uns allen. Wir teilten uns auf und ritten in zwei Gruppen aus unterschiedlichen Richtungen auf das Kreuz zu. Reiten im Reißverschlussverfahren. Das war ziemlich schwierig – jedenfalls für die anderen. Ich hatte es in meiner Position noch am besten, denn ich musste nur die anderen an mir vorbeiziehen lassen, um zuletzt zu springen. Doch irgendwie hatte Merlin mich falsch verstanden. Statt Samuel und Thessa den Vortritt zu lassen, schoss Merlin plötzlich an Thessa vorbei. Samuel wäre um ein Haar aufgeritten. Ich vergaß vor lauter Schreck, Merlin springen zu lassen. Stattdessen nahm ich die Zügel an. Da platschte Merlin mit den Hufen gegen alle Stangen, die es gab, und sie fielen alle herunter.

»Wow. Bingo!«, sagte Madita anerkennend. »Das hat noch keiner geschafft.«

»Ich liebe ja die Herausforderung«, versuchte ich zu scherzen.

»Die ist dir gelungen«, erwiderte Karina. Ihre Stimme klang scharf.

Jacob sah nun ein wenig hilflos aus.

»Ich glaube, wir brechen das hier erst mal ab«, schlug er vor. »Lasst die Pferde noch mal in Ruhe über die Stangen springen, damit sie einen positiven Abgang haben. Dann machen wir für heute Feierabend. Geht noch ins Gelände, wenn ihr mögt. Wer Lust hat, kann auch ein bisschen Bodenarbeit machen. Aber keine Quadrille mehr, keine Einzelarbeit. Wir machen eine kleine kreative Pause und treffen uns morgen früh mit einem neuen Trainingsplan in der Hotellobby. Okay?«

Wir nickten alle. Jacob vermied es, mich anzuschauen, aber ich wusste genau, was der »neue Trainingsplan« zu bedeuten hatte. Ich war raus.

Im Gegensatz zu den anderen hatte ich keine Lust mehr, ausreiten zu gehen. Jetzt hatte ich nur noch einen Wunsch: Ich wollte so schnell und so unbemerkt wie möglich von hier verschwinden. Auf keinen Fall wollte ich mir von Jacob und Karina anhören müssen, dass sie enttäuscht von mir waren, dass sie mir ein paar Trostpflaster mit auf den Weg gaben wie bei einem kleinen Kind, das auf die Knie gefallen war. Dass sie mir sagten, dass sie zwar an mich glaubten, aber dass sie diesen Trailer ohne mich machen wollten, weil sie einfach nicht so viel Zeit darauf verwenden konnten, zu warten, bis ich mich wieder gefangen hatte. Nein, dieses Gesülze konnte und wollte ich mir nicht anhören.

Kurz plante ich den Ablauf meiner Flucht. Wenn ich Linus bitten konnte, sich einen Tag lang um Merlin zu kümmern, würde ich in aller Schnelle meine Koffer packen und das Hotel verlassen. An der Straße Richtung Zentrum gab es eine

Bushaltestelle, mit der man zum nächsten Bahnhof fahren konnte. Und dann würde ich einfach die Bahn bis zum nächsten größeren Bahnhof nehmen, danach den IC nach Hause. Zuletzt würde mich sicherlich meine Mutter abholen und sie wäre bestimmt auch bereit, Merlin am nächsten Tag nach Hause zu transportieren.

Nein, ich war nicht traurig. Wirklich nicht. Ich war einfach nur schrecklich niedergeschlagen, ich war enttäuscht von mir selbst. Ich wollte jetzt keine Minute länger hier bleiben und die anderen davon abhalten, in Ruhe zu trainieren. Und ich wollte mich einfach nicht mehr länger als Versager fühlen.

Weg, nichts wie weg – kein anderer Gedanke hatte mehr in meinem Kopf Platz.

»Juna?«

Jacob stand plötzlich hinter mir. Ich hatte ihn gar nicht gehört.

»Ja?«

Ich hatte wahnsinnige Angst vor dem, was er mir sagen wollte. Ich wollte abgehauen sein, bevor er mir mitteilte, dass ich raus war.

»Kannst du gleich mal zu Karina und mir kommen? Wir sind drüben im Café im Hotel.«

Ich drehte mich zu ihm um und sah, dass er total traurig aussah. Jetzt spürte ich diesen riesigen Kloß im Hals. Ich schluckte und nickte.

Bloß nicht heulen!, dachte ich immer wieder. Ich räusperte mich kurz. Als ich redete, klang meine Stimme fest und sicher.

»Klar«, sagte ich. »Ich komme in einer halben Stunde, okay? Ich will mich nur noch um Merlin kümmern.«

»Kein Problem«, erwiderte Jacob.

Dann drehte er sich um und ließ Merlin und mich allein.

Ich schaute aus der Box und sah, wie sich Emma, Madita und Henry für einen Ausritt fertig machten. Ich betrachtete Linus und Samuel, die zu ihren Pferden gingen und dabei miteinander redeten. In Gedanken schickte ich meinen Freunden einen liebevollen Abschiedsgruß. Besonders Linus bat ich um Entschuldigung, weil ich ihm meine Flucht verschwieg. Dann gab ich Merlin einen zärtlichen Kuss auf die Nase.

»Hab dich lieb, mein Schatz! Heute Abend kümmert sich Linus um dich. Ich sehe dich morgen und dann kriegst du den dicksten Apfel der Welt«, flüsterte ich ihm ins Ohr.

Merlin sah mich aufmerksam an. Seine klugen Augen betrachteten mich irgendwie sorgenvoll, wie mir schien. Aber das war natürlich Quatsch. Pferde konnten die Sorgen der Menschen nicht verstehen.

Gerade als ich versuchte, meine Reitstiefel in meinen Koffer zu drücken, klopfte es an meiner Tür und Linus stürmte ins Zimmer.

»Was machst du?«

»Mist, kannst du nicht abwarten, bis ich herein sage?«, rief ich wütend.

»Nein, kann ich nicht«, erwiderte Linus. »Ich wusste nämlich, dass du mich dann nicht reinlässt.« Er stellte sich neben mich und schaute mir beim Kofferpacken zu. »Was machst du?«

»Wonach sieht es denn aus?«, gab ich zurück und setzte mich auf den Koffer, um die Klamotten zusammenzudrücken.

»Bitte, Juna, hau nicht ab!«, rief Linus unglücklich. »Du hast einfach einen blöden Lauf. Du weißt doch selbst, wie schnell das passieren kann.«

»Kannst du mich bitte mit diesen blöden Sprüchen in Ruhe lassen?«, schrie ich.

Linus schwieg erschrocken. Er sah jetzt richtig verzweifelt aus. Verwirrt schaute er dabei zu, wie ich den Reißverschluss des Koffers zuzog.

»Bitte, Juna, lass uns doch noch mal …«

Ich winkte ab und er schwieg.

»Ich habe mir alles überlegt«, sagte ich jetzt ruhiger. Ich redete schnell, weil ich Angst hatte, dass er mich aufhalten wollte. »Ich bin schlecht und du weißt es. Alle wissen es, auch Jacob und Karina. Sie haben über mich geredet und mir die Reitstunde vorhin als letzte Chance gegeben. Du hast gesehen, wie ich sie versemmelt habe.«

»Das verstehe ich einfach nicht«, regte sich Linus auf. »Du bist so eine gute Reiterin. Wie ist es möglich …?«

Wieder brachte ich ihn mit einer Handbewegung zum Schweigen.

»Es ist möglich. Du hast es gesehen. Karina und Jacob haben mich zu einem Gespräch gebeten, aber ich gehe da nicht mehr hin. Ich weiß auch so, was sie sagen werden.«

Linus sah jetzt so bestürzt aus, dass ich Angst hatte, er würde in Tränen ausbrechen.

»Bitte, Juna, lass mich nicht allein«, sagte er leise.

Das tat mir schrecklich weh. Andererseits wusste ich: Er war nicht allein. Er hatte Emma und die anderen. Linus gehörte in diese Gruppe. Alle mochten ihn. Er durfte nicht gehen.

Ich ging zu ihm und fasste ihn an die Schulter. Jetzt schauten wir einander lange an. Linus sah total traurig aus.

»Kann ich dich um einen Gefallen bitten?«, fragte ich.

Linus nickte und schluckte.

»Bitte sag keinem Menschen, dass ich abgehauen bin. Ich schreibe Jacob heute Abend eine Nachricht. Aber erst muss ich zu Hause sein.«

Linus wollte etwas einwenden, aber ich redete hastig weiter.

»Ich muss Merlin erst mal hier lassen. Kannst du dich heute um ihn kümmern? Mama holt ihn dann morgen ab, okay?«

Linus kämpfte mit sich. Er wollte nicht, dass ich ging.

»Bitte, Juna, lass uns …«

»Linus, du bist mein allerallerbester Freund. Kannst du das für mich tun? Bitte!«, beschwor ich ihn.

Schließlich nickte er.

»Danke!«, flüsterte ich. Meine Stimme versagte fast. Ich hatte Angst zu weinen. Das schien er zu spüren, denn er umarmte mich plötzlich heftig. Wir kämpften beide mit den Tränen. Darum löste ich mich schnell aus seinen Armen.

»Halt wenigstens du durch«, sagte ich. »Ich wäre so stolz darauf, dich in diesem Trailer zu sehen, und dann erzähle ich allen, dass du mein bester Freund bist. Du hast es verdient, bei dieser Show mitzumachen. Das weißt du!«

Linus schluckte. Da küsste ich ihn ganz liebevoll auf die Wangen. Dann ging ich zur Tür. Ich sah, wie er mir nachstarrte, während ich die Tür öffnete und den Raum verließ. Jetzt musste ich mich beeilen, bevor die anderen vom Reiten zurückkamen. Ich zog es vor, meinen Rollkoffer zu tragen, damit ich nicht so viel Lärm machte. Darum hetzte ich über den langen Flur, den Koffer in der Hand, von dort durch die Hotelhalle. Ich sah mich nicht um, viel zu groß war meine Angst, von jemandem beobachtet und aufgehalten zu werden. Erst als ich auf dem Hotelparkplatz angekommen war, ging es mir besser.

Jetzt setzte ich den Koffer ab und zog ihn hinter mir her, rannte mit ihm die Straße entlang bis zur Bushaltestelle. Dort las ich den Busplan. Der Bus würde in zehn Minuten kommen. Das war ein beruhigendes Gefühl. Ich setzte mich ins

Bushäuschen und wartete. Als mein Handy piepste, kramte ich es aus dem Rucksack. Eine Nachricht. Von Jacob.

Wo bist du? Wir warten auf dich, schrieb er.

Ich klickte zum Menü zurück und schob das Handy wieder in den Rucksack.

Eine Weile später kam der Bus. Ich stieg ein und löste eine Fahrkarte bis zum Bahnhof. Dann setzte ich mich auf einen freien Platz und schaute aus dem Fenster.

Ich wusste selbst nicht, was ich denken oder fühlen sollte. War ich eigentlich erleichtert? War ich traurig? Ich fühlte mich innerlich tot. Ich hatte mich so wahnsinnig auf das Wiedersehen mit der Cassiopeiagruppe gefreut. Warum war bloß alles so blöd gelaufen? Nun ließ ich meine Freunde und sogar mein Pferd zurück, um meinen Eltern den Rest der Ferien auf dem Reiterhof zu helfen.

Der Fahrer startete den Motor und schloss die Türen. Dann aber wartete er. Ich sah, wie er in den Rückspiegel schaute. Jetzt bemerkte ich aus den Augenwinkeln eine Gestalt, die winkend auf den Bus zurannte. Und nun erst erkannte ich Jacob. Im ersten Moment war ich wie erstarrt. Dann aber begriff ich, dass er es war, der den Bus aufgehalten hatte. Der Fahrer öffnete die Tür, um Jacob reinzulassen. Um Himmels Willen! Ich wollte Jacob jetzt nicht begegnen!

So schnell ich konnte, sprang ich auf. Nichts wie weg, war mein einziger Gedanke.

Ich drehte mich zur hinteren Tür um, doch sie war bereits geschlossen. An der vorderen Tür stand Jacob immer noch. Er bekam ein Ticket vom Busfahrer und steckte es in die Hosentasche.

Der Bus startete. Jacob hangelte sich zwischen zwei Kinderwagen durch den Bus, bis er bei mir angekommen war.

Dann drängte er mich auf den Sitz zurück und ließ sich auf den Platz neben mir fallen.

»Hi!«

Mir fehlten die Worte.

»Das habe ich ja noch mal knapp geschafft«, fuhr er fort.

Wieder wusste ich nicht, was ich sagen sollte.

Das war Linus!, dachte ich voller Wut. Er war der einzige, der von meiner Flucht wusste. Er hatte mich also verraten, obwohl ich ihn gebeten hatte, es nicht zu tun.

Jacob und ich schwiegen eine Weile. Ich blickte aus dem Fenster. Was sollte ich auch sagen? Ich hatte mich entschieden, nach Hause zu fahren. An dieser Entscheidung gab es nichts zu rütteln.

Jacob schaute nun auf meinen Koffer und auf meinen Rucksack. Er wusste Bescheid. Gott sei Dank fragte er nicht: Wo willst du denn hin? Trotzdem stand genau diese Frage im Raum.

»Ich hatte keine Lust, mir von Karina und dir anzuhören, dass ich schlecht bin und ihr mich darum nicht mehr in eurer Gruppe behalten könnt«, begann ich schließlich. »Das habe ich schließlich selbst gemerkt. Also habe ich mich einfach eine halbe Stunde eher abgesetzt.«

Jacob nickte. »Kann ich gut verstehen«, sagte er. »Und ehrlich gesagt bin ich auch total froh darüber. Ich hatte nämlich unglaublich viel Angst vor diesem Gespräch.«

Ich dachte daran, wie er für mich bei Karina gelogen und gesagt hatte, dass der Spin ganz gut verlaufen war. Das hatte mir gezeigt, wie sehr er sich gewünscht hatte, ich könnte bessere Leistungen zeigen und in der Gruppe bleiben. Aber das Wünschen ist eine Sache, die traurige Tatsache eine andere.

»Es tut mir leid, dass ich so schlecht war«, brach es schließlich aus mir heraus. »Ich weiß nicht, was mit mir los ist. Ich habe mir Mühe gegeben, wirklich.«

Jetzt schluckte ich echt gegen die Tränen an. Das war mir sehr peinlich. Schnell blinzelte ich, damit die Tränen nicht die Wangen herunterliefen.

Jacob merkte sofort, dass ich dem Weinen nahe war, und er sah traurig vor sich hin. Ich war ihm dankbar dafür, dass er mich nicht darauf ansprach oder versuchte, ein paar tröstende Worte für mich zu finden. So hatte ich die Möglichkeit, mich wieder zu fangen. Ich räusperte mich. Dann schwiegen wir wieder. Der Bus bog in die Straße ein, die zum Bahnhof führte.

»Es war nicht deine Schuld«, begann Jacob aufs Neue.

Jetzt musste ich lächeln. »Na ja, es kann auch der Föhn gewesen sein. Oder es war Ponywetter. Oder Merlin hatte keinen Bock oder was weiß ich was«, benutzte ich die Ausreden, die Mamas Reitschüler immer benutzten, wenn sie eine Dressurübung nicht hinbekamen.

Plötzlich griff Jacob nach meiner Hand. Ich zuckte zusammen. Der Händedruck ging mir durch und durch. Schnell zog ich meine Hand zurück und massierte sie. Sie fühlte sich an, als hätte ich einen Stromzaun berührt.

Jacob wandte sich mir zu und ich merkte ihm an, wie gerne er noch einmal nach meiner Hand gegriffen hätte. Darum steckte ich sie schnell in die Taschen meines Anoraks.

»Es ist meine Schuld gewesen«, sagte Jacob nun. »Und das weißt du auch, oder?«

Seine Schuld? So ein Quatsch.

»Nein?«, sagte ich und betonte es so, dass es wie eine Frage klang.

»Gibst du mir eine Chance, dir alles zu erklären?«, fragte Jacob. »Eine nur.«

»Okay, schieß los!«, sagte ich.

»Nicht hier. Wir sind gleich am Bahnhof. Ich brauche aber mindestens eine halbe Stunde, um dir das alles zu erklären. Gehst du mit mir einen Tee trinken und gibst mir diese eine Chance? Wenn du danach immer noch meinst, du hast versagt, kannst du gerne nach Hause fahren. Aber wenn du merkst, dass das alles ganz anders ist, und du das plötzlich aus einem ganz andern Blickwinkel betrachtest, wäre ich überglücklich.«

»Ich will mir das von mir aus anhören, aber ich komme nicht mehr zu euch zurück«, erwiderte ich fest entschlossen. »Der Trailer ist für mich beendet und bei der nächsten Cassiopeiashow werde ich auch nicht mehr mitmachen. Aber ich trinke noch einen Tee mit dir. Jedenfalls, wenn der Tee auch eine heiße Schokolade sein darf.«

Jacob lächelte. »Heiße Schokolade ist gebongt!«, sagte er. »Mit ganz viel Sahne sogar, wenn du willst.«

Keine zehn Minuten später saßen wir einander gegenüber in einem kleinen Bistro am Bahnhof. Jacob starrte in seinen schwarzen Kaffee. Ich löffelte meine Sahne vorsichtig. Wir schwiegen beide.

Wenn er nicht bald anfängt zu reden, ist mein Zug weg, dachte ich.

Gleichzeitig aber merkte ich, wie ich mich innerlich wieder Jacob zuwandte. Er wirkte so verloren und traurig. Ich spürte, dass es ihm wirklich etwas ausmachte, dass ich wegwollte. Irgendwie beeindruckte es mich auch, dass er so hinter dem Bus hergerannt war. Und das alles nur meinetwegen.

Nachdenklich betrachtete ich seine Hände, die sich nun um den weißen Kaffeebecher schlossen. Jetzt sah er auf. Seine dunklen Augen ruhten auf mir.

»Ich weiß gar nicht, wo ich anfangen soll«, begann er.

Ich schwieg. Schließlich wusste ich es erst recht nicht.

»Du hast dich beim Reiten so verspannt, weil ich mich so verspannt habe«, begann er.

»Aha«, sagte ich höflich und unterdrückte den Wunsch, zu kichern.

»Ich weiß, das klingt ein bisschen lächerlich«, fuhr Jacob fort. »Aber im Grunde weißt du es ja auch. Wir beide haben eine ganz besondere Beziehung. Und genau die macht es so schwierig, miteinander zu arbeiten.«

»Verstehe«, sagte ich. Und ich verstand es wirklich. Im Grunde hatte Jacob recht, wir hatten eine komplizierte Beziehung zueinander. Ich war leider furchtbar in Jacob verliebt, Jacob dagegen scheinbar nicht in mich. Deshalb verspannte ich mich, sobald er in meiner Nähe war. Und dann machte ich Fehler, die dazu führten, dass ich mich noch mehr verspannte. Die Krönung war, dass mich Karina mit Argusaugen anstarrte, und dann versagte ich vollständig. Alles total logisch, aber leider nicht zu ändern.

»Es ist nämlich so, dass ich dich ziemlich gerne mag«, fuhr Jacob fort und sah jetzt ein wenig verlegen aus. »Und weil ich mir das nicht eingestehen will und auch nicht darf, bin ich total angespannt, und dadurch wirst du auch angespannt …«

In meinen Ohren rauschte es. Was versuchte Jacob mir da zu sagen? Es war klar, ich war angespannt, weil ich alles gut machen wollte, aber was hatte das mit ihm zu tun? Er war angespannt und darum war ich angespannt? Irgendetwas klang schräg in seiner Theorie.

»Was meinst du? Verstehst du das?«, fragte mich Jacob.

»Klar«, sagte ich. »Klingt total logisch.« Ich meinte das natürlich ironisch. Doch Jacob nickte und sah erleichtert aus.

»Ich wusste, dass du das genauso siehst«, sagte er und schien das nicht die Bohne ironisch zu meinen.

Ich versuchte, die Dinge für mich zusammenzufassen.

»Also, ich sage es mal so, wie ich das verstanden habe«, begann ich. »Du magst mich und darum verkrampfst du dich und darum mache ich Fehler«, fuhr ich fort und bemühte mich, nicht zu lachen.

Jacob sah nun ein wenig verwirrt aus.

»Machst du dich über mich lustig?«, fragte er.

Jetzt musste ich lachen.

»Ein bisschen schon«, sagte ich. »Und sei ehrlich. Es klingt ein bisschen … verwirrend.«

»Klar, verwirrend ist es schon«, gab Jacob zu. »Aber es ist auch ganz einleuchtend, oder?«

Ich fühlte mich unbehaglich. Ich wusste schon irgendwie tief in meinem Inneren, dass vielleicht was dran war an dieser verrückten Theorie, obwohl ich dieses Gefühl wahrscheinlich noch weniger wahrhaben wollte als Jacob. Wir beide hatten diese merkwürdige Übertragung von Empfindungen, diese ganz besondere Beziehung. Jacob konnte mich spüren, wenn ich nur hinter ihm stand, und auch ich konnte das bei ihm. Jacob hatte es auf den Punkt gebracht. Ich war angespannt, weil er es war. Seine Gefühle wurden meine und so verschwammen die Grenzen zwischen uns zu einer Person. Das war viel zu nah und das machte unsere Beziehung ziemlich unübersichtlich.

Jacob bemerkte, dass ich ihn verstanden hatte.

»Ich schwöre dir, ich habe versucht, aus dieser Sache rauszukommen«, sagte er jetzt. »Doch das hat es alles nur schlimmer gemacht.«

»Aber dann ist es doch gut, wenn ich diese Show abbreche«, überlegte ich. »Wenn ich jetzt fahre, könnt ihr euren

Trailer ganz in Ruhe drehen – Friedrich wird meinen Platz einnehmen und du kannst dich anspannen, wie du willst, deswegen stößt niemand bei der Quadrille gegen eine Stange.«

Jacobs Blicke durchbohrten mich fast.

»Ich will aber nicht, dass du fährst«, sagte er. »Wir brauchen dich in dieser Gruppe. Gerade dich. Mit diesem ganz besonderen Gespür für Pferde und ihre Situation.«

Ich umklammerte meine Tasse mit beiden Händen, damit Jacob nicht sehen konnte, wie sehr ich zitterte. Dann trank ich einen Schluck. Ich fühlte, wie sich die Sahne um meinen Mund verteilte, setzte darum die Tasse ab, nahm die Serviette und wischte mir über die Lippen. Als ich sie zurücklegte, griff Jacob mit beiden Händen nach meiner rechten Hand und hielt sie ganz fest.

»Schau mich an«, sagte er.

Es kostete mich echt Mühe, in diese dunklen Augen zu schauen. Sein Blick war so magisch, ich konnte mich ihm nicht entziehen.

Jetzt streichelte er meine Hand mit seinen beiden Daumen.

»Am kommenden Wochenende werden wir alle frei bekommen«, berichtete er. »Alle haben noch einmal die Chance sich zu entspannen, bevor der Trailer gedreht wird. Ihr könnt nach Hause fahren oder im Hotel bleiben, was immer ihr wollt.«

Seine Hand umschloss meine Hand noch fester.

»Finde eine Ausrede«, sagte er dann. »Und fahr mit mir weg. Nur an diesem Wochenende. Danach verspreche ich dir, dass alles in Ordnung ist.«

Mein Herz schien für einen Moment stillzustehen.

»Wir beide. An diesem Wochenende?«

»Wir beide und die Pferde«, erwiderte Jacob und sah jetzt sehr liebevoll aus.

Ich spürte, wie mir überall warm wurde. Plötzlich war dieser Gedanke, alles abzubrechen und so schnell wie möglich nach Hause zu fahren, in weite Ferne gerückt. Ich ließ meine Hand in Jacobs und fühlte, wie sein Daumen meinen Handrücken streichelte. Langsam ließ er seine Hand sinken, schaute mich aber weiterhin durchdringend an.

»Es ist ganz wichtig, dass es niemand erfährt. Nicht Madita, nicht Linus und erst recht nicht Karina«, fuhr er fort.

Der Gedanke an Karina versetzte mir wieder einen kleinen eifersüchtigen Stich. Warum war es ihm so wichtig, unsere Freundschaft vor ihr geheim zu halten?

»Linus muss ich es sagen«, meinte ich schließlich. »Einer muss wissen, wo ich bin. Falls mir etwas passiert, weiß jemand, in welche Richtung er die Suchtrupps schicken muss.« Das hatte ich mal in der Schule gelernt.

Jacob lächelte still und zwinkerte dann.

»Du scheinst ja nicht so viel Vertrauen zu mir zu haben«, sagte er.

»Doch, ein bisschen schon«, erwiderte ich.

Jacob nickte und lächelte. »Sag es ihm, wenn es dich beruhigt«, meinte er. »Aber lass ihn schwören, dass er uns nicht verrät.«

»Linus wird uns niemals verraten«, versicherte ich. Dann aber fiel mir ein, dass er mich vor einer Stunde an Jacob verraten hatte. »Außer wenn er sicher ist, dass es besser für mich ist«, ergänzte ich.

Als ich nach diesem Nachmittag wieder im Hotel auftauchte, waren alle ein bisschen verwundert. Sie hatten tatsächlich damit gerechnet, dass Jacob und Karina mir nahelegen würden, das Training abzubrechen. Aber ich sah auch, dass sich alle freuten, als ich wieder zwischen ihnen beim Abendessen saß.

»Oh Mann, ich hatte echt Angst, dass du abgereist bist«, sagte Samuel zu mir. »Ich habe gesehen, wie du die Straße entlang Richtung Bushaltestelle gelaufen bist. Da dachte ich, du brichst alles ab, ohne uns auch nur Tschüss zu sagen.«

»Ich bin nur kurz in die Stadt gefahren, weil ich noch Gamaschen kaufen musste«, log ich. »So oft, wie Merlin gegen die Latten stößt.«

Ich sah den anderen an, dass sie die Lüge nicht glaubten.

»Ich habe mich allerdings gewundert, warum du deinen Rollkoffer dabei hattest«, bemerkte Madita. Es war typisch für sie, dass sie auch etwas gemerkt hatte.

Ich gab es auf, weiter zu schwindeln.

»Okay, ich verrate es euch. Ich war wirklich verzweifelt und hatte beschlossen, abzubrechen. Aber als ich am Bahnhof angekommen war, habe ich es mir doch noch mal anders überlegt«, erzählte ich und hoffte sehr, dass die anderen nicht auch noch gesehen hatten, wie Jacob hinter dem Bus hergelaufen war.

Die anderen nickten nun.

»Lasst uns etwas abmachen«, mischte sich Emma nun ein. »Wenn es einem von uns schlecht geht, wenn einer nicht gut klar kommt, weil – was weiß ich – die Leistungen nicht gut waren oder weil jemand sehr traurig ist, oder weil jemand gerade in einer schwierigen Situation ist – lasst uns abmachen, dass wir immer zusammenhalten.«

Jetzt sahen alle zu Emma. Sie hatte ein ernstes Gesicht aufgesetzt. Man sah ihr an, dass es ihr sehr wichtig war, von jedem dieses Versprechen zu bekommen.

Wir nickten alle. Dann legte Emma ihre Hand mitten auf den Tisch, direkt neben das Brotkörbchen.

»Schlagt ein«, sagte sie.

Linus legte seine Hand auf ihre, ich meine auf Linus'.

Danach legten Madita, Samuel und Henry ihre Hände auf unsere.

»Einer für alle, alle für einen«, beschwor uns Emma.

Wir sprachen ihr nach.

Dann griffen wir in den Brotkorb und ließen uns das Abendessen schmecken.

»Habe ich etwas verpasst?«, fragte Jacob, der sich wenig später mit Karina an unseren Tisch setzte.

»Nö«, erwiderte Emma.

4. KAPITEL

EIN WOCHENENDE MIT JACOB

Alle waren erleichtert, nach dieser festgefahrenen Probezeit ein freies Wochenende zu haben, um sich ein bisschen zu entspannen, damit es dann umso konzentrierter an die Dreharbeiten gehen konnte. Und wahrscheinlich hofften auch alle, dass ich mich danach wieder gefangen haben würde.

Henry und Samuel planten, an dem Wochenende nach Hause zu fahren, Madita wollte im Hotel bleiben. Linus und Emma hüllten sich in Schweigen.

Mir war völlig unklar, wie ich mein Wochenende mit Jacob geheim halten sollte, zumal Karina Jacob ständig beobachtete. Dann aber kam mir Linus zu Hilfe. Er wollte nämlich das Wochenende mit Emma verbringen und mit ihr einen kleinen Wanderritt machen, ohne dass die anderen davon wissen sollten.

»Ich habe Karina erzählt, dass deine Mutter uns oben an der Landstraße abholt«, berichtete mir Linus. »Dann können wir zusammen zur Landstraße reiten und so tun, als würden wir auf deine Mutter warten. Danach geht jeder seinem heimlichen Treffen nach.«

Linus zwinkerte vergnügt mit den Augen. Er wusste, dass ich meinen Wochenendausflug nicht verraten durfte, und auch ihm war es wichtig, dass nichts über seinen Wanderritt mit Emma bekannt würde. Emmas Eltern würden das bestimmt nicht gut finden und Christel hätte sicherlich ebenfalls Bedenken, obwohl sie wahrscheinlich die Einzige war, die ihr Einverständnis geben würde. Christel hatte immer Verständnis für ihren Sohn, doch es war Linus trotzdem wichtig, dass sie es diesmal nicht erfuhr. Und dass meine Eltern es mir verbieten würden, ein geheimes Treffen mit Jacob Cordes zu haben, das dazu noch über zwei Nächte ging, war sowieso klar.

So hatten Linus, Emma, Jacob und ich auf alle Fälle etwas gemeinsam. Wir erschwindelten uns ein freies Wochenende und hielten uns gegenseitig den Rücken frei.

Als ich Jacob mit seinem dunkelroten Geländewagen und dem Pferdeanhänger dahinter die Landstraße entlangkommen sah, an der Linus, Emma und ich warteten, überzog sich mein Körper mit einer Gänsehaut. Es hatte geklappt!

Jacob hielt an, nickte dann Emma und Linus zu.

»Danke, dass man euch ein Geheimnis anvertrauen kann«, sagte er und seine Stimme klang belegt.

Linus nickte. Er hatte mir die Adressen der Höfe mitgeteilt, zu denen sie reiten würden. Leider konnte ich Linus nicht sagen, wo Jacob und ich das Wochenende verbringen würden, denn Jacob wollte es mir nicht verraten. Das war ein bisschen merkwürdig, vielleicht sogar ein bisschen unheimlich.

Wir winkten einander zu. Dann ritten Linus und Emma davon.

Jacob ließ nun die Laderampe seines Hängers herunter. Bjalla schaute neugierig nach draußen.

»Du kriegst einen hübschen jungen Wallach neben dich«, versprach Jacob seiner Stute lächelnd und führte dann Merlin in den Hänger. Bjalla stellte die Ohren in seine Richtung. Man sah ihr an, dass sie sich freute, nicht allein zu sein.

»Hat alles geklappt?«

Das war die einzige Frage, die Jacob an mich hatte, und als ich nickte, fuhr er los. Er fuhr die Landstraße entlang, dann ein Stück auf der Autobahn, anschließend wieder Landstraße. Wir kamen durch kleine Ortschaften, dann wurde es immer einsamer. Schließlich ging es ein ganzes Stück durch den Wald.

Immer noch redete Jacob nicht. Zuerst fand ich es ganz schön, zusammen mit ihm zu schweigen, aber als er in diesen Wald einbog und schließlich von einer asphaltierten Straße in einem Waldweg einbog, wurde es mir allmählich unheimlich.

»Wohin fahren wir?«, fragte ich.

»Siehst du gleich«, war die Antwort.

Dabei stimmte es nicht. Ich sah überhaupt nichts außer Bäumen, Sträuchern und einem Weg, der immer enger wurde. Schließlich hielt Jacob an einem kleinen Parkplatz an.

»Hier kommen wir mit dem Auto nicht mehr voran«, sagte er. »Jetzt geht es nur noch per Pferd weiter.«

»Ups«, sagte ich und dachte an mein Gepäck. Ich hatte keine Ahnung, wie ich das transportieren sollte.

»Du brauchst nicht viel«, meinte Jacob und lächelte. »Ich habe schon gut vorgesorgt. Im Grunde musst du nur deine Reitsachen und die Zahnbürste mitnehmen.«

»Und vielleicht auch eine Unterhose zum wechseln, oder hast du die auch besorgt?«, fragte ich ironisch.

Jacob sah jetzt ein bisschen unsicher aus.

»Nimm ein paar frische Sachen mit«, sagte er. »Ich habe zwei Packtaschen für dich dabei.«

Die nächsten zehn Minuten verbrachte ich damit, die wichtigsten Sachen aus meinem Koffer in die Satteltaschen umzuladen. In der Zwischenzeit holte Jacob die Pferde aus dem Hänger.

Merlin sah sich neugierig um, als er die unbekannte Gegend erschnupperte. Bjalla dagegen schien alles sehr vertraut zu erscheinen. Sie stand neben ihm wie ein in sich ruhendes Verlasspferd.

»Okay. Dann ziehe ich noch meine Reitsachen an und es kann losgehen, oder?«, fragte er.

Ich nickte. Für einen kurzen Moment sah ich zu, wie sich Jacob seine Jeans auszog und in seine Reithose schlüpfte. Es schien ihm nicht besonders peinlich zu sein, dass ich ihn für einen kurzen Moment mit Boxershorts und nackten Beinen sah. Mich irritierte es aber schon ein bisschen. Schnell sah ich mich zu Merlin um und sattelte ihn. Dann half mir Jacob, die Packtaschen umzubinden, und sattelte ebenfalls. Zusammen ritten wir los.

Immer noch redeten wir wenig miteinander. Jacob verriet mir weder wohin er mich führte, noch was mich dort erwartete. Mittlerweile aber war klar, dass wir hier mitten im Wald nicht auf einen Reiterhof stoßen würden.

Es ging einen schmalen Pfad bergauf. Jacob ritt langsam voran. Ich folgte ihm, beobachtete, wie er gerade und sicher auf seinem Pferd saß, und betrachtete seinen schmalen Rücken. Es sah immer toll aus, wenn er ritt.

Jetzt drehte er sich zu mir um und musterte mich.

»Alles okay?«, fragte er.

Ich nickte. Dabei war überhaupt nichts okay. Es irritierte mich, dass ich überhaupt nicht wusste, wohin es ging und was mich dort erwartete. Zu gerne hätte ich auch erfahren, was Jacob geplant hatte. Zunächst hatte ich geglaubt, er wollte mit mir an diesem Wochenende für den Trailer üben, aber nun war ich mir längst sicher, dass es nicht mehr darum ging. Worum aber ging es dann?

Ich musste mir selbst eingestehen, dass ich auch ein bisschen Angst hatte, mit Jacob allein zu sein. Meine Eltern würden jedenfalls niemals erlauben, dass ich mit diesem Typen ein Wochenende verbrachte. Jacob war immerhin achtzehn Jahre alt.

Wieder drehte sich Jacob nach mir um. Er betrachtete mich nachdenklich.

»Hast du Angst?«, fragte er plötzlich.

»Nein, natürlich nicht«, erwiderte ich und hörte dabei selbst, wie unecht meine Stimme klang. Jacobs Gesicht war jetzt ganz ernst.

»Wir sind dort oben ganz allein«, sagte er nun. »Aber du musst keine Angst haben. Versprichst du mir das?«

Was für eine seltsame Idee. Angst ist schließlich ein Gefühl, das man nicht einfach so unterdrücken kann. Aber ich merkte, wie wichtig es Jacob war, dass ich Vertrauen zu ihm hatte. Ich betrachtete ihn aufmerksam. Er wirkte aufrichtig. Da ich nicht antwortete, sah Jacob ziemlich bekümmert aus. »Natürlich hast du Angst«, murmelte er. »Du kennst mich schließlich gar nicht richtig.«

Und er drehte sich wieder nach vorne. Ich ritt ein bisschen dichter auf, damit ich mit ihm reden konnte.

»Du hast dir ja auch nicht besonders viel Mühe gegeben, damit ich dich kennenlernen kann«, meinte ich. »Du hast mir in der Zeit, in der wir getrennt waren, nie geschrieben oder mich mal angerufen. Und jetzt, als wir uns wiedergesehen haben, warst du so abweisend.«

»Ich weiß«, erwiderte Jacob leise. »Und das tut mir auch schrecklich leid. Aber ich werde dir alles erklären.«

Ich wusste nicht, ob es mir jetzt besser ging. Vielleicht ein bisschen. Ein ganz kleines bisschen. Aber letztendlich blieb bei mir eine große Vorsicht. Ich musste tatsächlich gut auf meine Gefühle aufpassen.

Plötzlich sah ich hinter dem Waldrand eine Lichtung auftauchen und am Ende der Waldlichtung stand ein Holzhaus. Es sah sehr gemütlich aus, hatte dicke Blockbohlen aus hellem Holz und eine kleine Veranda. Unwillkürlich musste ich an Pippi Langstrumpf denken. Die hätte sich hier sicherlich wohlgefühlt.

»Wir sind da«, sagte Jacob.

»Wow«, staunte ich. »Ein Ferienhaus. Hat es auch einen Stall?«

»Natürlich«, erwiderte Jacob. »Einen Offenstall für zwei Pferde.«

Ich zögerte mit meiner weiteren Frage.

»Gehört es … dir?«

Jacob blickte mich nicht an als er nickte.

»Ich bin eigentlich oft hier. Immer wenn ich die Nase voll habe von diesen Shows und diesem Filmtrubel, ziehe ich mich hierhin zurück.« Er zeigte nun auf den Wald hinter der Lichtung. »Von dort verläuft auch eine Straße auf das Haus zu. So kann ich auch mal mit dem Auto zum Haus fahren und größere Sachen vorbeibringen.« Er lächelte. »Für dieses Wochenende ist der Kühlschrank gefüllt, es ist genug Holz für den Kamin da und die Betten sind auch bezogen.«

Das klang alles sehr lieb und fürsorglich. Trotzdem wollte ich nicht blauäugig sein. Ich war hier mit einem Jungen, den ich noch nicht sehr lange kannte, mitten in der Einsamkeit.

Unauffällig zog ich mein Handy aus der Anoraktasche und warf einen Blick auf das Display. Gott sei Dank, ich hatte hier Handyempfang. Dann konnte ich heimlich ein Foto von dem Haus machen und es Linus schicken.

Als ich aufschaute, sah ich, wie Jacob mich nachdenklich betrachtete.

»Ich verstehe, dass du Angst hast«, sagte er. »Willst du vielleicht das Haus fotografieren und jemandem schicken, damit du dich absichern kannst?«

Ups. Wie immer hatte er meine Gedanken durchschaut.

»Ähm, weiß nicht. Vielleicht nachher«, winkte ich schnell ab.

»Du musst keine Angst haben«, versicherte er.

»Jaja, das sagen die Entführer immer«, versuchte ich zu spotten. »Und dann knebeln sie dich und sperren dich in die Besenkammer.«

Jacob lachte. »Du hast ja eine wilde Fantasie«, meinte er.

Am Haus angekommen sattelten wir ab. Jacob zeigte mir den Offenstall, der richtig toll und geräumig war und bereits für die Pferde mit Stroh und einem großen Heuhaufen ausgestattet war. Bjalla und Merlin fühlten sich sofort wohl und begannen gemeinsam am Heu zu knabbern.

In einem kleinen Raum neben dem Stall gab es eine Art Sattelkammer, in der auch das Futter und verschiedene Reitsachen untergebracht waren. Dahin hängten wir unsere Sättel.

»Komm rein!«, sagte Jacob anschließend und öffnete die Tür zu seinem Haus. Ich trat in den Wohnraum, der in eine gemütliche kleine Küche überging. An der einen Seite gab es einen Kamin, neben dem links und rechts zwei Ohrensessel standen. Im rechten Winkel dazu befand sich ein großes rotes Sofa. Außerdem gab es einen Tisch, eine Bank und zwei Stühle an der anderen Seite.

»Ich werde auf dem Sofa schlafen«, erklärte Jacob. »Für dich habe ich drüben das Schlafzimmer eingerichtet.«

Er führte mich in einen weiteren Raum, in dem ein großes Bett und ein Schrank standen.

»Und hier ist das Badezimmer.« Jacob öffnete eine weitere Tür und zeigte mir die Dusche, das Waschbecken und die Toilette.

»Toll. Alles da«, sagte ich. Allmählich verschwand meine Beklommenheit.

Irgendwie war es spannend, hier mit Jacob allein zu sein.

»Willst du deine Sachen auspacken? Ich habe dir Platz im Schrank eingerichtet«, erklärte er. »Ich decke inzwischen den Tisch zum Abendessen, okay?«

Ich nickte.

»Drinnen oder draußen auf der Veranda?«, wollte er wissen.

»Draußen«, erwiderte ich.

Wir hatten beide nicht viel gegessen. Jetzt schauten wir auf die Sonne, die hinter dem Wald unterging. Es wurde allmählich kalt. Jacob holte eine Jacke für sich und eine große Decke für mich. Ich kuschelte mich hinein. Es wurde allmählich Zeit für Erklärungen. Das schien auch Jacob zu finden.

»Wir haben für unsere Crew neue Verträge bekommen«, begann er plötzlich und unvermittelt, während er in die Richtung schaute, in der die Sonne den Wald in rote Farben tauchte. »Es sind ziemlich strenge Verträge. Sie regeln die Arbeitszeit für jeden einzelnen und beschreiben auch, was jeder in der Gruppe zu tun hat.« Er schwieg und starrte verbissen vor sich hin. Ich wartete.

Jacob räusperte sich. Es fiel ihm schwer weiterzusprechen, aber er tat es endlich.

»Es ist auch vertraglich festgelegt, dass wir keine Liebesbeziehung zu einem Mitglied aus der Gruppe haben dürfen«, sagte er und seine Stimme klang gepresst.

Ich sah ihn an und er blickte kurz zu mir, schaute dann aber schnell wieder weg.

»Sollte es uns passieren, dass wir uns in ein Mitglied der Cassiopeiagruppe verlieben, wird der Vertrag auf der Stelle aufgelöst und wir müssen gehen«, fügte er hinzu. Er sah ziemlich traurig aus. »Kennst du den Pferdeflüsterer Steve Reinhards?«

»Nie gehört«, sagte ich.

»Der ist ziemlich bekannt und außerdem ein *sehr* guter Freund von Karina Demski«, berichtete Jacob weiter. »Außerdem ist er ziemlich heiß auf meinen Job und auch Karina würde sich freuen, wenn er ihn bekommt.«

»Oh. Okay«, machte ich und spürte zunächst eine riesige Erleichterung. Wenn das der Grund für Karinas Verhalten in den letzten Tagen war, musste ich wenigstens nicht auf sie eifersüchtig sein. Andererseits würde sie Jacob sicherlich genau beobachten.

»Dann lässt sie dich sicherlich nicht aus den Augen, damit sie die erste ist, die mitkriegt, ob du einen Fehler machst, oder?«, wollte ich wissen.

Jacob nickte und schaute unglücklich vor sich hin. »So ist es«, sagte er. Ohne mich anzuschauen redete er weiter. »Und jetzt kommt das große Problem«, murmelte er. »Ich liebe dich nämlich.«

Was hatte er gesagt? Meine Ohren rauschten. Es hatte sich wie »Ich liebe dich« angehört. Aber das hatte ich mir sicherlich nur eingebildet, so verliebt wie ich in ihn war.

»So ist es wirklich«, wiederholte Jacob. »Ich liebe dich.«

Ich wusste überhaupt nicht, was ich dazu sagen sollte. Beinahe hätte ich gelacht. Es sah irgendwie zu komisch aus, dass Jacob so traurig vor sich hinstarrte und mir gleichzeitig eine Liebeserklärung machte. Was sollte ich dazu sagen? ›Ich liebe dich auch‹? Das traute ich mich nicht. Außerdem war ich total verwirrt. All diese Erklärungen waren so unerwartet und gingen über all das hinaus, was ich mir in meinen kühnsten Träumen vorgestellt hatte.

Jacob sah mich nun endlich an.

»Ich wache morgens auf und habe dein Gesicht vor Augen, ich denke an dich, wenn ich einschlafe, ich denke sogar an dich, wenn ich mir die Zähne putze, wenn ich mir ein Brot schmiere, wenn ich ausreite, wenn ich mit Karina einen Plan für die Quadrille entwickele – immer und immer denke ich an dich«, sagte er mit ziemlich heftiger Stimme.

»Ich denke auch immer und überall an dich«, wagte ich zu sagen. »Und in der Zeit, als du dich nicht gemeldet hast, war ich total fertig.«

»Tut mir leid. Tut mir echt leid!«, rief Jacob aufgebracht. »Aber verstehst du denn nicht – ich darf das nicht zulassen. Wir können keine Beziehung haben. Wir dürfen es nicht.«

Ich sagte nichts dazu. Was sollte ich auch sagen? Ich hätte so einen bescheuerten Vertrag nicht unterschrieben.

»Und weil ich dieses Gefühl zu dir unterdrücke, weil ich mir immer wieder sage: ›Ist doch nur ein ganz normales Mitglied aus der Cassiopeiagruppe. Sie ist nett, sie sieht toll aus, aber sie ist ein ganz normales Mädchen, wie Madita und Emma auch‹, dadurch bin ich so schrecklich angespannt und da wir beide so eine komplizierte magische Beziehung haben, passieren dir diese Fehler …«

Er sah so unglücklich aus, dass ich am liebsten zu ihm gegangen wäre und ihn umarmt hätte.

»Ich wünsche mir eine Beziehung zu dir und weil ich die nicht haben darf, wäre es leichter für mich, wenn du gar nicht in dieser Gruppe wärst. Darum möchte ich vielleicht im tiefsten Inneren, dass du aus der Gruppe rausfliegst«, fuhr er fort. »Und weil du und ich diese ganz besondere Verbindung haben …« Er suchte nach Worten.

Plötzlich wusste ich, dass es genau so war, wie er es mir zu erklären versuchte.

»Ich verstehe«, sagte ich. »Weil du dir das immer wieder gewünscht hast, sind mir all die Fehler passiert. Ist es das?«

Jacob nickte.

»Jetzt verstehe ich auch, warum ich mich so fremdgesteuert gefühlt habe«, rief ich und fühlte mich plötzlich erleichtert. »Ich habe selbst nicht verstanden, wieso mir so lächerliche kleine Fehler passiert sind. Ich habe schon gedacht, ich bin total unfähig.«

»Das bist du nicht«, sagte Jacob leise. »Du bist eine unglaublich gute Reiterin. Daran darfst du nie zweifeln.«

Ich seufzte tief und wusste nicht, ob ich lachen oder weinen sollte.

»Und jetzt?«, fragte ich. »Wie geht es weiter?«

»Ich weiß es auch nicht«, erwiderte Jacob und sah tatsächlich sehr niedergeschlagen aus.

Es war nun richtig kalt geworden. Die Sonne war längst hinter den Bäumen versunken. Ich stand auf, stellte die Teller ineinander und räumte den Tisch ab. Jacob half mir schweigend. Dann ging er zum Kamin, stapelte das Holz ineinander und machte Feuer. Ich lehnte an einem Holzbalken und sah ihm dabei zu. Als das Feuer in hellen Flammen leuchtete, stand Jacob auf und machte Musik an. Ed Sheerans »Perfect«.

Oh Mann, ich liebte diesen Song und es wunderte mich überhaupt nicht, dass Jacob genau dieses Lied in diesem Moment spielte.

Langsam kam Jacob auf mich zu, legte seine Arme um meine Schultern und zog mich an sich. Dann strich er über mein Gesicht, streichelte meine Haare und küsste mich ganz behutsam. Ich schloss einen Moment die Augen und tauchte in diese wahnsinnig liebevolle Berührung ein. Das war er also, mein erster richtiger Kuss. Und es war wundervoll, ihn von Jacob zu bekommen.

Als ich meine Augen wieder öffnete, blickte ich direkt in Jacobs Augen. Im Schein des Feuers sahen sie tiefschwarz aus.

Dann nahm Jacob meine rechte Hand in seine, die andere Hand ruhte auf meiner Schulter. Jetzt tanzten wir. Eng umschlungen, sein Mund in meinem Haar, mein Kopf an seiner Brust. Das war ein wundervolles Gefühl.

Später schoben wir die Sessel vor den Kamin und setzten uns einander gegenüber. Ich legte meine Beine auf Jacobs Sessel, er seine Beine auf meinen. So waren wir einander sehr nahe und konnten doch endlich mal über die Dinge reden, die mir auf dem Herzen lagen.

»Wer bist du eigentlich? Ich weiß gar nichts von dir«, wollte ich wissen.

Bildete ich mir das ein, oder trat tatsächlich ein ängstlicher Blick in Jacobs Gesicht?

»Was willst du wissen?«, fragte er.

»Woher du kommst, was du als Kind gemacht hast, warum du so viel Ahnung von Pferden hast«, schlug ich vor.

»Ich bin ein Sternenkind vom Planeten Cassiopeia«, begann Jacob, aber ich unterbrach ihn lachend: »Die Cassiopeia ist kein Planet, sondern ein Sternbild. Also hör auf mit dem Quatsch. Du hast zwar eine magische Ausstrahlung, aber mir musst du schon mit der Wahrheit kommen.«

»Mist, das habe ich befürchtet«, brummte Jacob. »Okay. Ich hatte ein ähnliches Leben wie du«, berichtete er plötzlich und ich sah, dass es ihn Überwindung kostete, das zu erzählen. »Meine Eltern hatten auch einen Reiterhof. Mein Vater züchtete Friesen, meine Mutter gab Reitunterricht. Ich hatte eine schöne Kindheit mit vielen Pferden und konnte schon früh gut reiten. Ich bin auch Turniere geritten, meist Dressur, aber auch mal Springen.«

Er schwieg einen Moment. Ich wartete. Dabei spürte ich, dass es ihm schwerfiel weiterzusprechen.

»Dann hat sich mein Vater in eine andere Frau verliebt. Eine tolle Reiterin, die oft auf unserem Hof war. Meine Mutter fand es heraus und dann wurde alles ganz schrecklich.«

Ich sah, wie Jacob schluckte. Behutsam streichelte ich seine Fußknöchel. Jetzt lächelte er. »Hör auf, das kitzelt«, murmelte er. Ich ließ seine Füße los.

Er saß einen Moment bewegungslos da und starrte vor sich hin. Sein Gesicht war wieder traurig geworden.

»Meine Mutter wollte eine Entscheidung von meinem Vater und er entschied sich für seine Freundin«, fuhr er fort. »Daraufhin begann ein Rosenkrieg zwischen meinen Eltern. Meine Mutter wollte die Scheidung und den Hof, mein Vater auch. Sie führten einen erbitterten Prozess und ich stand mittendrin. Zuletzt haben sie dann alles verkauft. Mein Vater zog mit seiner Freundin zusammen und ich ging mit ihm.«

»Du bist zu deinem Vater gezogen?«, rief ich überrascht.

Jacob nickte. »Nicht weil ich ihn lieber mochte als meine Mutter, sondern weil Bjalla bei ihm war. Sie war mir in dieser schweren Zeit eine große Hilfe. Ich war jeden Tag bei ihr. Wir waren immer zusammen ausreiten, wenn mir alles zu viel wurde.«

Jacob schaute nun auf das Feuer, legte dann ein Holzscheit nach. Die Flammen loderten erneut auf.

»Meine Mutter hat es mir übel genommen, dass ich bei meinem Vater blieb, und darum bekam die Beziehung zwischen uns einen Riss. Aber bei meinem Vater war es nicht besonders schön. Neben seiner Freundin war eigentlich gar kein Platz für mich.«

Jacob sah jetzt so traurig aus, dass ich ihn am liebsten in den Arm genommen hätte. Aber ich spürte, dass er das gar nicht wollte. Er wollte weiterreden und schien froh zu sein, sich diese traurige Geschichte mal von der Seele reden zu können.

»Ich habe dann mit diesen Videos angefangen«, fuhr Jacob fort. »Das hat mir sehr viel gegeben. Ich habe Filme darüber gedreht, wie ich mit verschiedenen Pferden arbeite und habe sie ins Internet gestellt. Sie waren total erfolgreich. Danach ist diese Cassiopeiashow auf mich zugekommen und hat mich in ihre Crew geholt.«

»Und dann bist du zu Hause ausgezogen?«, wollte ich wissen.

Jacob nickte. »Meine Mutter hat dann einen anderen Mann kennengelernt, mit dem sie jetzt zusammenlebt. Sie haben sogar noch ein Kind bekommen. Na ja, und mein Vater lebt immer noch mit seiner Partnerin zusammen. Ich habe sie manchmal auf Turnieren getroffen. Aber im Grunde haben wir uns nicht mehr viel zu sagen.«

Ich sah mich in der Blockhütte um. »Und wenn dich alles nervt, bist du hier, oder?«, fragte ich.

Jacob nickte. »Diesen Ort kennt niemand. Außer dir jetzt.«

»Danke für dein Vertrauen«, sagte ich leise. »Ich werde dein Geheimnis nicht verraten.«

»Ich weiß«, erwiderte Jacob. Dann beugte er sich vor und umarmte mich. »Dass du mir begegnet bist, war wirklich ein magischer Moment«, lächelte er. »Ich erinnere mich an deinen Auftritt in dieser Show, als wenn es gestern passiert wäre. Dein Mut, diese Klarheit … und doch wirktest du so zart und irgendwie so schüchtern. Du hast mich ein bisschen an einen Engel erinnert.«

»Das solltest du mal meiner Mutter erzählen«, grinste ich. »Die wüsste überhaupt nicht, von wem du redest.«

Ich dachte nach. Auch ich erinnerte mich an den ersten Moment, in dem ich Jacob gesehen hatte – auf diesem Video auf Youtube. Schon da hatte er diesen faszinierenden Blick.

»Du hast mich auch sofort in den Bann gezogen«, berichtete ich. »Erst in den Videos, später dann auf dem Parkplatz, als wir vor dem Casting unser Auto abgestellt haben und die Anmeldung für die Cassiopeiashow suchten. Da hast du einem Mädchen geholfen, weil ihr Pferd nicht mitging. Erinnerst du dich?«

Jacob schüttelte den Kopf. Dann lächelte er. »Nein. Oder doch. Vielleicht. Kann es sein, dass du seltsame Töne von dir gegeben hast?«

Ich lachte schallend. »Ich habe kein Wort rausgekriegt, weil du mich mit diesen schwarzen Augen so magisch angeguckt hast.«

Jacob schmunzelte.

»Das sind sie, diese magischen Momente des Lebens«, sagte er.

Wir redeten noch lange miteinander. Ich erzählte von mir, von meiner Familie und meinen Geschwistern. Jacob wollte viel über mich wissen, besonders über meine intensive Beziehung zu Pferden. Aber im Grunde konnte ich gar nicht so viel darüber erzählen. Ich hatte ja selbst bis vor Kurzem gar nicht gewusst, dass ich sie hatte.

Langsam brannte das Feuer im Kamin nieder und wir beschlossen, schlafen zu gehen. Ich ging ins Schlafzimmer hinüber, zog meinen Schlafanzug an und kuschelte mich tief in mein Bett. Dann dachte ich an Jacob. Es war ein unbeschreiblich schönes Gefühl, dass wir so viel Vertrauen zueinander hatten.

5. KAPITEL

DIE KRAFT DER GEDANKEN

Das schwarze Pferd hatte ein Lächeln im Gesicht. Mit dem Kopf machte es eine Bewegung, damit ich ihm folgte. Die Augen waren unaufhörlich auf mich gerichtet.

»Bjalla?«, fragte ich verstört.

Das Pferd hypnotisierte mich mit seinen Augen. Ich konnte nicht anders, ich starrte es an, folgte ihm dann weiter und weiter in den Wald hinein. Plötzlich drehte es sich um. Die Augen blitzten, die Ohren legten sich nach hinten. Dann bäumte es sich auf. Die Vorderhufe schlugen ganz knapp an meinem Kopf vorbei.

Erschrocken schrie ich auf und versuchte, meinen Kopf mit meinem Arm zu schützen. Jetzt ließ sich das Pferd wieder auf seine Beine fallen, der Körper drehte sich herum und schob sich dichter an mich heran. Der Hals rollte sich ein, der Widerrist streckte sich in die Höhe und ich wusste genau, dass das Pferd nun mit seinem Hinterbein auf meinen Kopf zielte. Ich sog die Luft hörbar ein und dann schrie ich, so laut ich konnte: »Nein!«

»Juna?«, hörte ich eine Stimme direkt neben mir und

jetzt berührte mich jemand an der Schulter. »Juna? Was ist los?«

Ich hatte Mühe, zu mir zu finden. Es war nur ein Traum. Ein schrecklicher Albtraum. Wo war ich? Wer war dieses furchtbare Pferd? Warum wollte es mir wehtun?

»Juna?« Jacobs Stimme klang unendlich besorgt. »Wach auf. Du hast geträumt!«

Er hockte an meinem Bett und schaute mich erschrocken an. Ich drückte meinen Kopf an seine Schulter, ließ mich von ihm umarmen und durch die Haare streichen.

»Du bist ganz verschwitzt«, flüsterte er.

Erst jetzt spürte ich, wie mir das Oberteil meines Schlafanzugs am Körper klebte. Auch meine Haare fühlten sich nass an. Ich fror und klapperte mit den Zähnen.

»Bist du krank?«, fragte Jacob. »War es ein Fiebertraum?«

Ich konnte nicht antworten. Schließlich wusste ich selbst nicht, was es gewesen war. Ich war einfach nur froh, dass es vorbei war und dass Jacob mich in seinen Armen hielt.

»Es war so gemein«, flüsterte ich mit erstickter Stimme. »Das Pferd sah aus wie Bjalla und es hat mich in eine Falle gelockt, um mich mit seinen Hufen zu treten.«

Jacob streichelte mich immer noch.

»Es ist vorbei«, sagte er liebevoll. »Ich bin bei dir.«

Erleichtert atmete ich tief ein und aus. »Danke«, seufzte ich.

Als Jacob mich losließ, spürte ich, dass nicht nur meine Haare und mein Schlafanzug verschwitzt waren. Auch das Kopfkissen und die Bettdecke fühlten sich feucht an. So geschwitzt hatte ich noch nicht mal bei der Lungenentzündung, die ich mal gehabt hatte.

»Pass auf, dass du dich nicht erkältest«, sagte Jacob leise in mein Ohr. »Willst du heiß duschen und dir dann etwas anderes anziehen?«

Ich nickte. Dann aber fiel mir ein, dass ich gar nichts anderes für die Nacht mitgenommen hatte. Jacob stand auf, öffnete den Schrank und reichte mir einen Schlafanzug.

»Nimm den«, sagte er lächelnd. »Das ist mein Lieblingsschlafanzug. Von meiner Oma.«

Jetzt musste ich lachen. Es war so ein richtig warmer blauer Schlafanzug aus dicker flauschiger Baumwolle, mit einer weiten Hose und einem Oberteil mit Knöpfen. Ich nahm ihn und verschwand im Badezimmer.

Lange duschte ich nicht, dazu war es mir viel zu unheimlich allein in diesem Raum. Ich trocknete mich ab, rubbelte mir die nassen Haare halbwegs trocken und zog mir dann den Schlafanzug an. Die Beine der Hose reichten bis weit über die Füße, die Ärmel ließen meine Hände verschwinden. Ich krempelte Beine und Ärmel viermal um, dann kehrte ich ins Schlafzimmer zurück.

Jacob war damit beschäftigt, das Bett frisch zu beziehen. Ich musste an meinen Vater denken, der das immer für mich gemacht hatte, wenn ich krank gewesen war. Es war ein schönes Gefühl, dass Jacob sich um mich kümmerte.

Als er mich nun sah, musste er lachen.

»Du sieht aus wie eine nasse Katze in Gespensterkleidung«, meinte er.

»Danke«, erwiderte ich ironisch. »Ich habe dich auch lieb.«

Jacob lachte noch lauter und schlug die Bettdecke zurück.

»Komm, leg dich wieder hin. Ich habe alles frisch bezogen, damit du dich nicht erkältest.«

Ich kroch ins Bett und genoss die frische Bettwäsche, die so gut roch. Jacob kuschelte mich ein, indem er seine Arme um mich und die Bettdecke schlang. Ich drückte mein Gesicht an seine Schulter. Einen Moment lagen wir ganz still da.

Ich hörte sein Herz schlagen. Es war ein schönes Gefühl, ihn so nah bei mir zu spüren.

Aber so sehr ich mich auch bemühte, das Bild dieses schwarzen Pferdes wollte nicht verschwinden. Es machte mich unruhig.

»Kannst du nicht einmal kurz nach Bjalla schauen?«, fragte ich schließlich. »Ich habe so ein ungutes Gefühl.«

Jacob sah mich mit wachsamem Blick an. Er wusste, dass er meinen Gefühlen vertrauen konnte.

»Okay«, sagte er und stand auf. »Ich beeile mich.«

Hastig ging er ins Wohnzimmer und ich hörte, wie er seine Sachen anzog. Dann fiel die Haustür zu.

Einen Moment lang lag ich ausgestreckt im Bett und lauschte. Die Begegnung mit diesem Pferd war so unheimlich gewesen. Noch nie hatte ich so einen Traum gehabt.

Kurze Zeit später stand Jacob wieder neben mir.

»Es ist alles in Ordnung«, sagte er. »Bjalla und Merlin stehen gemütlich nebeneinander und dösen.«

»Das hört sich gut an«, seufzte ich.

Jacob beugte sich nun über mich und streichelte mir eine Haarsträhne aus dem Gesicht.

»Schlaf gut«, flüsterte er.

Ich drehte mich zu ihm herum und fasste seine Arme.

»Was war das bloß für ein Pferd?«, überlegte ich. »Es sah aus wie ein Friese.«

»Quäl dich nicht«, versuchte Jacob mich zu beruhigen. »Es war nur ein Traum. Und warum solltest du nicht von Pferden träumen? So wichtig wie dir diese Tiere sind.«

Ich nickte.

»Kannst du nicht hier bei mir schlafen?«, fragte ich leise.

Jacob sah plötzlich ein wenig unsicher aus. »Ich weiß nicht, ob das so eine gute Idee ist«, murmelte er. »Ich schlafe besser wieder drüben. Aber ich lasse die Tür auf, und wenn du noch mal in Panik bist, bin ich sofort wieder da, okay?«

Ich nickte. »Kannst du auch etwas Licht anlassen?«, fragte ich.

Jacob lächelte. »Klar. Schlaf gut.«

Zögernd verließ Jacob den Raum und kehrte ins Wohnzimmer zurück.

Langsam ließ ich mich auf das Kopfkissen zurücksinken. Es fühlte sich kühl an und duftete nach einem guten Waschmittel. Im Wohnzimmer warf nun eine Lampe einen warmen Schein zu meinem Zimmer herüber. Erst jetzt wagte ich, das Licht in meinem Zimmer wieder auszumachen.

»Jacob?«, murmelte ich leise.

»Hm?«

»Danke.«

»Gerne«, sagte er und ich konnte seiner Stimme anhören, dass er lächelte.

Ich kuschelte mich in das frische Bettzeug und war ganz schnell eingeschlafen.

Jacob stand in der Mitte der Wiese und schaute zu, wie ich ohne Sattel auf Merlins Rücken saß.

»Okay, entspann dich. Und jetzt leg dich langsam auf seinen Rücken.«

Ich ließ mich auf Merlins Rücken sinken, meinen Rücken auf seinen Rücken, meinen Kopf auf seiner Kruppe.

»Traust du dich auch, deine Beine um seinen Hals zu legen?«, fragte Jacob.

Ich streckte die Beine aus und legte sie nun vorsichtig an seinen Hals. Es war nicht so einfach, die Balance zu halten.

»Und nun sage ihm, wohin er gehen soll«, schlug Jacob vor.

Geh zu Jacob, versuchte ich Merlin zu beeinflussen. *Geh zu ihm und küss sein Ohr.*

Merlin bewegte sich nicht, aber ich spürte, wie er seine Ohren spitzte. Langsam wiederholte ich meine Anordnung. Da setzte sich Merlin in Bewegung. Ich schloss die Augen und versuchte zu spüren, wohin er ging. Ja, jetzt konnte ich fühlen, dass Jacob näher und näher rückte. Merlin schien sich tatsächlich in seine Richtung zu bewegen.

»Iiih!«, hörte ich Jacob rufen. »Lass das. Du hast an meinem Ohr nichts zu suchen.«

Er lachte und seine Hand berührte meine Schulter. Ich öffnete meine Augen und sah in sein grinsendes Gesicht.

»Hast du ihm gesagt, dass er an meinem Ohr knabbern soll?«, fragte Jacob.

»Küssen, nicht knabbern«, erwiderte ich.

»Dann ist er wohl etwas ungeschickt gewesen«, lächelte Jacob. »Weiter«, sagte er dann. »Setz dich jetzt hin und schließ die Augen. Und dann sag ihm, wohin er gehen soll und wie er gehen soll. Ob er traben soll oder Seitengänge machen soll. Führe all deine Anordnungen nur über deinen Kopf aus. Komm. Versuch es. Du hast eine starke Kraft.«

Ich legte meine Beine an Merlins Bauch.

»Nimm die Beine weg und lass die Zügel durchhängen«, rief Jacob. »Arbeite nur mit deinen Gedanken. Das schaffst du.«

Seitengänge nach links, ordnete ich an. Merlin brauchte eine kurze Zeit, bis er verstand. Dann ging er los.

Traben zur Mitte der Wiese, sagte ich in Gedanken. Auch das verstand er nach kurzem Zögern und setzte sich in Trab.

Ich sah, wie Jacob einen Baumstamm in die Mitte der Wiese zog.

»Ich habe euch mal einen kleinen Sprung aufgebaut«, meinte er. »Aber seid vorsichtig. Der Boden ist weich.«

Geh zur Mitte und spring. Aber pass auf, beschwor ich mein Pferd.

Merlin bog zur Mitte der Wiese ab und setzte vorsichtig über den Baumstamm.

Jacob applaudierte. »Großartig!«, rief er. »Merkst du, wie du ihm vertrauen kannst? Es steckt alles in euch.«

»Unglaublich«, musste ich zugeben.

Ich hatte es immer gewusst: Merlin war das tollste, schönste, großartigste, klügste und schnellste Pferd der Welt. Er war mein bester Freund und er würde mich nicht im Stich lassen. Wir mussten nur wieder lernen, aufeinander zu hören. Wenn wir das schafften, würden wir auch in Zukunft alle Hürden nehmen, wenn wir für den Trailer übten. Ich war so froh, dass ich das wieder für mich entdeckt hatte.

Das Wochenende verging viel zu schnell. Zum ersten Mal in meinem Leben wünschte ich mir, in eine Zeitschleife zu geraten und die Zeit anzuhalten. Jacob und ich verbrachten jede Minute miteinander und genossen sie. Wir versorgten die Pferde zusammen, wir gingen ausreiten, wir kochten gemeinsam, wir lagen auf dem Sofa und lasen ein Buch und wir redeten.

Als die letzte Nacht gekommen war, konnte ich einfach nicht schlafen. Ich dachte daran, dass diese innige Zweisamkeit nun zu Ende war und ich überhaupt nicht wusste, wie es weitergehen sollte. Aus dem Wohnzimmer waren leise Atemzüge zu hören. Jacob schien ziemlich schnell eingeschlafen zu sein und darum beneidete ich ihn.

Leise stand ich auf und ging auf die Veranda. Die Nacht war klar und kühl. Ich war barfuß und trug immer noch diesen riesigen Schlafanzug von Jacob. Jetzt setzte ich mich auf die Holzstufen, die zur Veranda führten, und zog die nackten

Füße in die langen Hosenbeine. In diesem riesigen Schlafanzug fühlte ich mich geborgen.

»Kannst du nicht schlafen?«, hörte ich plötzlich Jacobs Stimme.

Ich drehte mich um. Er stand an der Tür und betrachtete mich nachdenklich.

»Ich dachte, du schläfst,« erwiderte ich.

Jacob seufzte leise. »Würde ich auch gerne«, sagte er. »Aber es klappt nicht. Es kreisen zu viele Gedanken durch meinen Kopf und ich kriege sie einfach nicht sortiert.«

Er sah traurig aus. »Darf ich mich zu dir setzen?«

»Klar«, antwortete ich. Ich war froh, dass er das fragte. Schließlich war ich ja auch sehr traurig. Er setzte sich neben mich auf die Treppe. Wir saßen so eng nebeneinander, dass sich unsere Arme berührten, aber wir umarmten uns nicht. Einen Moment lang überlegte ich, seine Hand zu nehmen, aber ich traute mich nicht. So saßen wir ganz still da und schauten vor uns hin.

»Lass mich raten«, unterbrach ich schließlich die Stille. »Du überlegst, wie es mit uns weitergehen soll, stimmt es?«

Jacob knurrte eine Antwort, die sich ein bisschen wie »Ja« anhörte. Dann schwieg er wieder. Ich wartete. Mein Herz klopfte. Es war genau die Frage, die mich auch den ganzen Abend beschäftigt hatte. Wie ging es jetzt weiter?

»Eigentlich war mir klar, wie es mit uns weitergehen sollte«, begann Jacob schließlich und ich hörte, dass er lächelte. »Ich wollte dich in diese Hütte einladen und dir sagen, dass ich dich sehr gerne mag, aber dass wir keine Beziehung zueinander haben dürfen.«

Ich hielt die Luft an und lauschte auf seine Worte. In meinen Ohren rauschte das Blut. Was versuchte er mir zu sagen? Jacob räusperte sich.

»Dann wollte ich dir beibringen, wieder Vertrauen zu deinem Pferd aufzubauen und dich ganz unabhängig von mir und meinen Gedanken zu machen«, fuhr er fort, drehte sich nun zu mir um und schaute mich an. »Und danach wollte ich dir vorschlagen, dass wir einfach gute Freunde bleiben«, beendete er seine Überlegungen.

»Gute Freunde?«, wiederholte ich überrascht.

Jacob lachte nun etwas verlegen. Dann schlang er seine Arme um mich. Ich legte meinen Kopf an seine Schulter. Er legte seine eine Hand nun unter mein Kinn und drehte mein Gesicht zu sich. Dann streichelte er es mit einem Finger. »Ist wohl ein bisschen schiefgelaufen, oder?«

»Kann man sagen«, erwiderte ich.

Ich wollte das ganz locker sagen, aber nun beschlich mich doch ein bisschen Angst, Jacob könnte sich von mir trennen wollen.

Aufmerksam betrachtete ich sein Gesicht. »Aber wir bleiben doch zusammen, oder?«, fragte ich ängstlich.

Jacob seufzte und zog mich wieder an sich. Sein Kopf lag nun auf meinem.

»Sag mir, wie es gehen soll«, murmelte er in meine Haare.

»Eigentlich haben wir nicht viel Auswahl«, redete ich in seine Schulter. »Die eine Wahl ist, wir bleiben gute Freunde, gehen zu der Cassiopeiagruppe zurück und dann macht jeder sein Ding, so gut er kann.«

Jacob schob mich ein kleines Stück von sich und betrachtete mich ernst.

»Das will ich nicht«, sagte er. »Nicht mehr. Nach diesem Wochenende erst recht nicht.«

»Ich auch nicht«, stimmte ich zu.

»Dann sind wir uns schon mal einig«, brummte Jacob. »Also weiter. Nächster Vorschlag.«

»Die andere Idee ist, dass wir zusammenbleiben und dann aus der Cassiopeiagruppe ausscheiden«, fuhr ich fort.

»Das wäre schade«, seufzte Jacob. »Ich liebe diese Gruppe und ich finde die Arbeit mit euch und den Pferden unglaublich spannend.«

»Ich auch«, sagte ich.

»Also weiter. Was gibt es noch?«

»Dann gibt es noch diese dritte Möglichkeit: Wir kehren beide zur Cassiopeiagruppe zurück und halten unsere Beziehung vor allen geheim«, überlegte ich weiter.

»Das heißt: Kein Kuss, keine Umarmung, noch nicht mal ein liebevoller Blick«, seufzte Jacob.

»Doch, aber nur ganz ganz heimlich«, schlug ich vor.

Jetzt streichelte auch ich sein Gesicht. Er schaute mich nachdenklich an.

»Habe ich wirklich eine Wahl?«, fragte er.

Ich schüttelte den Kopf.

»Dann nehme ich den dritten Vorschlag«, murmelte er. »Aber dann muss ich dich jetzt ein bisschen auf Vorrat küssen, okay?«

Ich musste lachen. Das hatte ich mir sowieso gerade gewünscht.

6. Kapitel

Zurück zum Alltag

Die Wirklichkeit tat dann doch mehr weh, als ich gedacht hatte. Es gelang uns tatsächlich, unbemerkt zur Reitsportanlage Langenberger See zurückzukehren, und niemand schien auf die Idee gekommen zu sein, dass Jacob und ich das Wochenende zusammen verbracht hatten. Nur Linus und Emma wussten Bescheid, aber die verrieten uns nicht. Doch wenn ich jetzt zu Jacob hinüberschaute, wich er meinem Blick aus, und wenn er mit mir redete, verriet er noch nicht mal mit den Augen, dass er mich mochte. Das machte mich ein bisschen traurig. Ich wurde auch wieder richtig neidisch, wenn ich sah, wie eng Linus und Emma zusammensaßen und wie sie sich hin und wieder umarmten.

»Lasst uns nun noch einmal für den Trailer üben«, schlug Jacob vor. »Zunächst die Quadrille. Wisst ihr noch, wie es geht?«

Der ganz normale Alltag hatte uns wieder. Wir saßen im Kreis auf vier zu einem Viereck zusammengeschobenen Cavalettis in der Reithalle und hörten Jacob zu, wie er die Übung erklärte. Mit zwei Stöckchen zeichnete er die verschiedenen

Reitfiguren in den Sand der Reithalle. Ich betrachtete seine schmalen Hände und dachte daran, wie er mir das Gesicht gestreichelt hatte. Offenbar schien er meine Gedanken zu spüren, denn er sah kurz auf. Sein Blick streifte meine Hände, dann schaute er wieder auf seine Sandzeichnung und räusperte sich. Ich zwang mich, an etwas anderes zu denken. Schließlich war es nicht gut, wenn ich ihn mit meinen Erinnerungen an das Wochenende irritierte.

»Und jetzt geht die eine Gruppe hier entlang, die andere kommt von unten. Hier liegen die Stangen …«, fuhr Jacob fort und ließ seine Söckchen über die Stangen hüpfen. »Und jetzt kommt ihr im Reißverschlussverfahren aufeinander zu …«

Ja, wir erinnerten uns alle noch. Als ich mich auf die Quadrille konzentrierte, spürte ich meine Unruhe wieder. Würde es mir endlich gelingen, bei dieser Probe zu zeigen, dass ich meine Krise überwunden hatte?

»Also gut. Schiebt die Cavalettis zur Seite und macht eure Pferde fertig«, kommandierte Jacob. »Ich baue die Hindernisse auf.«

»Sollen wir in der Reihenfolge bleiben, in der wir immer geübt haben?«, fragte Samuel.

Jacob betrachtete mich einen Moment lang nachdenklich.

»Nein«, sagte er dann. »Juna führt heute mal die Gruppe an.«

Ich zuckte zusammen. Wie kam er denn auf diese verrückte Idee? Das war mir wirklich zu viel Verantwortung.

Ich sah auch, dass die anderen überrascht und skeptisch aussahen.

»Oh, wirklich?«, rief Samuel und betrachtete mich mitleidig.

Nachdenklich gingen alle zum Stall hinüber.

Ich blieb einen kurzen Moment bei Jacob stehen, wagte aber nicht zu fragen, warum er die Reihenfolge geändert hatte. Das war auch nicht nötig. Er spürte meine Frage, lächelte kurz und legte mir für einen Moment die Hand auf die Schulter. Wärme durchströmte meine Schulter, zog von dort aus in den Rücken und verbreitete sich im ganzen Körper. Ich spürte plötzlich eine ganz neue Kraft. Da wusste ich, dass ich es schaffen würde.

Schnell lief ich hinter den anderen her.

»Ich glaube, das macht er nur, damit er einen Grund hat Juna loszuwerden«, hörte ich Madita sagen, als ich den Stall betrat.

Die anderen standen mit unglücklichen Gesichtern im Kreis herum und schienen über mich zu reden. Jetzt drehte sich Madita zu mir um.

»Der Typ ist echt gemein«, rief sie dann. »Der will dich rausschmeißen, merkst du das nicht? Der weiß doch genau, dass du es nicht schaffst, die Gruppe zu leiten.«

Ich fand es lieb, dass sie sich so um mich sorgte.

»Vielleicht schaffe ich es ja doch«, antwortete ich. »Ich habe zu Hause mit meiner Mutter alles immer wieder geübt. Eigentlich müsste ich wirklich fit sein.«

»Und wenn nicht?«, bohrte Madita weiter.

Ich wusste nicht, was ich sagen sollte.

»Mensch, Juna, wenn sie dich rausschmeißen, wäre ich echt traurig«, sagte Madita und ich spürte, dass es wirklich aus ihrem Herzen kam, was sie sagte. Das machte mich richtig froh, denn bei Madita hatte ich manchmal das Gefühl, dass sie mich nicht so gut leiden konnte. Nun kamen auch die anderen zu mir.

»Linus und ich haben schon überlegt aufzuhören, wenn du gehen musst«, meinte Emma plötzlich.

»Henry und ich auch«, mischte sich Samuel ein.

Ich sah von einem zum anderen. So viel Sympathie hatte ich überhaupt nicht erwartet. Das rührte mich total.

»Ihr seid echt lieb«, murmelte ich und räusperte mich, weil meine Stimme plötzlich so kratzig klang. »Aber ich glaube wirklich, dass ich es schaffe.«

Madita fasste mein Handgelenk und zog mich zu sich rüber. »Kommt, wir machen einen Kreis!«, rief sie den anderen zu. »Wir geben uns alle gegenseitig so viel Kraft, wie wir haben.«

Die anderen nickten. Nun stellten wir uns in einen Kreis, steckten die Köpfte zusammen und schlossen die Augen. Ich fühlte die unglaubliche Energie, die von dieser Gruppe ausging. Selbst wenn ich es nicht aus eigener Kraft schaffte, die Quadrille zu reiten, würden die anderen mir helfen.

Als wir in die Halle einritten, sah mich Jacob nicht an, aber ich spürte, dass er sich ebenfalls konzentrierte und versuchte, mir Energie zuzuschicken. Auch wenn es sich total verrückt anhörte, ich fühlte, wie diese Kraft bei mir ankam und mich wärmte. Gleichzeitig spürte ich auch Merlin unter mir, der heute so klar und stark wirkte wie noch nie. Ich merkte sofort, dass er sich freute, in die Halle zu kommen und den Aufbau der Stangen zu sehen.

»Okay, reitet euch warm, Volten, Zirkel verkleinern und vergrößern, mal traben, kleine Seitengänge, na ja, ihr wisst schon«, spulte Jacob sein Programm ab. Dann schaute er zur Tür. »Komm ruhig rein«, sagte er. »Wir haben gerade erst angefangen.«

Ich wusste, dass nun Karina die Reithalle betrat. Natürlich war sie vor allem meinetwegen gekommen. Sie wollte sehen, ob ich es diesmal schaffte.

Jacob warf mir einen kurzen Blick zu und ich sah ihm eine kleine Unsicherheit an. Ich spürte in mich hinein. Nein, es störte mich nicht, dass Karina da war. Im Gegenteil. Es war wichtig, jetzt jeden davon zu überzeugen, dass ich diese Quadrille reiten konnte. Und zwar gut.

»Okay, dann geht mal an die rechte Seite«, ordnete Jacob an. »Wir starten direkt mit Musik.«

Wir stellten uns hintereinander auf. Karina runzelte die Stirn.

»Juna ganz vorne?«, wunderte sie sich. »Habt ihr die Reihenfolge noch mal getauscht?«

»Haben wir«, erwiderte Jacob mit fester Stimme. »Es sieht gut aus, wenn ein edles Pferd wie Merlin ganz vorne geht.«

»Okaaay«, machte Karina gedehnt. Ihre Verwunderung war deutlich zu hören. Dann sah ich, wie sie lächelte. Wahrscheinlich dachte sie das Gleiche, was auch die anderen aus der Gruppe überlegt hatten: Dann blamiert sich Juna gleich und wir können sie schnell rausnehmen, ohne zu viel Zeit auf weitere Proben zu verwenden.

Mach deine Sache gut, Merlin!, beschwor ich mein Pferd. *Schau dir die Stangen an und spring ordentlich darüber. Pass auf, dass du nicht zu schnell wirst. Du brauchst keinen Schwung für diese Höhe. Hab die anderen Pferde im Blick.*

Ich spürte, wie sich Merlins Rücken streckte. Behutsam nahm ich meine Beine von seinem Bauch und ließ ihn in Ruhe.

»Alle bereit? Dann stell ich die Musik an«, war jetzt Jacob zu hören. Niemand antwortete.

Ich zählte die Takte und sah, wie auch Merlin die Ohren gespitzt hatte. Wer von uns beiden den Impuls zum Anreiten gegeben hatte, konnte ich gar nicht sagen. Merlin setzte jedenfalls im richtigen Moment ein und ging los. Die anderen folgten. Nacheinander stellten wir uns in einer Reihe auf und warteten erneut auf den Einsatz des Songs. Dann trabten wir an.

Merlin setzte entspannt über die Stange, ritt dann auf die andere Seite und ließ die Gruppe folgen. Anschließend ging es über die andere Stange zurück. Wir ritten über die Querstange, teilten uns in zwei Gruppen auf und ritten im Reißverschlussverfahren über das Mittelkreuz. Alles verlief in großer Ruhe und höchster Konzentration. Als wir fertig waren, lagen alle Stangen noch da, wo Jacob sie hingelegt hatte. Wir stellten uns alle wieder nebeneinander auf und grüßten. Dann ritten wir zur Seite.

Karina war fassungslos. So hatte sie unsere Performance noch nie gesehen. Ich blickte zu Jacob hinüber und sah, dass er lächelte.

»Na bitte«, sagte er vergnügt. »Geht doch.«

»Unglaublich«, staunte Karina.

Dann waren Merlin und ich mit unserer Einzelübung, dem Spin, an der Reihe. Zwei schnelle Drehungen um die eigene Achse wurden von uns verlangt. Ich ritt Merlin ein kleines Stück von den Hindernissen fort und ließ ihn dann still stehen. Dabei sah ich, wie sich seine Ohren nach hinten richteten. Er wartete auf mein Kommando. Jetzt legte ich den äußeren Zügel an den Hals und gab einen kurzen Impuls mit meinem Schenkel. Merlin verstand sofort. Ich spürte, wie er sein Gewicht auf die Hinterhand verlagerte. Dann kreuzte er das vordere rechte Bein über das linke und das rechte hintere rückte ebenfalls an das linke. Ich suchte mir meinen eigenen Schwerpunkt in der Mitte des Pferderückens, um ihn in der Bewegung nicht zu stören. Dann ließ ich ihn anhalten und kurz in der Bewegung verharren, machte schließlich den Spin noch einmal.

Am Ende blieb Merlin erneut ganz ruhig stehen. Ich strich ihm kurz über den Hals und konnte fühlen, wie er sich entspannte. Wir waren beide stolz.

»Junge, Junge, Juna hat das Wochenende echt was gebracht«, raunte Karina Jacob zu.

»Sieht so aus«, erwiderte Jacob und vermied es, mich anzuschauen. Aber ein kurzes Lächeln verriet, dass er an unser Wochenende dachte.

Als die Aufnahmen durchgeführt werden sollten, war auch Ilyas van Hees wieder da. Außerdem rückte ein Kamerateam an. *Mediengestalter Graf – Ihr professioneller Designer in Bild und Ton*, stand auf ihren schwarzen T-Shirts. Die Leute machten tatsächlich einen professionellen Eindruck in dem, was sie taten. Vor allem aber schienen sie eine Menge von Tieren zu verstehen, denn sie bewegten sich ruhig in der Reithalle und sprachen leise miteinander.

»Leute, nun wird es ernst«, war nun Ilyas van Hees zu hören. Seine Crew war in der Halle aufgetaucht, um uns zu schminken und uns für den Film vorzubereiten. Karina hatte dunkelblaue T-Shirts für uns mitgebracht, die das Logo der Cassiopeiashow auf dem Rücken abgebildet hatten. Darauf war das Sternbild der Cassiopeia zu sehen, aber die Sterne waren als kleine Pferdeköpfe abgebildet. Vorne auf dem T-Shirt waren unsere Namen gedruckt. Links stand mein Name, rechts Merlins.

Wir zogen die T-Shirts an und waren überrascht, wie gut sie passten und wie schick wir darin aussahen. Außerdem mussten wir alle die gleichen schwarzen Reithosen und schwarze Stiefel tragen. Auch das sah gut aus.

»Das ist schon eine tolle Truppe«, musste Ilyas van Hees zugeben, als wir in die Halle einritten.

»Und was wirst du erst mal sagen, wenn du sie reiten siehst«, fügte Karina hinzu.

Wir waren so gut wie noch nie. Zuerst präsentierten wir dreimal die Quadrille und das Kamerateam filmte und filmte. Dann wurden die Sequenzen gedreht, in denen wir unsere Einzelübungen zeigen sollten, und wieder filmte das Team. Wir hatten uns verabredet, alle in der Halle zu bleiben, wenn einer von uns mit seiner Übung dran war, und wir schickten uns gegenseitig Kraft und Energie, damit die Einheiten gut klappten.

Linus war zuerst dran und führte die Zirkuslektion vor, die er auch damals bei dem Casting gezeigt hatte: Erst machte er eine Hockwende auf Fairy, und dann stellte er sich auf ihren Rücken und lenkte sie mit seinen Füßen durch die Halle.

Danach kam ich mit meinem doppelten Spin. Als ich ihn zeigte, spürte ich die Konzentration der anderen wie brennende Energie in meinem Rücken.

Emma legte eine tolle Tölteinlage mit Filou hin. Filou lief kleine Wendungen und Volten im Tölt und töltete sogar im Seitengang. Henry setzte mit Duke über einen Doppeloxer und sprang anschließend einen Steilsprung. Madita ließ Smoky eine Piaffe gehen. Die Übung passte nicht so gut zu ihm, weil Smoky nicht so eine schöne Aufrichtung hatte, aber seine ungewöhnliche Farbschattierung und sein liebenswertes Auftreten machten das wieder wett.

Für Samuel und Thessa mussten wir zum Filmen nach draußen gehen. Dort spannte Samuel seine Stute in ein Geschirr ein und ließ sie einen Baumstamm ziehen. Thessa war natürlich nicht so stark wie ein Kaltblutpferd, darum hatte

Samuel einen eher schmalen Holzstamm gewählt, aber sie machte ihre Sache konzentriert und kraftvoll.

»Großartig. Ihr wart eins a«, strahlte Ilyas van Hees, als die letzte Klappe gefallen war. »Jetzt wird der Film geschnitten und die Sequenzen zusammengefügt. Ihr seid in der Zwischenzeit zu einem Wanderritt eingeladen, und wenn ihr zurück seid, laden wir euch zu einer einmaligen Filmpremiere ein.«

Wir fielen uns alle in die Arme und waren unendlich erleichtert.

Als ich mit Merlin zum Stall rüberging, waren Henry und Madita plötzlich neben mir.

»Sie hat es geschafft, unser Küken!«, rief Henry begeistert. »Unser Magermilchmädchen hat die Quadrille angeführt, ohne auch nur eine einzige Stange zu touchieren.«

Er wuschelte mir durch die Haare und schleuderte meinen Bauernzopf nach vorne.

»Ich wette, sie hat das mit dem Stangenabwerfen nur gemacht, um uns ordentlich zu stressen«, lachte Madita jetzt. »Damit wir so richtig erleichtert und entspannt sind, wenn wir es gut hingekriegt haben.«

»Stimmt«, stieg ich in das Geplänkel ein. »Ich wollte mal sehen, wie ihr reagiert, wenn ihr über Hindernisse hüpfen müsst, die über den Boden rollen.«

»Der Spaß ist dir gelungen«, grinste Henry. »Wir haben echt gelernt, die Dinge auf uns zukommen zu lassen.«

Wir umarmten uns. Ich war überglücklich und die anderen waren es auch. Jetzt konnte der Wanderritt endlich beginnen. Wir freuten uns auf diese entspannte Zeit.

Vergnügt brachte ich Merlin in den Stall und teilte mit ihm den größten Apfel, den ich kriegen konnte. Ich liebte es, wenn er mit seinem Maul so dicht kam, dass ich seinen Atem riechen konnte, und dann die Hälfte des Apfels abbiss, den ich mir in den Mund gesteckt hatte.

»Juna?« Linus steckte den Kopf über die Box. »Jacob lässt dir etwas ausrichten.«

»Was? Ja? Ehrlich?«

Mein Herz begann sofort, laut zu klopfen, sobald ich den Namen Jacob hörte. Linus betrat nun meine Box.

»Erst mal herzlichen Glückwunsch zur perfekten Performance«, raunte er in mein Ohr und dann drückte er mich ganz fest. Kurz ließ er mich los und sah mich etwas unglücklich an. »Außerdem lässt dir dieser komplizierte Typ mitteilen, dass du gleich draußen hinter dem Round Pen auf ihn warten sollst. Er will noch was mit dir besprechen.«

»Echt? Danke, dass du mir das sagst«, freute ich mich.

Linus seufzte. »Du weißt, dass ich finde, du hättest einen weniger komplizierten Typen verdient?«, sagte er. »So einen netten Menschen wie mich, zum Beispiel.«

»Aber du bist doch vergeben«, seufzte ich. »Sonst hätte ich dich mit Kusshand genommen.«

Linus sah jetzt ein bisschen bedrückt aus.

»Es ist auch für Emma und mich nicht so einfach mit unserer Beziehung«, murmelte Linus.

Ich kriegte einen riesigen Schrecken.

»Wieso nicht? Wie meinst du das? Ihr passt doch so gut zusammen«, wunderte ich mich.

Linus blickte sich kurz um, um zu sehen, ob jemand unser Gespräch belauschte. Aber es war niemand da. Ich selbst hatte gut aufgepasst.

»Ilyas van Hees und Karina haben gerade mit Emma und mir gesprochen«, flüsterte er. »Sie finden es nicht gut, dass Emma und ich zusammen sind.«

»Echt?«, rief ich erschrocken. Dann aber fiel mir ein, dass genau das ja auch unter uns Teilnehmern die Voraussetzung gewesen war. Man wollte keinen Beziehungsstress in der Gruppe haben, das hatte Jacob schon beim Casting zu Linus und mir gesagt und das war die Voraussetzung dafür gewesen, dass wir beide ins Recall gekommen waren.

»Und was macht ihr jetzt?«, fragte ich.

Linus zuckte die Achseln. »Ist alles ziemlich schwierig mit den Beziehungen, oder? Sei also vorsichtig, wenn du dich mit Jacob triffst. Karina und Ilyas lauern überall.«

»Danke«, erwiderte ich.

7. KAPITEL

DAS SCHWARZE PFERD

Ich blieb noch einen Moment lang bei Merlin, streichelte ihn und sah ihm beim Fressen zu, dann gab ich ihm einen Abschiedskuss, flüsterte ihm noch mal ins Ohr, dass er mein Traumpferd wäre, und ging dann leise nach draußen. Auf dem Hof angekommen, schaute ich mich vorsichtig nach allen Seiten um. Niemand war zu sehen. Also schlich ich mich weiter Richtung Round Pen. Dort wartete ich im Schatten eines Baums auf Jacob.

Plötzlich hörte ich ein leises Schnauben. Ich drehte mich um und sah Bjalla hinter mir stehen. Sie hatte einen Sattel auf dem Rücken und trug eine Trense.

»Bjalla!«, rief ich überrascht.

Bjalla tänzelte nervös von einem Bein auf das andere. Sie wirkte sehr sehr angespannt. So kannte ich sie überhaupt nicht. Überhaupt machte es mich unruhig, dass sie gesattelt und aufgezäumt herumlief. Das war leichtsinnig. Die Zügel konnten ihr herunterrutschen und sie konnte sich mit ihren Beinen darin verfangen. Auch waren die Steigbügel nicht über den Sattel geschlagen oder hochgebunden, sodass sie frei baumelten und gegen Bjallas Bauch schlugen. Niemand würde sein Pferd so stehen lassen. Schon gar nicht Jacob. Er war ein sehr gewissenhafter Mensch, besonders im Umgang mit Pferden, und ganz besonders mit Bjalla. Vielleicht war sie Jacob weggelaufen? Vielleicht war Jacob etwas zugestoßen?

»Was machst du hier? Wo ist Jacob?«, fragte ich die schwarze Friesin und versuchte, zu ihr Kontakt zu bekommen.

Jetzt wich sie meinem Blick aus und verhinderte damit, dass ich sie verstand. Ich ging zu ihr und legte ihr meine Hand auf den Hals. Ihr Fell war ganz nass. Das machte mich noch unruhiger.

»Wo ist Jacob?«, wiederholte ich.

Jetzt sah sie mich an. Ihre dunklen Augen schienen magisch zu sein. Der Blick wurde tief und ich hatte das Gefühl, dass Bjalla in meine Seele schauen konnte. Etwas an ihr zog mich an und ließ mich nicht mehr los.

Jetzt machte sie eine Kopfbewegung, damit ich ihr folgte. Gleichzeitig rollte sie ihren Rücken auf eine merkwürdige Weise ein. Endlich verstand ich. Wahrscheinlich wollte sie mich zu Jacob bringen. Vielleicht war es sogar ein Trick, den sich Jacob ausgedacht hatte, um mir zu zeigen, wie wir auch ohne Worte und Zettel miteinander in Verbindung treten konnten. Er würde Gedanken an Bjalla weitergeben und sie dann zu mir schicken, damit ich wusste, was ich zu tun hatte. Das würde auch erklären, warum sie schon gesattelt war und eine Trense trug.

»Okay, verstehe«, sagte ich. »Du kommst, um mich zu holen.«

Ich klopfte erneut auf Bjallas Hals. Langsam setzte ich einen Fuß in den Bügel und zog mich in den Sattel. Dann gurtete ich nach und nahm die Zügel auf.

»Also gut, ich bin bereit«, murmelte ich und gab einen kurzen Impuls, um loszureiten.

Bjalla machte einen Sprung in die Luft, warf alle Beine von sich, wieherte kurz und galoppierte los. Ich war total erschrocken. Um ein Haar wäre ich runtergefallen. Mit diesem Tempo hatte ich überhaupt nicht gerechnet.

In einem wahnsinnigen Galopp jagte Bjalla mit mir auf dem Rücken vom Hof. Zwischen den Silageballen verlief ein kleiner Feldweg. Den schlug sie nun ein, rannte dann weiter und weiter den Weg entlang, der durch die Felder führte, direkt auf den Waldrand zu. Ich versuchte das Tempo zu drosseln, aber sie achtete überhaupt nicht auf meine Hilfe. Im Gegenteil. Sie wurde sogar schneller. Ich setzte mich tief in den Sattel und machte mich so schwer wie möglich. Doch auch darauf reagierte Bjalla nicht. Sie rannte und rannte. Ich hatte das Gefühl, dass sie mich an einen bestimmten Ort bringen wollte und ihr Ziel genau kannte.

Plötzlich erschien mir alles merkwürdig. Warum machte Jacob so einen seltsamen Aufstand, um mich zu sehen? Wo hielt er sich versteckt und wie war er dort so schnell hingekommen? Wir waren doch gerade noch alle zusammen in der Halle gewesen, auch Jacob.

Ich hielt mich nun zusätzlich an Bjallas Mähne fest und wagte es, mich vorsichtig umzudrehen und einen Blick zum Stall zurückzuwerfen. Neben den Silageballen parkte immer noch Jacobs dunkelroter Geländewagen. Er war also nicht mit dem Auto gefahren. Das war mir jetzt echt ein Rätsel.

Bjalla hatte noch mehr an Tempo zugelegt. Jagdgalopp. Wie ein Pferd, das ein Rennen gewinnen wollte, raste sie mit mir den Berg hinauf zum Waldrand hoch. Diese Kraft und Geschwindigkeit, die von ihr ausging, hatte ich noch nie erlebt.

Immer wieder rollte sie den Hals ein. Auch das war eine Bewegung, die ich noch nie an ihr gesehen hatte.

Als sie wieder den Kopf in den Nacken warf, sah ich, dass sie mit den Augen rollte wie ein tollwütiges Tier.

Plötzlich durchzog mich ein riesiger Schrecken. War dieses Pferd überhaupt Bjalla? Sie verhielt sich so ganz anders, als ich es von ihr kannte. Vielleicht hatte ich gar nicht genau hingeschaut, weil ich auf Jacob gewartet hatte. Auch hatte mich das Pferd so verwirrt, weil es einen Sattel und eine Trense trug.

Vorsichtig versuchte ich, mit meinen Beinen den Körper des Pferdes zu ertasten. Es fühlte sich viel größer und muskulöser als Bjalla an. Vielleicht war es sogar noch nicht mal eine Stute, sondern ein Hengst. Aber das konnte ich jetzt nicht erkennen. Ich hatte Mühe, das Gleichgewicht nicht zu verlieren. Panik erfasste mich. Wer war dieses Tier? Was wollte es von mir?

Das Pferd rannte nun auf einen schmalen Weg zu, der ziemlich matschig war, ohne dass es das Tempo drosselte. Der Schweiß lief mir den Rücken hinunter. In was für eine unheimliche Situation war ich bloß geraten?

Jetzt wurde ein Hof am Waldrand sichtbar. Das Pferd unter mir wurde langsamer. Dann bog es auf einen schmalen asphaltierten Weg ein, nahm das Tempo noch weiter zurück und fiel vom Galopp in den Trab. Die Hufe schlugen gleichmäßig auf den Straßenbelag.

»Ruhig, ruhig, ich bin bei dir!«, sagte ich und klopfte dem Pferd auf den Hals. Ob ich den Friesen oder mich selbst damit beruhigen wollte, wusste ich nicht so genau. Das Pferd war klatschnass. Es rollte kurz den Hals, als wäre ihm meine Berührung unangenehm, dann trabte es tatsächlich noch langsamer.

Allmählich hatte ich mich ein wenig gefangen. Ich hatte das Gefühl, dass mir das Pferd etwas zeigen wollte und es sich nicht in seinem Ziel beirren ließ. Es hielt genau auf den Hof zu.

Ich hörte Pferde wiehern und nun gab auch das Pferd unter mir ein tiefes Brummen von sich, das sich sehr zufrieden anhörte.

»Ich habe sie«, übersetzte ich für mich.

Der Hof geriet nun immer mehr in Sichtweite. Es war ein typisches Bauernhaus, das renoviert und zu einer modernen Stallanlage umgebaut worden war. An den Stall schien eine große Offenstallanlage anzugrenzen, in der fünf Friesen standen. Sie rannten nun alle auf den Zaun zu, um uns mit Ungeduld entgegenzusehen. Wieder wieherten sie laut und erneut antwortete das Pferd unter mir mit einem tiefen Brummen.

Endlich waren wir am Zaun angekommen. Das Pferd hielt an, streckte dann seinen Kopf über das Gatter und schnupperte an den Mäulern der anderen Pferde. Ein fröhliches Wiedersehensritual begann. Dann betrachteten mich auch die anderen Pferde neugierig.

»Was ist mit euch?«, fragte ich verwundert. »Habt ihr mich geholt?«

Ich ließ die Zügel los und streckte meine Beine aus den Steigbügeln, um aus dem Sattel zu steigen, doch da machte das Pferd unter mir eine schnelle Wendung. Erschrocken hielt ich mich am Sattel fest und griff erneut nach den Zügeln. Das Pferd lief nun mit mir wieder ein Stück die Straße hinauf.

»Oh nein, nicht schon wieder!«, rief ich verzweifelt. Ich hatte keine Lust, noch einmal durch die Gegend gejagt zu werden. Mit dem Gewicht und der Zügelhilfe versuchte ich, das Pferd zu wenden. Plötzlich wendete es tatsächlich, rannte in schnellem Galopp auf den Stall zu. Es war, als wenn es Anlauf genommen hätte, um …

»Nein!«, rief ich zu Tode erschrocken. Denn jetzt wusste ich genau, was das Pferd geplant hatte. Es wollte mit mir auf dem Rücken über den Zaun springen, um mich zu den anderen Pferden in den Offenstall zu bringen.

Ich setzte mich tief in den Sattel und zog sogar in meiner Verzweiflung hart an den Zügeln, um diesen Sprung zu verhindern. Aber der kräftige Friese achtete überhaupt nicht auf meinen Einwand. Dabei musste ihm der heftige Zügeldruck Schmerzen verursacht haben. Aber er ließ sich nicht von seinem Ziel abhalten. Er rollte nur kurz erneut den Hals, streckte sich dann wieder und schob das Gebiss vor, damit ich nicht so viel Einwirkung auf ihn hatte. Drei kräftige Galoppsprünge, dann setzte der Friese in einem Riesensprung über das Gatter. Die anderen Pferde wichen zur Seite, damit das Pferd genug Platz hatte, um zu landen, und so geriet ich mit ihm mitten in diesen Offenstall zwischen die schönen großen Friesenpferde.

Nun blieb das Pferd stehen und wartete. Die anderen Pferde kamen auf mich zugelaufen und beschnupperten mich. Ich saß ganz still da und versuchte, mein klopfendes Herz zu beruhigen. Diese Situation erschien mir so unwirklich, dass ich Mühe hatte, einen klaren Gedanken zu fassen.

»Hi«, sagte ich schließlich so gelassen wie möglich.

Eine Stute kam nun näher und schnupperte an meinen Haaren. Ich hob meine Hand, damit sie an meiner Haut riechen konnte. Das tat sie auch, aber nur ganz kurz. Anschließend drehte sie mir den Hintern zu und schlug mit dem Huf in meine Richtung.

Plötzlich fiel mir der Traum ein, den ich in der Hütte bei Jacob gehabt hatte. Hatte dort nicht ein großes schwarzes Friesenpferd genau auf diese Weise nach mir geschlagen?

Ich duckte mich, um dem Tritt auszuweichen. Jetzt hatte ich plötzlich riesige Angst, von dem Pferd abzusteigen, auf dem ich saß. Zwischen dieser seltsamen Pferdeherde fühlte ich mich völlig schutzlos. Doch das Pferd wollte mich von seinem Rücken loswerden, das spürte ich jetzt. Wieder und wieder rollte es den Hals und machte es mir auf diese Art schwer, mich auf dem Rücken zu halten. Ich bemühte mich mein Gewicht auszubalancieren. Buckelnde Pferde war ich häufig geritten und nur selten hatte es ein Pferd geschafft, mich herunterzuwerfen. Aber ich spürte auch, dass dieses Pferd hartnäckig war.

Als der Friese merkte, dass er mich nicht loswurde, ging er auf das Gatter zu und presste seinen Körper so dicht an die Holzstreben, dass mein Bein schmerzte. Ich wusste, dass er versuchen wollte, mir das Bein zu quetschen. Überhaupt konnte ich mir sicher sein, dass er noch viele Tricks draufhatte, um mich loszuwerden.

»Ist ja gut! Ich steige ja ab!«, rief ich ängstlich.

Da ging das Pferd in die Mitte des Stalls und wartete. Ich zog meine Füße aus den Steigbügeln und sprang aus dem Sattel. Der Friese wandte mir seinen Kopf zu und betrachtete mich. Misstrauen lag in seinem Blick. Es war tatsächlich ein großer kraftvoller und starker Hengst, der so ganz anders aussah als Bjalla. Er war imposant, wirkte sogar richtig gefährlich und ungeheuer angespannt. Ehrlich gesagt konnte ich überhaupt nicht fassen, dass ich ihn für Bjalla gehalten hatte. In der Regel vertauschte ich keinen Hengst mit einer Stute und ich konnte Pferde gut voneinander unterscheiden, selbst wenn sie alle braun waren oder wenn es weiße Camarguepferde waren, die sich alle sehr ähnlich sahen. Einen kleinen Unterschied gab es immer. Umso merkwürdiger, dass ich dieses Pferd mit Jacobs Stute verwechselt hatte.

»Warte, ich sattele dich ab«, sagte ich leise. »Sonst verletzt du dich noch mit den Zügeln und den Steigbügeln.«

Der Friese schien zu verstehen. Er blieb neben mir stehen und ließ es zu, dass ich ihm den Sattel vom Rücken zog und ihm das Zaumzeug abnahm. Ich wusste nicht so recht, wohin ich es bringen sollte und beschloss, es auf den Zaun des Offenstalls zu hängen. Dabei spürte ich die Blicke der anderen Friesen in meinem Rücken. Sie schienen mich nicht aus den Augen zu lassen.

Der große Friese streckte sich und schüttelte sein verschwitztes Fell. Dann sah er zu mir. Sein Blick war mir irgendwie unheimlich. Nun kamen die anderen Pferde langsam zu mir hinüber. Wie eine schwarze Bedrohung erschienen sie mir. Ich konnte meinen Pulsschlag bis zum Hals spüren. Diese Pferde machten mir echt Angst. Sie sahen so angespannt aus. Es war dieses Halsrollen, das so beängstigend auf mich wirkte. Eine Stute sah besonders verspannt aus. Sie rollte den Hals so tief, dass sie ihren Kopf fast zwischen die Beine senkte. Diese Stute kam mir bedrohlich nahe. Unwillkürlich wich ich zurück, kam aber nicht besonders weit. Kaum war ich einen Schritt zurückgegangen, hielt mich ein anderer Friese auf. Und nun umstanden mich sechs schwarze Riesenpferde in einem Kreis.

Ich bemühte mich Ruhe zu bewahren.

»Was ist mit euch?«, fragte ich und versuchte gleichzeitig, meine Konzentration auf die Pferde zu lenken. Aber ich spürte, wie sie den Kontakt verhinderten. Ich kriegte einfach nicht heraus, was sie von mir wollten.

»Was ist mit deinem Hals? Warum machst du ihn so krumm?«, fragte ich die schwarze Stute, die immer noch bedrohlich vor mir stand. Dabei streckte ich meine Hand aus und berührte sie ganz leicht am Mähnenkamm.

Das Pferd sah plötzlich sehr ängstlich aus.

»Tut dir etwas weh?«, fragte ich weiter und verstärkte meinen Druck.

Das hätte ich besser nicht getan. Vor allem hätte ich genauer auf die anderen Pferde achten müssen, die immer näher gerückt waren. Der Kreis war eng geworden. Schnell ließ ich meine Hand sinken.

»Ich verstehe schon«, sagte ich hastig. »Du willst nicht, dass ich dich da anfasse, stimmt es? Okay, okay, ich lasse dich …«

Weiter kam ich nicht, denn plötzlich bekam ich einen Stoß in den Rücken. Ein kleinerer Friese hatte mir einen Schubs verpasst, mit dem ich direkt auf das gekrümmte Friesenpferd zustolperte. Das wich zunächst kurz zurück, drehte sich dann aber und kam mit dem Hinterteil wieder näher. Ich wusste genau, was jetzt passieren würde, dass es nämlich nach mir ausschlug.

»Nein! Mach das nicht!«, rief ich entsetzt.

Das Pferd buckelte, rollte den Rücken rund und schlug mit dem linken Hinterhuf in meine Richtung. Das war doch nur ein Traum, dieser immer wiederkehrende Albtraum, dachte ich. Ich musste einfach erwachen und nach Jacob rufen.

Ein Luftzug streifte mein Gesicht. Der Huf hatte mich nur knapp verfehlt. Jetzt wusste ich genau, dass das hier bittere Realität war. Ich war allein mit dieser schrecklichen Pferdegruppe und es gab keinen Jacob weit und breit, der mich aus diesem Albtraum erlöste.

Wieder wich ich ein Stück zurück und stieß dabei gegen den Hengst, der mich auf seinem Rücken getragen hatte. Er puffte mich in den Rücken, rollte dann die Augen und buckelte ebenfalls.

Noch nie war ich so chancenlos gewesen. Ich ließ mich vor

Schreck auf den Boden fallen, versuchte dann auf allen vieren, den Pferden auszuweichen. Dabei lief mein Verstand auf Hochtouren. Ich musste versuchen, in den großen Offenstall auszuweichen. Vielleicht konnte ich dort Schutz suchen.

Als sich der große Friese vor mir aufbäumte, nutzte ich das kurze Zeitfenster, um so schnell ich konnte auf die Füße zu gelangen und zum Stall zu rennen. Sofort war die Pferdeherde hinter mir und versuchte, mich erneut einzukreisen. Da erkannte ich am Ende des Stalls eine lange Leiter, die zum Heuboden führte.

Der schwarze Hengst schien meinen Plan zu durchschauen und versuchte mich aufzuhalten, aber ich war schneller. In aller Eile stürzte ich auf die Leiter zu und erklomm eine Sprosse nach der anderen. Sofort umstellten die Pferde die Leiter. Ich wusste, sie würden mich nie wieder gehen lassen. Aber ich hatte wenigstens eine Chance, mich einen Moment von meinem Schrecken zu erholen und einen Plan zu schmieden. Hastig kletterte ich auf den Heuboden, ließ mich auf einen Strohballen fallen und wischte mir den Angstschweiß von der Stirn. Für einen kurzen Moment war ich gerettet.

Ich setzte mich nun an den Rand der Luke und schaute nach unten. Die schwarzen Friesen umstanden die Leiter und warteten auf mich. Einige blickten nach oben, als könnten sie gar nicht glauben, dass ich ihnen entkommen war.

Erst jetzt hatte ich Zeit, meine Gedanken zu ordnen. Mein Handy fiel mir ein und ich zog es aus der Innentasche meines Anoraks. Sechs Anrufe in Abwesenheit, einen von Linus, einen von Madita und vier von Jacob. Ich wählte Jacobs Nummer. Er war sofort am Apparat. Als ich seine besorgte Stimme hörte, musste ich schlucken.

»Juna?«

»Ja. Hi, ich bin's«, versuchte ich, meine Stimme unter Kontrolle zu bekommen.

»Was ist mit dir?«, hörte ich Jacob aufgeregt sagen. »Wir warten auf dich. Wir wollen unsere gelungene Aufführung feiern. Wo bleibst du?«

Ich wusste überhaupt nicht, wo mir der Kopf stand. Jacobs Stimme, die Cassiopeiagruppe, der Trailer, die Feier, das alles erschien mir wie eine Erinnerung an eine völlig andere Welt.

»Ich sitze hier auf einem Heuboden und weiß nicht, wie ich runterkommen soll«, begann ich und hörte, wie Jacob verwundert nach Luft schnappte. Aber bevor er mich mit Fragen löchern konnte, berichtete ich ihm die ganze Geschichte mit diesem seltsamen Friesenpferd, das mich zu sich geholt und mich nun in so eine große Gefahr gebracht hatte.

»Kannst du mir beschreiben, wo du bist?«, wollte Jacob wissen.

Ich versuchte es, so gut ich konnte. Ich beschrieb den Weg durch die Felder, die das Pferd mit mir gerannt war, dann den Weg durch den Wald, schließlich diese asphaltierte Straße. Jacob unterbrach mich nicht. Er hörte einfach nur zu.

»Wir werden dich finden«, sagte er dann. »So viele Friesenhöfe wird es nicht in der Umgebung geben. Ich verspreche dir, wir kommen, um dich zu suchen. Bleib so lange da, wo du bist.«

Jetzt rollten mir tatsächlich ein paar Tränen über das Gesicht.

»Danke«, flüsterte ich.

Gerade als ich mein Handy in die Tasche zurückgesteckt hatte, sah ich aus den Augenwinkeln, wie sich jemand hinter mir bewegte. Ganzkörpergänsehaut überzog mich in diesem Moment wie eine kalte Welle. Ich war auf diesem Heuboden nicht allein. Hinter mir stand ein Mann. Er war vielleicht vierzig Jahre alt, hatte kurze mittelblonde Haare, war klein und drahtig und hatte stahlblaue Augen.

»Wer sind Sie?«, rief ich zu Tode erschrocken.

»Falsche Frage!«, schnauzte er mich an. »Die Frage muss heißen: Wer bist du?«

»Ich heiße Juna Altenberg«, stellte ich mich vor. »Und ich weiß selbst nicht, wie ich hierhin gekommen bin. Eines dieser Pferde hat mich geholt.«

Ich wusste, wie bescheuert das klang. Der Typ hatte unablässig seine Augen auf mich gerichtet. Sein Blick war kühl.

»Geholt?«, erwiderte er und der Spott in seiner Stimme war nicht zu überhören. Doch ich sah auch, dass er sich bemühte, lässig zu wirken. In Wirklichkeit aber hatte er auch etwas Ängstliches und Unruhiges in seinem Blick.

»Hören Sie, sind das Ihre Pferde?«, fragte ich. »Dann rufen Sie sie doch bitte zurück. Sie sind irgendwie völlig durchgedreht. Sie wollten nach mir treten.«

»Habe ich gesehen«, sagte er. »Die waren ja ganz schön sauer auf dich.«

»Aber warum?«, wollte ich wissen. »Was ist mit ihnen? Warum buckeln sie und krümmen den Hals so merkwürdig?«

Der Typ zuckte die Schultern. »Das machen sie bei mir nicht«, behauptete er. »Ich verstehe sowieso nicht, was in dich gefahren ist. Man setzt sich doch nicht einfach auf ein fremdes Pferd!«

Er hatte recht. Ich wusste nicht, wie ich ihm erklären sollte, dass ich sein Pferd für ein anderes gehalten und mir eingebildet hatte, es würde mich zu Jacob führen.

»Warum war das Pferd gesattelt und aufgezäumt?«, fragte ich. »Es sah aus, als wäre es für einen Ausritt mit mir bereit gewesen.«

Der Typ lachte, aber es klang nicht besonders belustigt. »Du scheinst ja eine blühende Fantasie zu haben«, spottete er. »Ich hatte mir Don für einen Ausritt fertig gemacht. Er muss abgehauen sein, als ich den anderen Pferden Heu holen wollte.«

Ich war nicht sicher, ob er die Wahrheit sagte. Immerhin saß er hier oben auf dem Heuboden und er schien schon eine ganze Weile hier zu sein. Ich hatte das Gefühl, dass er selbst vor seinen Pferden Angst hatte.

»Können Sie mal zu den Pferden runtergehen und sie beruhigen?«, schlug ich vor.

Wieder dieser kühle, harte Blick. Dann glitt ein Lächeln über das Gesicht des Mannes.

»Kann ich«, sagte er. »Ich rede mit ihnen. Komm mit, dann können sie dich kennenlernen.«

Ich wusste nicht, ob das eine gute Idee war, aber der Typ war bereits zur Leiter gegangen. Die Pferde blickten sofort zu ihm hinauf. Ein sehr junges Pferd hatte sich in der Zwischenzeit auf den Boden gelegt. Jetzt stand es auf und schaute ebenfalls zu uns hoch.

»Mauritz, Leika, schaut mal, wen ich hier habe. Die Kleine ist zu Besuch gekommen«, sagte der Typ mit schmeichelnder Stimme. »Sie mag Pferde und will euch kennenlernen.«

Ich sah, dass die Pferde eine bedrohliche Stellung einnahmen. Wieder rollte der große Hengst mit den Augen und die Stute zog erneut den Hals zwischen die Beine.

»Warum machen sie das? Was ist mit ihnen?«, fragte ich.

»Sie sind misstrauisch. Du scheinst nicht besonders beliebt bei ihnen zu sein«, meinte der Mann. »Hast du ihnen vielleicht etwas angetan?«

»Nein!«, rief ich erschrocken.

»Manche Menschen verstehen nicht die Bohne von Pferden«, fuhr der Typ fort. »Dann reagieren sie schnell sauer.«

Er stieg weiter nach unten. Ich wusste plötzlich nicht mehr, ob es gut war, ihm zu folgen. Wenn die Pferde derartig panisch auf mich reagierten, sollte ich besser auf dem Heuboden bleiben.

»Nun komm schon! Sie tun dir nichts, wenn ich bei dir bin«, sagte der Mann.

Ich folgte ihm noch drei weitere Sprossen, dann hielt ich wieder an. Der Typ war jetzt fast auf Augenhöhe mit den Pferden. Die Pferde wichen zurück. Sie wirkten unschlüssig, wie sie sich verhalten sollten.

»Macht mir Platz. Ich möchte euch einen Gast vorstellen.« Die Stimme des Manns klang einschmeichelnd. »Dann bringe ich euch Futter. Und ein Leckerchen habt ihr euch heute auch verdient.«

Bildete ich es mir ein, oder schwang auch Angst in der Stimme mit? Waren es überhaupt seine Pferde, mit denen er da redete?

Ich beugte mich ein bisschen weiter vor, um die Pferde besser sehen zu können. Da spürte ich plötzlich, wie der Mann mit seiner Hand mein Bein umklammerte und an mir zerrte.

»Was machen Sie?«, schrie ich panisch und versuchte, mich an einer Sprosse der Leiter festzuhalten. Jetzt griff auch seine andere Hand an mir. Meine Füße verloren den Halt, ich hing nun nur noch mit den Händen an der Leiter.

Die Pferde hatten sich wieder näher um die Leiter gedrängt. Der Typ unter mir war verdammt stark und er wusste genau, was er tat. Ich dagegen war völlig unvorbereitet. Der Mann machte sich ganz groß, holte mit der Hand aus und schlug mit seiner Faust voller Wucht auf meinen Handrücken.

Das tat schrecklich weh. Ich schrie laut. Meine schmerzende Hand löste sich von der Sprosse.

Ich konnte mich nicht mehr festhalten und fiel in die Tiefe. Ich stürzte knapp an einem Pferd vorbei, schlug sogar mit dem Arm auf einen der Pferderücken, glitt dann weiter auf den Boden des Offenstalls. Sofort umringten mich die Pferde und betrachteten mich panisch. Ich bewegte mich nicht.

Jetzt hörte ich ein Wiehern. Es klang schrill und aufgeregt. Erschrocken versuchte ich, mich aufzurichten, um zu sehen, was passiert war. Ein Pferd rannte los und galoppierte in wildem Tempo zum Gatter hinüber. Die anderen Pferde folgten. Erst jetzt sah ich, dass der Mann unter dem Zaun herkroch und dann die Straße entlangrannte. Er lief auf ein Auto zu.

So war das also. Er hatte mich dazu benutzt, um die Pferde abzulenken, damit er flüchten konnte. Soviel zum Thema: »Die Pferde tun mir nichts.« Die Friesen schienen auf ihn mindestens genauso wütend zu sein wie auf mich.

Der große starke Hengst, auf dessen Rücken ich zu dem Offenstall gebracht worden war, nahm nun die Verfolgung auf. Er schien der einzige zu sein, der über das Gatter springen konnte. Jetzt lief er in wilden Galoppsprüngen auf den Zaun zu. Der Anlauf schien nicht auszureichen. Er rannte einmal im Kreis, galoppierte erneut an und setzte in wildem Sprung über den Zaun. Die anderen rannten zum Gatter und starrten dem Hengst und dem flüchtenden Mann nach.

Der Mann erreichte in letzter Minute sein Auto, sprang hinein, startete den Motor und raste mit quietschenden Reifen davon. Der große Friese galoppierte hinter ihm her. Seine Hufe schlugen in wildem Tempo über das Pflaster. Es hörte sich bedrohlich an.

Jetzt drehten sich die anderen Pferde wieder zu mir um. Offensichtlich war ihnen eingefallen, dass ich mich immer noch bei ihnen befand. Aber nun funktionierte auch mein Verstand wieder. So schnell ich konnte, rannte ich auf die andere Seite des Stalls und setzte über das Gatter. Geschafft! Ich hatte mich in Sicherheit gebracht! Keine Minute später standen die Pferde in einem Pulk am Gatter und starrten zu mir herüber. Aber so lange der große verrückte Don nicht zurückkam, war ich gerettet.

8. KAPITEL

GEFÄHRLICHE MOMENTE

Ich war frei und eigentlich hätte ich zusehen müssen, dass ich mich in Sicherheit brachte, bevor der Hengst seine Verfolgung abbrach und zum Stall zurückkehrte, aber irgendwie schaffte ich es nicht zu gehen. Die Pferde sahen panisch aus, völlig aufgebracht und ratlos. Sie starrten mich ängstlich an und ich konnte spüren, wie unglücklich sie darüber waren, dass ich entkommen konnte. Mir fiel ein, dass der Hengst heute nach den Dreharbeiten plötzlich aufgetaucht war, um mich zu holen. Offensichtlich schienen die Pferde meine Hilfe zu brauchen und waren nicht sicher, ob sie mir trauen konnten.

Immer noch stand ich bewegungslos am Gatter und schaute zu den Friesen hinüber. Diese eine Stute, die immer wieder ihren Hals krümmte und dabei so ein schmerzverzerrtes Gesicht machte, berührte mich ganz besonders. Ob ich es noch einmal versuchen sollte, sie am Mähnenkamm anzufassen?

Plötzlich sah ich, dass einige Pferde ihre Ohren nach vorne richteten. Ich lauschte ebenfalls. Reiter kamen die Straße entlang. Ich hörte die Hufe ihrer Pferde gegen den Asphalt schlagen. Die Cassiopeiagruppe fiel mir ein. Hatten sie mich etwa gefunden?

»Jacob? Emma? Linus? Ich bin hier!«, rief ich, so laut ich konnte.

Jetzt wieherten die Friesenpferde laut. Ob sie mich damit verstärken wollten, oder ob sie Angst vor meiner Stimme hatten, konnte ich nicht sagen.

Die Reiter kamen die Straße hinauf. Ich erkannte Linus auf Fairy und Emma auf Filou, hinter ihnen Henry auf Duke. Erleichtert winkte ich ihnen zu.

Die schwarzen Riesen drängten sich ans Gatter und schauten den entgegenkommenden Pferden zu. Ein großes Wiehern und Brummeln setzte ein.

Linus, Emma und Henry sprangen von ihren Pferden und umarmten mich.

»Juna! Wir haben uns Sorgen gemacht.«

Ich war überglücklich meine Freunde wiederzusehen, aber sofort beschäftigte mich die Frage, wo die restliche Cassiopeiagruppe steckte.

»Wo sind Madita und Samuel? Und wo ist Jacob? Und was ist mit Merlin?« Diese Frage bedrückte mich am meisten.

»Wir haben uns aufgeteilt«, berichtete Linus. »Es gab noch einen anderen Friesenhof, nicht so weit von hier. Jacob und die anderen sind dahin geritten.« Linus legte seine Hand auf meinen Arm. »Und Jacob hat Merlin dabei«, fügte er beruhigend hinzu. Das erleichterte mich.

Emma übernahm es, den anderen eine Nachricht auf dem Handy zu schreiben, damit sie zu uns kommen konnten, aber es würde sicherlich noch eine Weile dauern, bis sie hier waren.

In der Zwischenzeit erzählte ich Emma, Linus und Henry

meine Geschichte von diesen Pferden und dem unbekannten Mann. Sie waren entsetzt.

»Tatsächlich sehen die Pferde merkwürdig aus«, wunderte sich Linus. »Ich verstehe nicht, warum sie ihren Hals immer so verspannt verdrehen. Weißt du etwas über sie? Hast du zu ihnen Kontakt gekriegt?«

»Leider überhaupt nicht«, berichtete ich. »Ich war die ganze Zeit damit beschäftigt, mich in Sicherheit zu bringen. Und dieser große schwarze Hengst, der mich geholt hat, hat jeden Kontakt mit mir verweigert. Ich konnte es geradezu spüren, wie er mir immer wieder auswich.« Ich sah nun die Straße hinunter und Panik erfasste mich erneut. »Er ist übrigens über den Zaun gesprungen und hat den Mann verfolgt, der geflüchtet ist. Es kann sein, dass er jederzeit zurückkommt.«

Jetzt blickten auch die anderen ängstlich die Straße hinunter.

»Wir sollten unsere Pferde und uns in Sicherheit bringen«, überlegte Emma. »Weißt du, ob es hier noch einen Stall oder so etwas gibt?«

»Keine Ahnung«, meinte ich. »Ich hatte noch keine Zeit, mich hier umzusehen.«

Wir beschlossen, gemeinsam den Hof zu umrunden. Als die Friesen merkten, dass wir uns entfernen wollten, wurden sie wieder unruhig. Sie wollten offenbar auf keinen Fall, dass wir gingen.

»Hör zu«, sagte ich zu der verspannten Stute. »Wir bleiben bei euch. Wir lassen euch nicht allein. Das verspreche ich dir.«

Täuschte ich mich oder trat tatsächlich ein kleiner hoffnungsvoller Funke in ihre Augen? Ich überlegte, ob ich sie streicheln sollte, aber als ich meine Hand nach ihr ausstreckte, versuchte sie nach mir zu schnappen. Erschrocken zog ich die Hand zurück.

Wir ließen die Friesen zurück und gingen mit unseren Pferden über den Hof. Direkt an den Stall grenzte ein Wohnhaus. Ich ging die Stufen zur Haustür hinauf und schaute auf die Klingel. Kein Name war dort zu lesen. Ich atmete einmal tief durch und klingelte schließlich. Eine helle Glocke ertönte, aber niemand kam zur Tür, um uns zu öffnen.

»Keiner da«, überlegte ich. »Wahrscheinlich war dieser Typ, der abgehauen ist, der Besitzer.«

»Meinst du, er lässt die Pferde allein?«, fragte Emma beunruhigt.

Ich zuckte die Schultern. »Ich kann mir nicht vorstellen, dass er sich noch mal zu ihnen traut. Ehrlich, ihr könnt euch das nicht vorstellen. Die Pferde waren unglaublich aggressiv. Die Stute hat versucht mich zu treten. Der Huf hat mich nur knapp verfehlt. Und auf diesen Typen waren die Pferde richtig sauer. Sie haben ihm geradezu aufgelauert. Wenn er mich ihnen nicht zum Fraß runtergeworfen hätte, hätten sie ihn gemeinsam zertreten.«

»Was machen wir, wenn er nicht zurückkommt?«, überlegte Linus. »Wir können diese Pferde doch nicht sich selbst überlassen. Auch wenn sie aggressiv und böse sind, müssen wir uns doch um sie kümmern.«

Wir nickten. Linus hatte recht. Allerdings wusste niemand so gut wie ich, wie gefährlich das war.

»Ich möchte mal wissen, was das für ein Typ ist und warum die so sauer auf ihn sind«, überlegte Henry. »Wollen wir uns mal umschauen? Vielleicht finden wir heraus, wer es ist.«

Gemeinsam gingen wir nun mit unseren Pferden über den Hof.

»Ist hier jemand?«, riefen wir abwechselnd. Dabei versuchten wir immer wieder, verschiedene Türen zu öffnen.

Hinter einer offenen Tür war eine Sattelkammer zu sehen, hinter einer anderen Tür verbarg sich ein Raum mit Futtermitteln und allem möglichen Schnickschnack, den man für Pferde brauchte: Mähnenspray, Medikamente, Abschwitzdecken, Knotenhalfter, Gamaschen, Leckerchen und Kraftfutter aller Art. Auf einer schwarzen Schiefertafel waren die Namen der Pferde vermerkt und dahinter notiert, welche Art von Futter sie bekommen sollten.

»Rosa, Mauritz, Sybe, Leika ...«, las ich laut.

»Juna«, hörte ich Linus rufen. »Guck mal, da hinten ist ein Paddock. Meinst du, wir können unsere Pferde dahin bringen?«

»Ich weiß nicht.«

Henry platzte schließlich der Kragen. »Hört zu«, sagte er. »Die schwarzen Friesen sind aggressiv, der Besitzer hat sich aus dem Staub gemacht. Also ist es doch total nett von uns, wenn wir uns um die Pferde kümmern. Darum bringen wir natürlich unsere Pferde erst mal in den Paddock und die Sättel verstauen wir in der Sattelkammer.«

Henry war immer sehr klar in seinen Entscheidungen.

»Und wenn der Besitzer zurückkommt?«, fragte Linus sorgenvoll.

»Dann wird er sich hoffentlich bei uns bedanken«, antwortete Henry mit aufgebrachter Stimme. »Schlimmer wird es allerdings, wenn wir weiterreiten und der Besitzer nicht mehr zurückkommt.«

Mit dem Gedanken hatte er uns sofort überzeugt. Auf keinen Fall wollten wir die Pferde sich selbst überlassen. Also führten wir unsere Pferde in den leeren Paddock und brachten die Sättel und das Zaumzeug in die Sattelkammer.

»Und jetzt?«, fragte ich.

Wir blickten alle zu Henry. Er schien immer gute Ideen zu haben.

»Wir gucken uns jetzt mal bei dem Besitzer um«, schlug Henry vor. »Vielleicht kriegen wir raus, wie er heißt und wo er hingeritten ist.«

»Wie willst du das rausfinden?«, wollte Linus wissen.

Da hielt Henry schon eine Scheckkarte in der Hand.

»Scheckkartentrick«, sagte er.

So recht wusste ich nicht, was das zu bedeuten hatte. Aber Linus hatte es sofort kapiert. »Du willst damit ins Haus einbrechen?«, rief er entsetzt.

Henry runzelte die Stirn. »Einbrechen. Das hört sich so kriminell an. Ich gehe ins Haus und schaue mich um. Ich nehme nichts weg, ich rühre noch nicht mal etwas an …«

Ich war mir ziemlich unsicher, ob das eine gute Idee war. Aber Henry ging zur Haustür und schob seine Scheckkarte in den Türspalt, wo sich das Schloss befand. In wenigen Minuten war die Tür auf. Wir waren alle fassungslos.

»Lernt man das bei den Pfadfindern?«, wollte Emma wissen.

Henry lachte und nickte. Dann stieß er die Tür auf und betrat den Flur. Wir schauten ihm unruhig nach.

»Okay, wenn Henry das macht, komme ich mit«, entschied ich und folgte ihm.

Der Flur war recht dunkel. Mein Herz klopfte. Noch nie war ich in ein fremdes Haus eingebrochen und ich fühlte mich dabei ziemlich schlecht. Henry dagegen ging ruhig und wachsam vor.

»Ist da jemand?«, fragte er noch einmal. Als keine Antwort kam, öffnete er eine Tür, die vom Flur ausging. Sie führte uns in ein Badezimmer.

»Nur eine Zahnbürste«, sagte Henry leise.

Ich fand es bemerkenswert, dass er darauf achtete.

»Außerdem Rasierwasser, blaue Handtücher, große Schlappen. Ich würde mal sagen: Hier wohnt ein Mann und der ist Single.«

»Du solltest dich bei der Kripo bewerben«, staunte ich.

Vorsichtig öffnete Henry eine weitere Tür. Jetzt sahen wir ein Wohnzimmer vor uns, das mit altmodischen Möbeln ausgestattet war.

»Ui«, machte Henry und pfiff leise durch die Zähne. Ich folgte seinem Blick und sah verschiedene große und kleinere Pokale in den Regalen und auf dem Kaminsims.

»Dressurturnier Hasenheide 2015« stand auf einem, »Europaturnier 2017 Den Haag« auf einem anderen. »Dressurclub Annen, 2. Platz«, stand auf einem weiteren, »Favoritendressur Leipzig, 2017, 3. Platz« auf einem besonders großen.

»Der scheint ja ein erfolgreicher Dressurreiter zu sein«, stellte ich beeindruckt fest. »Dafür hat er seine Pferde aber nicht besonders gut unter Kontrolle.«

Henry nickte. Hin und wieder hob er einen Pokal hoch, schaute darauf und stellte ihn wieder an seinen Platz.

Jetzt hörten wir einen kurzen Pfiff.

»Henry, Juna, Da kommt jemand«, rief Emma ängstlich ins Haus hinein.

Sofort kontrollierten wir, ob alles so aussah wie vorher, dann gingen wir so schnell wir konnten zur Haustür.

»Ah, das sind nur Jacob, Madita und Samuel«, rief Linus nun. »Und Jacob hat sogar noch ein Handpferd dabei. Sieht wie Merlin aus!«

Ich hörte, wie Linus lächelte, während er das sagte. Mein Herz begann vor Aufregung zu hüpfen. Ob vor Freude wegen Jacob oder wegen Merlin konnte ich nicht genau sagen. Ich beeilte mich, nach draußen zu kommen.

Draußen war es schon dämmrig. Kein Wunder, es war bestimmt schon kurz vor neun. Ich war überglücklich, dass die anderen es noch geschafft hatten zu uns zu kommen.

Jacobs und meine Blicke begegneten sich und ich hatte das Gefühl, dass seine Augen kurz aufblitzten.

Jetzt sprangen alle von den Pferden und wir umarmten uns. Jacob schien sich ein bisschen unsicher zu sein, ob er mich auch in den Arm nehmen sollte, aber da wir uns alle drückten, hätte es komisch ausgesehen, wenn er mich ausgelassen hätte.

»Mädchen, was machst du denn für komische Sachen?«, sagte er, während er kurz über meinen Arm strich. »Man darf sich doch nicht einfach auf ein fremdes Pferd setzen. Hat dir das deine Mutter nicht beigebracht?«

»Das Pferd sah aus wie Bjalla«, verteidigte ich mich. Dann wurde ich etwas kleinlaut. »Später habe ich dann aber gesehen, dass es ein Hengst war.«

»Und außerdem war er weiß oder was?«, spottete Madita.

»Macht euch nur über mich lustig«, wies ich die anderen zurecht. »Das wäre euch bestimmt auch passiert. Dieses Pferd war magisch. Es hat mich hypnotisiert.«

»Ich dachte, das können nur Schlangen«, grinste Samuel.

Aber ich sah Jacobs aufmerksamen Blick auf mir ruhen und wusste, dass er mir die Geschichte glaubte. Bestimmt ahnten auch die anderen, dass tatsächlich irgendetwas zwischen mir und dem Pferd gewesen war, schließlich hatten wir doch alle eine enge Verbindung zu Pferden.

»Wo ist das Pferd jetzt?«, wollte Jacob wissen.

»Es ist das einzige Pferd, das über das Gatter des Offenstalls springen kann«, erzählte ich und berichtete dann von dem Mann, den ich auf dem Heuboden getroffen hatte und der geflohen war, indem er mich den Pferden als Köder zum Fraß vorgeworfen hatte.

»Scheint ja ein liebenswerter Typ gewesen zu sein«, murmelte Linus verächtlich. »Hoffentlich kriegt der schwarze Hengst ihn zu fassen und beißt ihm kräftig in den Hintern.«

Ja, das wünschte ich mir auch aus tiefstem Herzen.

Jacob ging am Offenstall entlang und schaute auf die Pferde, die immer noch sehr unruhig wirkten.

»Schöne Pferde«, sagte er nachdenklich. »Eine ganz besondere Zucht, oder?«

Ich betrachtete Jacob verwundert. »Kennst du sie?«, fragte ich. Immerhin kam ja auch Bjalla aus einer bekannten Friesenzucht.

»Ich glaube nicht«, erwiderte Jacob. Aber er wirkte angespannt.

Mittlerweile war es ganz dunkel geworden. Wir hatten unsere Pferde in den Paddock gebracht, nun aber saßen wir auf der Wiese herum und wussten nicht, wie es weitergehen sollte. Uns war kalt und wir hatten Hunger. Auch wenn die Tage oft noch warm waren, sobald die Sonne untergegangen war, wurde es richtig kalt.

»Wir sollten uns überlegen, wo wir schlafen können«, überlegte Jacob. »Hier auf der Wiese ist es zu kalt und zu nass.«

»Warum gehen wir nicht wieder ins Haus«, schlug Henry vor. »Ich habe die Haustür doch problemlos mit der Karte aufgekriegt.«

Aber uns allen war unwohl bei dem Gedanken, in einem fremden Haus zu schlafen.

»Vielleicht können wir auf den Heuboden gehen«, schlug ich vor, gleichzeitig aber fiel mir diese aufgebrachte Pferdegruppe ein, die mich beinahe zertreten hätte. Und leider führte nur dieser eine Weg durch den Offenstall zum Heuboden. »Wir sollten versuchen, den Pferden zu erklären, dass wir bei ihnen bleiben und ihnen nichts tun.«

Ich sah, dass mein Vorschlag ganz gut ankam. Die Pferde verhielten sich im Moment recht ruhig. Sie standen zwar immer noch am Gatter und betrachteten uns hin und wieder verstohlen, aber seit der Hengst weg war, wirkten sie ängstlich und schutzlos.

»Ich rede mal mit ihnen«, schlug ich vor.

Jetzt ging ich zum Gatter. Sofort wurde es in der Gruppe der Friesen unruhig. Alle blickten zu mir. Schließlich kam die Stute mit dem verspannten Hals auf mich zu, die anderen Pferde folgten in einem kleineren Abstand.

Wir wollen euch helfen, schickte ich meine Gedanken an die Stute. *Wir werden euch Futter holen und neues Stroh in den Offenstall legen. Morgen früh machen wir den Stall sauber. Wir werden für euch da sein.*

Die Stute stand ganz still und betrachtete mich. Ich sah aus den Augenwinkeln, dass Emma, Linus, Madita, Jacob, Samuel und Henry im Halbkreis hinter mir standen, und wusste, dass sie meine Gedanken verstärkten. *Wir sind für euch da. Wir kümmern uns um euch. Wir wollen euch helfen.*

Die Stute wich ein kleines Stück zurück, als mache sie mir Platz, in den Offenstall zu kommen. Einen Moment zögerte ich.

»Pass auf, Juna«, murmelte Jacob kaum hörbar. Er wusste sofort, was ich plante. Ich schaute noch einmal kurz zu den Pferden. Sie waren auf der Lauer, aber sie schienen auch froh zu sein, dass jemand für sie da war.

Langsam kroch ich durch die Zaunlatten und als ich mich langsam wieder aufrichtete, stand die Stute direkt vor mir.

Sie hatte ihren Hals in die Höhe gereckt und erschien mir dadurch unglaublich groß.

»Na siehst du, du kannst den Hals ja auch strecken«, rief ich überrascht. Am liebsten hätte ich ihr schwarzes Fell berührt, aber ich traute mich nicht. Jetzt ließ die Stute den Kopf wieder nach vorne fallen, krümmte den Hals und sah wieder ganz unglücklich aus.

»Was soll das? Warum macht sie das?«, fragte ich die anderen.

»Wenn sie nicht so jämmerlich das Gesicht verziehen und mit den Augen rollen würde, sähe es sogar sehr elegant aus«, meinte Madita.

Nun zogen auch die anderen Pferde einen Kreis um mich. Das kleinste Pferd stupste mich sogar an, allerdings wirkte diese Geste gar nicht mehr bedrohlich, sondern eher ein bisschen ungeduldig.

Sollen wir euch den Stall sauber machen?, fragte ich in Gedanken und spürte, wie die Pferde genau darauf warteten. Die Stute richtete kurz ihren Blick auf mich. Fast bildete ich mir ein, dass sie mit dem Kopf nickte.

»Wir können kommen«, sagte Jacob nun, der genau das auch gefühlt hatte.

Einer nach dem anderen kroch nun durch das Gatter in den Offenstall hinein und nahm Kontakt zu den Pferden auf. Wir stellten uns mitten in den Stall und ließen uns beschnuppern. Niemand berührte ein Pferd und die Friesen schienen froh darüber zu sein. Zu viel Nähe machte ihnen offenbar Angst, das hatten wir alle verstanden.

Als wir das Gefühl hatten, dass sie uns akzeptierten, machten wir uns an die Arbeit. Da es dunkel geworden war, konnten wir nicht mehr allzu viel ausrichten. Wir holten Heu und Stroh vom Dachboden und bereiteten den Friesen verschiedene Heuhaufen, an denen sie nach einigem misstrauischen Schnuppern zu knabberten anfingen. Dann brachten wir auch unseren Pferden genug zu fressen.

Mir tat es leid, dass unsere Pferde die Nacht im Freien verbringen mussten. Besonders Smoky und Duke waren eher empfindliche Pferde. Aber es ließ sich leider nicht ändern. Es gab weit und breit keinen Unterstand und zu den Friesen in den Offenstall wollten wir sie auch nicht bringen.

Zuletzt besorgten uns Henry und Samuel etwas zu essen und Decken und Matten aus dem Haus des unbekannten Mannes und wir machten es uns auf dem Heuboden einigermaßen gemütlich. Ich streckte mich auf einem Strohballen aus, so gut es ging. Leider pikste es ziemlich und es war auch verdammt hart. Jacob lag in meiner Nähe und auch er wälzte sich eine ganze Weile hin und her.

»Wer hat eigentlich behauptet, dass es im Heu gemütlich ist?«, brummte er.

»Wahrscheinlich irgendein hartnäckiges Gerücht, das von Generation zu Generation weitergegeben wird, aber niemand hat es wirklich ausprobiert«, murmelte Linus.

»Und von den Spinnen erzählt auch niemand was«, fügte Madita hinzu.

»Ganz zu schweigen von den Ratten«, ergänzte Henry.

»Ratten!« Jetzt schoss Madita doch in die Höhe.

»Oh, Kinder, nun haltet mal eure Klappe und schlaft!«, ermahnte uns Samuel.

Kichernd lehnten wir uns wieder auf unserem Strohlager zurück. In der Dunkelheit spürte ich plötzlich eine warme Hand in meiner. Jacob.

Ein lautes Wiehern weckte mich. Es hörte sich wie das Wiehern des Pferdes aus meinem Albtraum an. Auf der Stelle richtete ich mich auf. War ich immer noch in Jacobs Hütte? Draußen war die Sonne bereits aufgegangen, das konnte ich durch das kleine, schmutzige Dachfenster erkennen. Ansonsten war es hier in diesem Raum immer noch ziemlich dunkel.

»Jacob?«, fragte ich leise in die Dunkelheit.

Eine Hand berührte meine Schulter.

»Ich bin hier«, sagte er leise in mein Ohr.

Jetzt sah ich, wie auch Madita vor mir die Augen geöffnet hatte. Obwohl es noch ziemlich dämmrig war, konnte ich sehen, dass sie ihren aufmerksamen Blick auf mich gerichtet hatte. Was hatte sie mitgekriegt?

Nun wurden auch die anderen wach. Einer nach dem anderen streckte sich.

»Die Pferde unter uns sind total aufgeregt«, meinte Linus und stand auf. »Ich sehe mal nach.«

Er beugte sich aus der Heuluke nach unten, kletterte schließlich ein Stück die Leiter hinunter. »Der Hengst ist zurückgekommen«, rief er uns zu. »Er läuft am Gatter auf und ab.«

Hektik brach aus. Was sollten wir bloß tun?

Wir berieten uns kurz. Wenn wir versuchten, den Heuboden und den Offenstall so schnell wie möglich zu verlassen, wären wir dem Pferd auf der Straße schutzlos ausgeliefert. Vielleicht gelang es uns aber auch, den Friesen ruhig zu stellen, ähnlich wie es uns mit den anderen Pferden geglückt war.

Linus beobachtete die Szene weiter von oben.

»Der Hengst macht einen unruhigen Eindruck«, berichtete er. »Der schafft es im Nullkommanix, die Pferde wieder auf seine Seite zu bringen. Also, wenn der uns nicht mag, haben wir nichts zu lachen.«

Jetzt kroch ich neben Linus und schaute ebenfalls aus der Luke in den Offenstall. Der große Friese rannte tatsächlich wie verrückt am Gatter auf und ab, schnupperte an der Stute, stupste das Jungpferd zurecht und richtete sich schließlich hoch auf.

»Der sagt seiner Herde klar die Meinung«, stellte ich fest.

»Hört sich an wie: ›Wir müssen uns wehren!‹, oder?«, fragte mich Linus und ich nickte. »Oder auch: ›Lasst euch von denen nicht einlullen. Traut den Fremden nicht.‹«

Der Hengst trabte nun ein paar Schritte vom Gatter weg. Dann warf er den Kopf in den Nacken. Ich wusste genau, was jetzt passieren würde.

»Der springt zu seiner Herde rüber«, murmelte ich.

»Oh nein«, flüsterte Linus. »Schafft er das echt? Das ist ja wahnsinnig!«

Aber nun mussten wir tatsächlich mit ansehen, wie der Hengst Anlauf nahm und in einem Satz über das Gatter in den Offenstall sprang. Die anderen machten ihm Platz, doch sobald er sich in ihrer Mitte befand, kamen sie auf ihn zu. Es schien einen wilden Austausch zu geben. Der Hengst puffte ein Pferd nach dem anderen an und schien sehr aufgebracht zu sein. Tatsächlich sah es so aus, als würde er ihnen allen den Kopf waschen, damit sie in Zukunft wieder auf ihn hörten.

Linus seufzte leise. »Damit haben wir schlechte Karten«, meinte er.

»Glaube ich auch«, sagte ich enttäuscht.

Wir kletterten auf den Heuboden zurück.

»Das sieht nicht gut für uns aus«, stellte Linus dann fest. »Der große Friese sorgt in seiner Herde wieder für Ordnung. Und bis wir den auf unserer Seite haben, könnten ein paar Tage vergehen, die wir hier auf dem Heuboden festsitzen.«

»Unmöglich«, winkte Madita ab. »Ich muss aufs Klo. Außerdem kleben meine Hände total. Ich brauche ein Waschbecken und am besten auch eine heiße Dusche.«

»Hat schon einer was von Frühstück gesagt?«, murmelte Samuel. »Heiße Schokolade und frische Croissants mit Erdbeermarmelade?«

Wir konnte darüber noch nicht mal grinsen. Es war ein blödes Gefühl, plötzlich hier auf dem Heuboden gefangen zu sein. Wir alle fühlten uns schmutzig und unausgeschlafen und die Aussicht, hier festzuhängen, machte uns unglücklich.

»Wir machen es so wie dieser gruselige Typ«, schlug Linus schließlich mit einem Augenzwinkern vor. »Wir werfen Juna den Pferden zum Fraß vor und fliehen dann zum Wohnhaus rüber.«

»Großartige Idee«, erwiderte ich. »Aber warum opferst du dich nicht?«

»Wir können ja losen«, meinte Emma.

»Oder wir nehmen einfach das Heu«, war nun Jacob zu hören.

Jetzt mussten wir alle grinsen, obwohl uns nicht so wirklich zum Lachen war. Dieser große Friese machte uns echt Angst. Aber es war die beste Idee, die Pferde mit Futter abzulenken.

Einen Moment lang steckten wir alle die Köpfe zusammen, um den Plan genauer auszumalen. Dann ging es los.

»Okay, alle auf die Leiter«, gab Jacob das Kommando. »Ich stelle mich ganz nach oben. Und wenn der erste Heuballen in den Stall geworfen wird, rennt ihr los, so schnell ihr könnt. Einer nach dem anderen.«

Ich war die Erste, die die Leiter hinunterklettern wollte. Sobald die erste Sprosse knarrte, blickten alle Pferde zu mir. Der große Friese schnaubte und legte die Ohren an. Mein Herz klopfte. Es machte mich traurig zu sehen, dass er so wütend auf uns war. Warum ließ er sich nicht davon überzeugen, dass wir ihm helfen wollten?

Ich kletterte langsam weiter, aber nur so weit, dass mich kein Pferd erreichen konnte. Linus folgte mir langsam und bedächtig. Danach kam Samuel, schließlich Henry, Madita und Emma.

»Hauptsache, die Leiter hält«, brummte Henry.

Die Friesen wirkten nun sehr irritiert. Alle blickten von dem großen Hengst fort in unsere Richtung und auch der Hengst bemühte sich zu erkennen, was plötzlich passierte.

»Und los!«, rief Jacob und warf den ersten Heuballen. In dem Moment, als der Ballen im Offenstall landete, rannte ich los. Ich stürzte zum Gatter, drängte mich durch die Holzstreben und fegte zur Haustür des Wohnhauses. Linus war mir dicht auf den Fersen und auch Samuel hatte sich befreien können.

Jetzt hörten wir erneut einen Ruf von Jacob, dann rannte die nächste Gruppe los. Zuletzt gelang auch Jacob und Emma die Flucht zum Wohnhaus. Atemlos kamen wir alle an der Haustür des Wohnhauses an. Jetzt zögerten wir nicht mehr mit irgendwelchen Überlegungen, ob es wohl kriminell war, wenn man in ein fremdes Wohnhaus einbrach oder was der Besitzer denken könnte, wenn er zurückkam. Wir waren einfach nur froh, das Haus unversehrt erreicht zu haben.

Henry öffnete die Haustür problemlos und wir drängten uns über den Flur ins Wohnzimmer. Madita verschwand sofort im Badezimmer. Nachdem sie wieder herauskam, bildeten wir eine lange Schlange hinter der Tür. Schließlich mussten wir alle mal auf die Toilette und ein bisschen Wasser würde unseren Körpern auch nicht schaden.

Als ich aus dem Badezimmer kam, fiel mein Blick auf Jacob, der mit nachdenklichem Gesicht an dem Regal vorbeiging und die Pokale aufmerksam betrachtete.

»Europaturnier Den Haag«, las er vor. »Das ist ja beeindruckend.« Er sah nachdenklich aus. »Weiß jemand, wie der Typ hieß?«

Ich schüttelte den Kopf. »Es stand kein Name am Klingelschild. Und so genau haben wir uns in der Wohnung noch nicht umgeschaut. Aber ich kann den Typen beschreiben. Er war ungefähr vierzig Jahre alt, war ziemlich klein und drahtig und …«

Eigentlich wollte ich gerade diese wachen und eiskalten Augen beschreiben, aber da hörten wir ein wahnsinniges Gekreische. Es hörte sich an, als wenn zwei Pferde gleichzeitig schrien.

»Bjalla!«, rief Jacob und hätte um ein Haar den Pokal fallen lassen. In letzter Minute fing er ihn auf und stellte ihn ins Regal zurück, um dann hastig zur Tür zu rennen. Ich folgte ihm. Auch Madita, Henry, Samuel, Linus und Emma rannten hinter uns her.

Wir drängten uns nun an die Haustür, um nachzusehen, was passiert war. Der große Hengst war erneut aus dem Offenstall auf die Straße gesprungen. Offensichtlich hatte er unsere Pferde in dem Paddock gesehen. Jetzt versuchte er Anlauf zu nehmen, um über das Gatter zu springen und zu ihnen zu gelangen.

»Ich glaube, dieser Paddock gehört dem Hengst«, murmelte Jacob. »Darum ist der Zaun auch so hoch!«

»Oh nein«, schrie Madita. »Wenn er das schafft, da rein zu springen, gibt es eine furchtbare Beißerei!«

Wir hatten riesige Angst um unsere Pferde, aber wir fürchteten uns auch vor dem Hengst. Der riesige Friese galoppierte auf den Paddock zu. Ich konnte sehen, dass das Gatter dieses Paddocks ein wenig höher war als das Gatter des Offenstalls, und es außerdem noch über dem oberen Balken mit einem Stromzaun abgesichert war. Auch der Friese schien das zu wissen. Kurz vor dem Sprung bremste er ab. Er schnaubte und es hörte sich unglaublich böse an. Jetzt schüttelte er wütend den Kopf, sodass seine lange wilde Mähne zu allen Seiten flog. Dann rannte er zurück, um erneut Anlauf zu nehmen. Er wählte eine etwas längere Strecke.

Ich wusste nicht, was in mich gefahren war. Wahrscheinlich war meine Angst um die Pferde noch größer als die Angst um mein Leben. Jedenfalls löste ich mich langsam von der Gruppe und ging die Treppe hinunter.

Jacob beugte sich vor, um meine Hand zu schnappen.

»Juna, nein!«, rief er aufgebracht. »Bitte bleib hier!«

Ich zögerte. Der Hengst drehte sich nun in meine Richtung und betrachtete mich. Sein böser Blick ließ mich erschauern. Trotzdem löste ich mich aus Jacobs Hand und ging langsam weiter.

Der Friese ließ sich von mir ablenken. Für einen Moment schien er zu vergessen, dass er über den Zaun springen wollte. Jetzt blickte er in meine Richtung und damit spürte ich erneut die wahnsinnige Magie, die von ihm ausging. Mit diesem Blick hatte er mich dazu gebracht, auf seinen Rücken zu steigen.

Jetzt ging ich langsam auf ihn zu.

»Juna, bitte!«, hörte ich Jacobs Stimme hinter mir. Sie klang total verzweifelt.

»Bleib stehen«, zischte nun auch Linus. »Sei nicht wahnsinnig! Der macht dich fertig.«

Aber ich konnte nicht stehen blieben. Meine Beine gingen voran, meine Füße setzten einen Schritt vor den anderen. Der Hengst starrte mich lauernd an, sodass ich seinem Blick nicht standhalten konnte. Ich senkte den Kopf und blieb stehen. Nun war er es, der einen Schritt vor den anderen setzte und mir entgegenkam. Er tat es mit derselben langsamen Vorsicht.

Ich hörte, wie er dabei pustete, und wusste, dass er seine Nüstern weit aufgebläht hatte. Er kam mir vor wie ein Wolf, der das Schaf umkreiste, um ihm anschließend in die Kehle zu beißen.

Tu mir nichts. Ich will dir helfen, versuchte ich, dem Friesen meine Gedanken zu schicken, aber ich spürte auch sein Misstrauen. Ich konnte geradezu fühlen, wie er versuchte, meine Gedanken abzuschmettern, damit sie ihn nicht beeinflussten. Schließlich standen wir fast einen halben Meter voneinander entfernt. Ich spürte die Wärme seines Körpers, aber ich roch auch seine Angst.

»Hallo, Don«, sagte ich leise. »So heißt du doch, oder?«

Der Hengst zeigte keine Reaktion.

Warum hast du Angst vor mir? Ich tu dir nichts, schickte ich ihm wieder und wieder meine Gedanken zu. Kurz blickte ich aus den Augenwinkeln zu ihm, um dann schnell wieder den Blick zu senken. Er starrte mich immer noch mit weit aufgeblähten Nüstern an. Die Ohren waren fast bis zum Mähnenkamm zurückgelegt.

Auf dem Hof war es totenstill geworden. Sogar die Pferde standen da wie eingefroren. Niemand rührte sich. Sowohl unsere Pferde als auch die Herde der Friesenpferde verfolgten jede unserer Bewegungen atemlos. Auch die Cassiopeiagruppe bewegte sich nicht. Ich konnte sie in meinem Rücken spüren, wusste, dass sie versuchten, mir Kraft und gute Gedanken zu schicken.

»Don heißt er?«, hörte ich Jacobs Stimme hinter mir. Sie hörte sich sehr gepresst an. »Woher weißt du das?«

Gerade wollte ich antworten, da schnaubte ein Pferd. Obwohl ich nicht aufsah, wusste ich doch, dass es Bjalla war. Sie lief aus der Pferdegruppe heraus bis ans Gatter des Paddocks. Jetzt konnte ich auch spüren, wie der Hengst zu ihr schaute.

Dann gab er einen seltsamen Laut von sich, der sich fast wie ein Stöhnen anhörte.

»Nicht! Juna, pass auf!«, schrie Jacob jetzt. Erschrocken schaute ich auf. Ich sah, wie der Friese mit ein paar wilden Sprüngen auf das Gatter zusetzte, direkt auf Bjalla zu. Die zuckte zusammen und wich in die Mitte des Offenstalls zurück. Darüber schien der Hengst unglücklich zu sein. Er wieherte und trat gegen das Gatter, als versuche er, es einzutreten.

»Er will zu Bjalla«, zischte Jacob und kam nun die Stufen des Hauses heruntergerannt. Der Hengst wandte sich ihm zu. Sein Wiehern wurde lauter und böser.

»Jacob, pass auf! Er hat es auf dich abgesehen!«, schrie Emma.

Ich wusste, dass sie recht hatte. Auch wenn Don mir gegenüber sehr misstrauisch war, hatte er sich doch einigermaßen ruhig verhalten. Bei Jacob dagegen schien er richtig auszuticken. Er schob sein Gewicht auf die Hinterbeine und es sah aus, als wollte er steigen.

Jetzt aber gab Bjalla einen Schrei von sich und rannte auf das Gatter zu. Sie ahnte wohl, dass der Hengst Jacob etwas antun wollte.

Erneut wandte sich Don Jacobs Stute zu. Seine eben noch angelegten Ohren richteten sich auf. Er betrachtete Bjalla genauer und ein liebevoller Ausdruck trat in seine Augen. Jetzt brummelte er. Es klang fast zärtlich.

»Bjalla!«, rief Jacob verzweifelt, aber ich wusste plötzlich ganz genau, dass der Hengst ihr nichts tun würde.

»Lass sie, Jacob«, sagte ich. »Er mag sie.«

Und tatsächlich trat Don erneut an das Gatter heran. Bjalla kam von der anderen Seite näher. Die beiden beschnupperten sich kurz. Bjalla quietschte das typische Stutenquietschen, was sie manchmal machte, wenn sie sich nicht sicher war, ob sie die Nähe eines anderen Pferdes zulassen sollte. Dann aber schnupperte sie wieder am Hals des Hengstes und er an ihr.

Wir starrten die beiden Pferde an.

»Ich habe das Gefühl, dass sie sich kennen«, sagte Linus plötzlich. »Kann das sein, Jacob? Waren sie vielleicht in einer Zucht?«

Ich blickte zu Jacob, der immer noch wie angewurzelt unterhalb der Treppe stand und den beiden Friesen mit einer Mischung aus Angst und Faszination dabei zuschaute, wie sie vorsichtig Kontakt zueinander aufnahmen. Jetzt fiel mir ein, dass Jacobs Vater Pferde gezüchtet hatte. Vielleicht kannten sich Bjalla und dieser Hengst tatsächlich.

»Ich weiß nicht genau. Die Friesen erinnern mich schon …«, murmelte Jacob und brach dann ab.

Er sah ziemlich mitgenommen aus. Irritiert betrachtete er den liebevollen Austausch zwischen seinem Pferd und dem riesigen Hengst. Aber er wagte es nicht, sich den Pferden zu nähern. Auch ich stand immer noch ganz still und sah zu, wie Bjalla am Fell des Friesen schnupperte.

Plötzlich spürte ich ganz klar, dass ein Zusammenhang zwischen Jacob und diesem Hengst bestehen musste. Ich hatte diesen unheimlichen Traum bei Jacob in der Hütte gehabt. Und als ich mich mit Jacob heimlich treffen wollte, war dieses große Pferd plötzlich aufgetaucht. Das konnte doch kein Zufall sein.

Auch Jacob schien eine Vorahnung zu haben. Ich konnte geradezu sehen, wie seine Gedanken im Kopf herumkreisten.

»Wir sollten herausfinden, wie dieser Dressurreiter heißt. Vielleicht hat er bei meinem Vater ein Pferd gekauft«, überlegte Jacob schließlich. Die anderen sahen Jacob verwundert an und er erklärte: »Mein Vater hatte ein Gestüt, aber das wurde aufgelöst, als sich meine Eltern trennten.«

Man merkte Jacob an, dass es ihn viel Überwindung kostete, so viel Persönliches über sich zu erzählen. Darum wagte niemand, näher auf seine Erzählung einzugehen.

Nun kamen auch Merlin, Smoky, Filou, Duke, Thessa und Fairy an den Zaun gelaufen, um den großen Friesen zu beschnuppern und sich von ihm beschnuppern zu lassen.

Der Hengst rannte von einem Pferd zum anderen. Er blieb misstrauisch, war aber nicht mehr so aggressiv.

»Ich will endlich wissen, was mit den Friesen ist«, sagte Samuel schließlich. »Meint ihr, ich kann Thessa mal aus dem Paddock holen und mit ihr zu den Pferden gehen? Vielleicht erzählen sie ihr ja, was geschehen ist.«

Samuels Pferd Thessa war eine imposante Holsteinstute. Im Gegensatz zu den Pferden von uns anderen war sie wenig auf Menschen und sehr auf Pferde bezogen. Lange Zeit hatte sie nur in einer Herde gelebt und wenig Kontakt zu Menschen gehabt. Sie hatte uns manchmal geholfen, wenn wir eine Übersetzung zwischen Menschen und Tieren benötigten. Jetzt hatte ich das Gefühl, sie könnte uns tatsächlich eine große Hilfe sein, und offenbar sahen die anderen es auch so.

»Ich stelle dir Filou mal wieder als Übersetzer zur Verfügung«, schlug Emma vor.

Bei der Übersetzung der Pferdesprache hatte Thessa sich nämlich oft Filou anvertraut, der dann ihre Gedanken an Emma weitergab. Es war ein großes Kuddelmuddel an Übersetzungen und nicht immer klappte es so, wie wir uns das wünschten, aber es war unsere einzige Chance, hinter das Geheimnis dieser Pferde zu kommen.

Emma und Samuel wagten sich nun von der Haustür weg

zum Paddock hinüber. Als der Hengst das sah, ließ er die beiden nicht aus den Augen.

Samuel legte Thessa ein Halfter um und führte sie langsam aus dem Paddock auf den Weg, der davor lag und auf dem sich Don immer noch befand. Emma und Filou folgten.

Wieder trat eine große angespannte Stille ein. Die Friesenpferde beobachteten Samuel und Emma misstrauisch vom Offenstall aus. Auch der Hengst blieb auf dem Sprung. Jetzt aber zeigte Thessa ihre großen Qualitäten. Sie blickte Don mit einer Mischung aus Neugier und Mitleid an und wirkte dazu noch so groß und kräftig, dass sie den großen Friesen ähnelte. Samuel sah still zu, wie der Hengst und seine Thessa einander still gegenüberstanden, als tauschten sie ihre Gedanken aus. Dann schaute Thessa zu der großen Friesenstute mit dem verdrehten Hals, die immer noch am Gatter des Offenstalls stand.

»Ich glaube, sie will zu der Stute«, erklärte ich.

Samuel nickte und führte Thessa zum Offenstall, wo diese Stute auf sie wartete. Sie schien besonders viel auf dem Herzen zu haben. Ungeduldig streckte sie Thessa ihren Kopf entgegen, legte fast ihre Stirn an Thessas, als wollte sie mit ihr Gedanken austauschen. Dann schnellte sie mit dem Kopf hoch, krümmte den Hals und ließ den Kopf fast bis zwischen die Beine sinken.

Diese Geste hatte ich nun schon einige Male an ihr gesehen.

»Warum macht sie das bloß immer?«, fragte ich und sah zu den anderen hinüber.

Mein Blick blieb an Jacob hängen und ich erschrak. Er sah total blass aus, seine Augen waren groß und sein Blick war fast wie erstarrt. Was war mit ihm?

Thessa hatte die Ohren nun nach vorne gerichtet und

schien der Friesenstute zuzuhören. Dann drehte sie sich zu den anderen Friesen um, die ebenfalls etwas dazu zu sagen hatten. Wieder wiederholte sich diese Geste mit dem runden Hals. Schließlich kam der Hengst von der anderen Seite des Zauns dazu und umtanzte uns. Auf mich wirkte das alles bedrohlich. Immer wenn sich Don ins Spiel brachte, wurde es deutlich aggressiver.

»Bring Thessa mal zu Filou, damit wir wissen, was los ist«, schlug Emma vor.

Samuel nickte. Er redete beruhigend auf Thessa ein, führte sie dann zu dem kleinen Berber, der bereits neugierig auf sie wartete. Don folgte den Pferden misstrauisch. Thessa und Filou steckten ihre Köpfe zusammen und schienen sich auszutauschen. Emma stand neben Filou und lauschte.

»Die Friesen sind schlecht behandelt worden«, übersetzte sie schließlich. »Sie wurden immer wieder … ja, und das verstehe ich jetzt nicht so richtig … irgendwie schlecht geritten. An den Zügeln gezerrt, glaube ich. Besonders diese Stute«, erklärte Emma, aber sie sah ein bisschen unsicher aus.

»Die armen Pferde«, sagte Madita mitleidig. »Wir sollten uns um sie kümmern.«

9. Kapitel

Jacobs Geheimnis

Wir verbrachten den Tag bei den Friesenpferden, misteten den dreckigen Stall aus, reinigten die Tränken und streuten neues Stroh ein. Dabei bewegten wir uns ganz langsam und achteten darauf, die Pferde nicht anzuschauen. Sie drängten sich um den Hengst herum in eine Ecke und blickten misstrauisch zu uns herüber. Offenbar waren sie froh, dass wir uns um sie kümmerten, aber sie wollten auch nicht, dass wir ihnen zu nahe kamen.

Ich versuchte einmal, Kontakt zu dem Jungpferd aufzunehmen, doch der Hengst gab sofort ein böses Schnauben von sich und legte die Ohren an. Erschrocken senkte das junge Pferd den Blick und trat gehorsam an seine Seite.

»Sagt mal, kann ich euch mal allein lassen?«, fragte Jacob. »Ich sehe mich noch mal in dem Haus um und versuche, etwas über den Besitzer herauszufinden, okay?«

Natürlich waren wir damit einverstanden. Wir waren genug Leute für die Stallarbeit.

»Wie heißen die Pferde wohl?«, überlegte Emma. Sie sah zu den Pferden und rief: »Wer von euch heißt Mauritz?«

Einen kurzen Moment hob das Jungpferd den Kopf. Emma lachte. »Das dachte ich mir schon«, sagte sie. »Klingt ein bisschen wie Moritz. Das passt zu dir!«

»Und wer ist Rosa?«, fragte Samuel.

Ein älteres Pferd richtete ganz kurz die Ohren nach vorne. Sie ließ dabei den Blick zu Boden gerichtet, aber wir wussten sofort, dass sie Rosa war.

»Und du bist sicherlich Felicia«, wandte ich mich an die Stute, die immer besonders traurig aussah und den Hals verdrehte. Sie sah mich an und ihr Blick war aufmerksam. »Das ist auch ein ganz besonders schöner Name«, sagte ich. »Er passt zu dir!«

Die Stute schnaubte leise. Dann löste sie sich aus der Pferdegruppe. Ich hielt die Luft an, denn ich wusste sofort, dass sie zu mir kommen wollte. Doch der Hengst stellte sich ihr in den Weg und versuchte, sie beim Weitergehen zu hindern.

»Dich kennen wir schon. Du bist Don, oder?«, mischte sich nun Madita ein.

Don drehte sich zu ihr um und sah sie böse an. Seine Ohren lagen wieder ganz tief.

»Ach, komm schon«, sagte Madita in ihrer fröhlichen Unbekümmertheit. »Tu dich doch nicht so wichtig. Kapier doch endlich, dass wir euch nichts tun. Wir sind für euch da. Wir helfen euch.«

Don wirkte noch böser als vorher. Maditas Stimme schien ihn zu provozieren. Er ging langsam zu ihr. Erschrocken stellte Madita die Mistgabel zur Seite und senkte den Kopf, um ihn nicht anzuschauen. Dann drehte sie sich zu dem Hengst um und zeigte ihm damit, dass sie ihm nichts entgegenzusetzen hatte. Don wirkte plötzlich noch größer und bedrohlicher.

Lass sie in Ruhe! Tu ihr nichts!, versuchte ich ihn zu beschwören, und ich sah den anderen an, dass auch sie dem Hengst gute Gedanken schickten.

Langsam kam er näher, beugte sich dann über Madita. Seine majestätische Mähne fiel über Maditas Haare und vermischte sich mit ihren. Dann schnupperte er an ihr.

»Wir sind doch auf eurer Seite«, murmelte Madita.

Da schob er ihre Haare mit seinem Maul zur Seite und schnupperte an ihrem Gesicht. Madita schloss die Augen und lächelte.

Dieser Moment war unglaublich. Es sah fast aus, als wenn Don Madita küsste. Madita öffnete nun die Augen und die beiden betrachteten sich eine ganze Weile. Dann streckte Madita ihre Hand aus und streichelte Dons Maul.

Ich beneidete sie ein bisschen darum. Zu gerne hätte ich ihn auch berührt. Aber plötzlich war diese Stute an meiner Seite – Felicia. Sie berührte meine Schulter. Und nun sah ich, dass auch Emma, Linus, Henry und Samuel ein schwarzes Pferd an ihrer Seite hatten. Dieser Moment war unbeschreiblich. Niemals hätte ich geglaubt, dass es uns so schnell gelingen würde, die Pferde für uns zu gewinnen.

»Das muss sich Jacob anschauen«, sagte Henry. »Wie ein Märchen aus tausendundeiner Nacht.«

»Stimmt«, sagte ich. Und erst jetzt fiel mir auf, dass ich Jacob schon eine ganze Weile nicht mehr gesehen hatte. »Der fällt bestimmt aus allen Wolken, wenn er uns so mit den Pferden sieht.«

»Ich hole ihn mal«, bot sich Linus an. Er strich der Stute, die sich zu ihm gestellt hatte, über die Nase. »Bin gleich wieder da.« Dann ging er Richtung Haus. Die Stute sah ihm nach.

Ich streichelte Felicia über den Nasenrücken. »Wenn du mich lässt, massiere ich dir heute den Hals«, sagte ich leise. »Du wirst begeistert sein.«

Noch wagte ich nicht, sie an der Stelle zu berühren, die ihr wehtat, aber ich wusste genau, dass sie es irgendwann zulassen würde.

Unruhig schaute ich nun zum Haus hinüber. Linus kam und kam nicht wieder. Das erschien mir seltsam. Plötzlich fühlte ich, dass sich ein Schatten über mich senkte wie eine düstere Vorahnung. Irgendetwas war passiert, das spürte ich nun ganz genau.

Endlich kam Linus aus dem Haus gestürzt. Erst als er sah, wie die Pferde unruhig ihre Köpfe drehten, nahm er sein Tempo zurück. Ich sah, dass er einen Zettel in der Hand hatte, und meine unangenehme Vorahnung verstärkte sich.

Linus kroch unter dem Zaun zu uns in den Offenstall zurück. Ich merkte, wie er sich bemühte, die Pferde nicht seine Unruhe spüren zu lassen.

»Jacob ist abgehauen«, sagte er leise und wedelte mit dem Zettel. »Er hat uns eine total bescheuerte Nachricht hinterlassen.« Linus las: »›Ich kann nicht bei euch bleiben. Bitte verzeiht mir.‹«

Ich spürte, wie ich fast den Boden unter den Füßen verlor.

»›Nicht bei euch bleiben‹? Was meint er damit?«, rief ich.

Felicia zuckte zusammen und trat einen Schritt zurück. Sofort mäßigte ich meine Stimme. »Was meint er damit?«, flüsterte ich noch mal.

»Er ist jedenfalls weg«, erklärte Linus mit leiser Stimme. »Er, seine Sachen und sein Pferd. Keine Ahnung, warum er abgehauen ist.«

»Na, das kennen wir doch von ihm«, gab Madita böse zurück. »Wenn es schwierig wird, verschwindet er. Wahrscheinlich hat er Angst um Bjalla gekriegt.«

»Das glaube ich nicht«, sagte ich unglücklich. »Bjalla hat sich doch mit Don ganz gut verstanden.«

Ich war wie vor den Kopf geschlagen, konnte einfach nicht glauben, dass Jacob gegangen war, ohne mir Bescheid zu geben. Und dann so eine seltsame Notiz. *... kann nicht bleiben... verzeiht mir*? Warum hatte er nicht den Mut, uns zu erzählen, was los war? Was war in ihn gefahren? Wenigstens ich hätte es erfahren müssen. Warum hatte er kein Vertrauen zu mir?

Ich sah, wie Linus mich mitleidig beobachtete. »Schau selbst nach«, sagte er leise.

Ich nickte, strich dann Felicia noch einmal über die Nase. Sie sah mich an und ich bildete mir ein, Trauer in ihren Augen zu lesen. Ganz sicher konnte sie spüren, dass ich ebenfalls unglücklich war.

»Bin gleich wieder da«, flüsterte ich ihr zu. »Ich muss nur etwas nachgucken.«

Meine Stimme hörte sich ziemlich belegt an. Felicias mitleidiger Blick wurde intensiver. Das konnte ich kaum aushalten.

Langsam ging ich zum Haus. Ich wanderte nachdenklich von Zimmer zu Zimmer. Jacob hatte gestern seine Gepäcktaschen wie wir alle auf den Flur gestellt. Unsere Taschen waren alle noch da, nur seine fehlte. Auch sein Anorak war verschwunden. Er schien sich tatsächlich aus dem Staub gemacht zu haben. Aber warum? Was hatte ihn dazu gebracht, Hals über Kopf zu fliehen? Hatte es etwas mit dem Haus zu tun? Mit dem Besitzer? Mit den Pferden? Noch einmal wanderte ich durch das Wohnzimmer und betrachtete die Pokale. Ob Jacob rausgefunden hatte, wer dieser Dressurreiter war? Gab es vielleicht eine Verbindung zwischen den beiden?

Ich fand keine Antwort.

Unruhig ging ich zum Paddock zurück, in dem unsere Pferde standen. Bjalla war fort und Merlin wirkte seltsam einsam ohne sie. Sie hatten in der letzten Zeit immer nebeneinandergestanden. Bjallas Sattel war fort, ebenso das Zaumzeug. Zweifellos. Jacob war mit seinem Pferd verschwunden. Das machte mich richtig fertig. Ich konnte mir überhaupt nicht vorstellen, dass Jacob fortgegangen war, ohne mir eine Nachricht zu hinterlassen. Mein Handy fiel mir ein. Ich zog es aus der Tasche und schaute auf das Display. Und tatsächlich! Jacob hatte mir geschrieben.

Es tut mir alles schrecklich leid, besonders um dich, Juna. Du weißt, wie gerne ich dich mag. Du bist ein ganz besonderer Mensch und ich bin froh, dass ich dich in meinem Leben kennengelernt habe. Ich weiß, dass du es schaffst, die Cassiopeiagruppe zu großem Erfolg zu führen, und du kannst dir sicher sein, dass meine Gedanken dich immer begleiten werden. J.

Die Nachricht trieb mir die Tränen in die Augen. Was sollte das heißen? Er konnte mich doch nicht einfach hier sitzen lassen! Hatte ich nicht eine anständige Erklärung verdient? Er hatte sich doch verpflichtet, unsere Gruppe zu begleiten. Durfte er uns da einfach verlassen?

Wieder und wieder las ich diese Nachricht. *Ich bin froh, dass ich dich in meinem Leben kennengelernt habe.* Das hörte sich an, als wenn er sich für immer von mir verabschieden wollte.

Je häufiger ich die Nachricht las, umso größer wurde meine Panik. Wollte er mit mir Schluss machen? Mit einer einfachen Handynachricht wollte er alles beenden, was zwischen uns war? Das konnte und wollte ich nicht glauben.

Ich wählte Jacobs Nummer, aber sein Handy war ausgeschaltet. Nicht erreichbar. Das kannte ich von ihm mehr als genug. So hatte er das immer gemacht: Wenn etwas schwierig wurde, verschwand er einfach und ließ mich mit all meinem Kummer allein zurück.

Wut überkam mich. So konnte er mich nicht behandeln! Nicht nach diesem schönen Wochenende, nicht nach dem, was wir schon alles erlebt hatten. Wenn ich ihm jetzt begegnet wäre, hätte ich ihn angeschrien. Aber er war nicht da und ich hatte niemanden, an dem ich meine Wut ablassen konnte.

Ich starrte eine Weile fassungslos vor mich hin. Dann kam die Trauer. Sie erfasste mich wie eine heiße Welle. Die Tränen traten mir in die Augen und ich hatte Mühe, gegen sie anzukämpfen. Wenn es irgendein anderer Mensch gewesen wäre, der mich so behandelt hätte, hätte ich ihn kurzerhand aus meinem Leben gestrichen. Leider ging es nicht um irgendeinen Menschen. Es ging um Jacob, um jemanden, der mir sehr viel bedeutete.

Den ganzen Tag musste ich an Jacob denken und ich war dabei unglaublich unglücklich. Trauer, Wut und Ratlosigkeit wechselten sich ab. So niedergeschlagen hatte ich mich schon lange nicht mehr gefühlt.

Wir kümmerten uns den ganzen Tag um die Pferde, aber mit meinen Gedanken war ich nur bei Jacob.

»Wie soll das jetzt weitergehen?«, schnitt Henry das heikle Thema an, als wir beim Abendessen waren. Im Grunde hatten wir alle den ganzen Tag daran gedacht. Wir hatten nur so viel mit den Friesenpferden und mit unseren Pferden zu tun gehabt, dass wir nicht dazu gekommen waren, uns zu besprechen. Jetzt endlich saßen wir beim Essen zusammen draußen auf der Terrasse dieses fremden Hauses und überlegten gemeinsam. Madita hatte eine große Kanne Tee gekocht, Emma und ich hatten eine Tütensuppe gemacht, und die anderen hatten Aufschnitt, Käse und Brot aus der Küche zusammengetragen. Trotz aller Sorge um unsere Zukunft war es doch ein gemütliches Essen. Wir genossen es, uns nach dem anstrengenden Pferdetag auszuruhen.

Ich war den ganzen Tag wie Falschgeld herumgelaufen und hatte alle Arbeiten mechanisch ausgeführt. Jetzt war ich froh, meine Freunde um mich zu haben. Ich wusste nicht, ob sie meine Traurigkeit spürten, aber hin und wieder schauten sie mich nachdenklich an.

Immer wieder hatten wir versucht, Jacob zu erreichen, aber das war absolute Zeitverschwendung. Jacob war für uns unerreichbar. Auch hatte ich mich bemüht, ihn mit meinen Gedanken zu erreichen, aber entweder war er zu weit entfernt oder er blockierte meinen Kontakt.

»Wir sollten die Crew anrufen und ihnen sagen, dass Jacob verschwunden ist«, überlegte Emma. »Schließlich hatten wir doch eigentlich geplant, einen Wanderritt mit Jacob zu machen.«

»Aber habt ihr Lust auf einen Wanderritt mit Karina oder mit Sheila?«, fragte Madita und rümpfte die Nase.

»Oder mit Ilyas van Hees«, ergänzte Samuel und verdrehte die Augen. »Wenn ich ehrlich bin, gefällt es mir ohne Betreuer auch ganz gut. Außerdem brauchen uns die Pferde hier. Ich kann mir gar nicht vorstellen, sie allein zu lassen.«

»Stimmt«, nickte Linus. »Ich will auch hierbleiben. Die Pferde kommen alleine nicht zurecht. Und es ist toll, dass sie schon am ersten Tag so großes Vertrauen zu uns gefasst haben.«

»Ich möchte zu gerne wissen, warum Jacob abgehauen ist«, bemerkte Madita. »Dieser Typ hat echt ein Problem. Ständig tut er so, als wenn er alles weiß und kann, und dann plötzlich flüchtet er wie ein kleines Kind, das den Weihnachtsmann gesehen hat.«

Sie sah mich auf ihre provozierende Art an, weil sie wusste, dass ich mich ärgerte und vielleicht Jacob verteidigen würde. Ich bemühte mich, nicht in diese Falle zu laufen. Darum schwieg ich.

»Jacob war doch ins Haus gegangen, um etwas über den Typen rauszufinden, dem die Pferde gehören«, erinnerte sich Henry. »Wer weiß, was er dabei rausgefunden hat.«

»Wir sollten auch mal ein bisschen recherchieren«, meinte Madita und zog ihr Smartphone aus der Tasche. *Friesenhof. Nähe Langenberger See*, tippte sie in die Suchmaschine. Dann schnaubte sie. »Aha«, rief sie. »Wir sind auf dem Friesenhof Mühlenberg. Nett, das zu wissen!« Wieder flogen ihre Daumen über das Display. »Mal schauen, was das Internet noch so preisgibt.«

Zur gleichen Zeit begann auch Emma, Nachforschungen anzustellen. *Europaturnier Den Haag, 2017*, gab sie ein.

»Dann gucke ich mal unter ›Felicia Friesenstute‹«, kommentierte Linus.

Ein wildes Zappen auf den Smartphones begann und nach einer Weile riefen Madita und Emma fast gleichzeitig: »Heiko Ahlers!«

Dann hielt mir Madita ein Foto unter die Nase.

»Guck mal! Ist das der Typ, mit dem du auf dem Heuboden gesessen hast?«

Ich blickte auf das Display und mir lief ein Schauer über den Rücken. Ich erkannte ihn sofort an den eisgrauen Augen und dem strengen Gesicht wieder.

»Ja, genau. Das ist er!«, rief ich.

Heiko Ahlers, tippten nun alle, die ein Smartphone besaßen, in die Suchmaschine ein. Henry schaute mir beim Tippen über die Schulter. Er besaß noch nicht mal ein Handy – aus Prinzip nicht, wie er immer sagte. Schließlich beherrschte er Rauchzeichen und das Morsealphabet, argumentierte er gerne und hatte damit immer die Lacher und die Sympathie auf seiner Seite.

»Heiko Ahlers, der steht sogar bei Wikipedia!«, rief Madita

beeindruckt. »Geboren am 14. März 1976 in Oldenburg, Dressurreiter. Zunächst Bereiter auf dem Berghof im Wiesenberger Land, anschließend Trainer verschiedener Dressurequipen. 1998 Durchbruch im Spitzendressursport, Champion der Berufsreiter …«

Ich horchte mit einem Ohr auf Maditas Ausführungen, gleichzeitig aber kam mir eine Idee, die mir Angst machte. Ich gab den Namen Jacob Cordes gemeinsam mit Heiko Ahlers' Namen in die Suchmaschine ein. Dann stockte mir der Atem. Ich sah ein Foto, auf dem eine Dressurmannschaft abgebildet war, und dort stand Jacob zwischen einem Jungen und einem Mädchen, neben ihnen Heiko Ahlers.

»Bei den jungen Reitern führte das Deutsche Dressurteam unter der Leitung von Heiko Ahlers vor Schweden und Frankreich«, las ich vor. Mein Herz klopfte dabei furchtbar. Jetzt sah ich, wie die anderen von ihren Handys aufschauten. Hastig schob ich Linus das Foto rüber. »Guck mal. Das ist doch Jacob, oder?«

Linus und Emma starrten auf das Foto und nickten dann. »Da ist er zwar viel jünger, aber man kann ihn gut erkennen«, meinte Linus.

»Jacob? Du hast nach Jacob gegoogelt?«, fragte Madita. Wieder war ihr Blick mehr als aufmerksam.

»Nach Jacob in Verbindung mit diesem Heiko Ahlers«, erklärte ich.

»Er scheint vor zwei Jahren bei den Europameisterschaften der Junioren gewonnen zu haben«, bemerkte Emma. »Und Heiko Ahlers hat das Team offenbar trainiert.«

»Jacob kannte den Ahlers also«, überlegte Samuel. »Und als er herausgefunden hat, dass wir uns in Ahlers' Haus befinden und er es war, der die Pferde nicht unter Kontrolle hatte, ist Jacob geflüchtet. Oder was meint ihr?«

»Warum sollte er flüchten?«, wunderte sich Henry. »Wenn er Europameister geworden ist, ist das doch eine Sache, auf die er stolz sein kann.«

Wir schauten alle nachdenklich vor uns hin. Madita hatte wieder angefangen, in ihrem Smartphone herumzuklicken. Wir anderen schwiegen.

»Ich koche noch mal einen Tee«, schlug Henry vor.

Madita suchte eine ganze Weile planlos, schließlich legte sie ihr Smartphone aus der Hand, trank einen Schluck Tee und griff nach einem Stück Schokolade.

»Wenn man all das, was wir bis jetzt wissen, zusammenzählt, könnte man meinen, dieser Heiko Ahlers hätte seine Pferde nicht gut behandelt«, begann Linus leise. »Und vielleicht ...« Er sah kurz zu mir, weil er wusste, dass mir das, was er jetzt sagen würde, ganz viel ausmachen würde. »Vielleicht ist Jacob mit seinen Pferden auch nicht gut umgegangen.«

Ich nickte. Dieser Verdacht war mir auch gekommen, ich hatte den Gedanken nur nicht zulassen wollen. Als ich Jacob kennengerlernt hatte, war er so liebevoll zu den Pferden gewesen, hatte so ein feines Gespür für sie gehabt, konnte sich in ihre Gedanken einfühlen und sie sogar über seinen Willen steuern. Dass er sich ihnen gegenüber mal anders verhalten haben könnte, mochte ich einfach nicht glauben.

»Dasselbe wie Linus dachte ich auch gerade«, sagte Madita. »Immerhin haben ja viele Dressurreiter diesen Tick, dass sie meinen, ihre Pferde müssten den Hals im Genick nach unten biegen. Vielleicht haben sie die Pferde gequält und sie gezwungen ...«

Emma unterbrach sie. »Das glaube ich nicht«, rief sie. »Jacob kann so toll mit Pferden umgehen.«

»Man sollte in alle Richtungen denken«, erwiderte Madita

trotzig. »Dass diese Pferde unglücklich sind, haben wir alle gesehen. Und dass Heiko Ahlers etwas damit zu tun hat, ist doch auch allen klar. Jetzt ist Jacob abgehauen, nachdem er herausgefunden hat, wie der Besitzer der Pferde heißt. Da muss man doch nur eins und eins zusammenzählen.«

»Und wir haben auch gesehen, dass Don und Bjalla sich offenbar kannten«, fiel Henry plötzlich ein. »Also, wenn ihr mich fragt, ich würde auch sagen, dass Jacob irgendwas auf dem Kerbholz hat, das mit den Pferden und Heiko Ahlers zu tun hat. Und weil er Angst hat, wir könnten das herausfinden, ist er nichts wie weg.«

»Aber wenn das so ist, warum erzählt er es uns nicht?«, rief ich aufgebracht. »Warum hat er kein Vertrauen zu uns? Er kann uns doch alles sagen.«

»Also, ich weiß nicht, ob ich ihm das verzeihen könnte, wenn er Pferde schlecht behandelt hat«, überlegte Linus.

»Sicher hat er auch Angst davor, dass es rauskommt und er in allen Medien ist. Stellt euch mal den Skandal vor: Der große Pferdeflüsterer Jacob Cordes ist in Wirklichkeit ein Tierquäler«, mutmaßte Emma weiter.

»Und wahrscheinlich will er nun ganz schnell aus der Cassiopeia-Crew raus, bevor irgendjemand Nachforschungen anstellt«, überlegte Madita weiter. »Er ist ein Feigling, wenn ihr mich fragt.«

Wir schwiegen alle bedrückt. Ich wusste, dass Madita recht hatte. Wenn ich in mich hineinspürte, merkte ich, dass alles genau so zusammenpasste.

Ich konnte nicht schlafen. Das lag zum einen daran, dass wir uns für die Nacht alle im Wohnzimmer von Heiko Ahlers eingerichtet hatten und teilweise auf der ungemütlichen Couch, teilweise auf dem eher harten Teppichboden lagen. Auch die

Decken, in die wir uns eingewickelt hatten, waren nicht besonders warm.

Vor allem aber konnte ich nicht schlafen, weil ich immer und immer wieder an Jacob dachte. Ich versuchte, ihn in Gedanken ausfindig zu machen.

Wo bist du, Jacob?, schickte ich meine Gedanken nach draußen. *Wo versteckst du dich, wenn du traurig bist?*

Und plötzlich wusste ich genau, dass es nur einen Ort gab, an den er sich zurückzog. Die Hütte im Wald, in der er mit mir am Wochenende gewesen war.

Ich hatte keine Ahnung, wo sich diese Hütte befand. Dunkel erinnerte ich mich, dass wir ein längeres Stück Landstraße, dann sogar Autobahn und schließlich wieder Landstraße gefahren waren. Zuletzt waren wir an diesem Wald angekommen, in dem die Straße endete. Dann hatten wir das letzte Stück auf dem Rücken der Pferde zurückgelegt. Ob ich diese Hütte jemals wiederfand, war fraglich. Erst recht war es unklar, ob ich die Hütte von hier aus erreichen konnte.

Wieder nahm ich mein Handy zu Hilfe, schaute auf die Karte und versuchte, mich zu erinnern, welchen Weg wir wohl von der Reitsportanlage Langenberger See genommen hatten. Mir fiel ein, dass wir am See entlanggefahren waren, und tatsächlich führte einige Kilometer von dort entfernt eine Landstraße auf die Autobahn. Ich überlegte, wie lange wir wohl unterwegs gewesen waren, schaute auf weitere Hinweise, versuchte, mich an Ortschaften zu erinnern. Es dauerte lange und ich musste die dunkelsten Zellen in meinem Gedächtnis aktivieren, aber schließlich sah ich ein Waldstück auf der Karte, das in Frage kommen konnte. Ich zoomte das Waldstück heran. Zentimeter um Zentimeter betrachtete ich die Karte und hoffte, die Hütte oder wenigstens den Parkplatz wiederzufinden.

Linus gab ein Knurren von sich. Dann drehte er sich zur anderen Seite. Ich ahnte, dass ihn mein helles Display beim Schlafen störte, und sicherlich waren auch die anderen genervt. Leise stand ich auf, zog mich an und ging aus dem Haus.

Draußen war es noch dunkel und kalt, aber ich kuschelte mich tief in meinen Anorak. Dann setzte ich mich auf die unterste Treppenstufe und startete meine Suche auf dem Handy erneut. Jetzt wusste ich, wo ich den Ort zu finden hatte, markierte diese Stelle und sah mich in dem Waldstück um. Ich suchte und suchte. Als ich fast aufgeben wollte, entdeckte ich plötzlich den Parkplatz, an dem Jacob und ich das Auto verlassen hatten. Und schließlich fand ich auch den schmalen Weg durch den Wald wieder. Zuletzt fand ich die Hütte. Mein Herz schlug wie verrückt, als ich sie zwar ein wenig unscharf, aber doch recht genau durch den Wald schimmern sah. Genau so hatte sie ausgesehen, als Jacob und ich dort das Wochenende verbracht hatten.

Ich markierte die Hütte, suchte nun den Friesenhof Mühlenberg auf der Karte und verband die beiden Orte miteinander.

Neunundvierzig Kilometer zeigte der Entfernungsmesser. Das waren eineinhalb Stunden Autofahrt. Wenn man die Strecke mit dem Pferd zurücklegen würde, war man aber sicherlich einen ganzen Tag unterwegs. Ob ich es wagen sollte, diese Strecke allein zu reiten, um nach Jacob zu suchen? Wenn ich daran dachte, überkam mich eine große Verzagtheit. Das war einfach zu weit.

»Juna?«, hörte ich nun eine leise Stimme.

Es war Linus. Er sah ziemlich müde aus, streckte sich und schüttelte seine Glieder. Dann rieb er sich die Augen. »Was machst du hier draußen? Es ist hart auf dem Boden, oder?«

Ich nickte und schluckte.

»Aber das ist es nicht, oder?«, fragte Linus leise.

Ich schüttelte den Kopf. »Ich bin traurig wegen Jacob«, sagte ich.

Linus nickte. Er setzte sich zu mir und legte seinen Arm um mich.

»Tut mir leid«, murmelte er. »Du hättest dich nicht in ihn verlieben dürfen.« Jetzt sah er ganz zerknirscht aus. »Eigentlich bin ich schuld. Wenn ich mich nicht in Emma verliebt hätte …«

Trotz aller Traurigkeit musste ich lächeln.

»Genau!«, sagte ich. »Du bist an allem schuld.«

Ich legte meinen Arm ebenfalls um seine Schulter und küsste ihn behutsam auf das Ohr. Er seufze.

»Sag mir, wie ich dir helfen kann. Ich bin zu allem bereit.« Er grinste. »Schließlich muss ich meine Schuld begleichen.«

Ich zeigte ihm die Landkarte auf meinem Handy.

»Hier oben in diesem Wald ist eine Hütte. Sie gehört Jacob. In der habe ich das Wochenende mit ihm verbracht und ich bin mir sicher, dass er sich dahin zurückgezogen hat.«

Linus schaute auf die Landkarte.

»Verdammt weit weg«, sagte er leise. »Du willst doch wohl nicht etwa zu ihm reiten? Das wäre ein Ganztagsritt.«

Ich zuckte die Schultern. »Weißt du einen besseren Rat?«

Linus dachte einen Moment nach. Dann nickte er.

»Kann ich mal dein Handy haben?«, fragte er.

Ich reichte es ihm und ich sah, dass er Christel Schröders Nummer wählte.

»Was machst du?«, rief ich erschrocken. Aber Linus brachte mich mit einer Handbewegung zum Schweigen. Ich hörte Christels Stimme.

»Juna?«, fragte sie.

»Hallo, Mama, ich bin es«, sagte Linus leise. »Nein, nein, es ist nichts passiert.«

Er lauschte einen Moment lang. Christels Stimme klang besorgt.

»Du musst dir wirklich keine Sorgen machen«, beruhigte Linus sie und ich sah, wie er lächelte. »Es ist nur so, dass wir jemanden brauchen, der uns an eine Stelle fahren kann. Kannst du kommen?«

Wieder klang Christels Stimme aufgeregt durch den Hörer.

»Du bist ein Schatz, Mama«, sagte Linus. »Ich liebe dich über alles. Und noch was: Kannst du den Hänger mitbringen? Du musst nämlich auch Merlin transportieren.«

10. KAPITEL

DIE TOLLSTE MUTTER DER WELT

Linus hatte die tollste Mutter der Welt. Sie war gar nicht seine leibliche Mutter. Linus war ein Adoptivkind aus Indonesien und seine Mutter und er hatten äußerlich so wenig Ähnlichkeit wie ein Elefant mit einer Tasse Kaffee. Aber im Herzen waren Christel und Linus Schröder unendlich eng miteinander verbunden und liebten einander über alles. Christel war immer für Linus da und auch Linus ließ nichts auf seine Eltern kommen. Und da Linus und ich auch ganz eng miteinander befreundet waren, liebte seine Mutter mich fast genauso wie sie ihren Linus liebte. Das kriegte ich jetzt deutlich zu spüren. Christel war sofort bereit, mich mit Merlin an einen unbekannten Ort zu fahren. Sie fragte überhaupt nicht, ob das einen Sinn machte, und wenn ja, welchen. Sie war einfach für uns da – traf kurz vor Sonnenaufgang am Friesenhof ein, umarmte Linus und mich und schaute uns prüfend an.

»Geht es euch gut?«, fragte sie.

»Uns geht es gut, Mama«, bestätigte Linus. »Leider sind ein paar Sachen aus der Bahn geraten. Juna will das geraderücken. Wir anderen werden hier auf diesem Friesenhof gebraucht.«

Christel Schröder nickte, obwohl sie dabei ein bekümmertes Gesicht machte.

»Wenn ihr Hilfe braucht, sagt Bescheid«, sagte sie.

Linus küsste sie zärtlich.

»Danke, Mama«, sagte er. »Noch kommen wir klar. Aber es ist gut zu wissen, dass du da bist.«

»Das ist doch selbstverständlich«, murmelte Frau Schröder. »Das würdet ihr doch auch für mich tun.«

»Auf alle Fälle«, sagte Linus und ich nickte dazu. Ja, für Christel Schröder würden wir so ziemlich alles tun.

Sie half mir nun, Merlin in den Hänger zu verladen. Dann tippte sie die Adresse in ihr Navi ein, die ich ihr sagte. Leider konnte ich ihr nur die Nummer der Landstraße nennen, die zu dem kleinen Wald führte. Von dort hoffte ich, alles wiederzuerkennen.

Tatsächlich fand ich den Wald wieder. Ich erinnerte mich genau an die Stelle, an der Jacob in den Wald eingebogen war. Auch fiel mir ein, wie dann die Straße immer schmaler geworden war und zuletzt in einem Waldweg endete.

»Hier entlang?«, fragte Christel.

Ich nickte.

»Bist du sicher?«

Wieder nickte ich.

Ich war Christel so dankbar, dass sie nichts sagte. Sie fuhr und schwieg. Manchmal schaute sie mich von der Seite an und ich spürte, dass sie einige Fragen auf dem Herzen hatte, aber sie war so nett, sie nicht zu stellen.

Zuletzt kamen wir an dem Parkplatz an.

»Kannst du hier parken und auf mich warten?«, fragte ich.

Christels Augen wurden groß. »Wie lange?«, fragte sie.

»Höchstens zwei Stunden«, versprach ich ihr.

Ich wusste, es war zu viel verlangt, dass sie hier untätig im Auto herumsitzen und auf mich warten sollte. Linus' Eltern besaßen einen großen Hof, da war viel zu tun. Außerdem war ich mir nicht sicher, ob ich alles in zwei Stunden erledigt hatte. Ich wusste ja noch nicht mal, ob Jacob überhaupt hier war.

Aber Christel winkte freundlich ab.

»Mach dir keinen Kopf«, sagte sie. »Ich habe Kaffee und ein Brötchen dabei. Und außerdem habe ich einen spannenden Roman im Handschuhfach. Jetzt habe ich wenigstens mal Zeit, ihn weiterzulesen.«

»Du bist ein Schatz«, sagte ich.

»Aber wenn du bis mittags nicht wieder hier bist, rufe ich die Polizei«, sagte Christel dann streng.

Ich musste grinsen. »Das ist in Ordnung«, erwiderte ich. »Und vergiss die Spürhunde nicht.«

Dann ritt ich los. Merlin freute sich, mit mir allein durch den Wald zu reiten. An einer Weggabelung sah ich frische Hufspuren im Lehmboden und war mir nun sicher, dass diese Spuren von Bjalla waren. Es waren große Hufabdrücke, wie die von einem Friesenpferd, und sie waren ziemlich frisch. Wenn Jacob den ganzen Weg vom Friesenhof mit dem Pferd geritten war, war sein Vorsprung mir gegenüber sicherlich nicht sehr groß.

Langsam schritten Merlin und ich den Berg hinauf.

Je näher wir der Hütte kamen, umso unruhiger wurde Merlin. Er schien zu ahnen, wohin der Ritt ging.

Und dann, ganz plötzlich, als die Hütte durch die Bäume schimmerte, legte er seinen Kopf in den Nacken und wieherte. Und am Ende des Bergs erklang ebenfalls ein Wiehern, wie ein Echo.

»Sei nicht so laut«, raunte ich Merlin zu. »Sonst machen sich die beiden noch aus dem Staub.«

Aber Merlin konnte sich vor Freude kaum beherrschen. Jetzt ging er schneller. Sein ganzer Körper strahlte Energie und Anspannung aus. Da wusste ich genau, dass Bjalla oben am Berg stand.

Als wir die Hütte erreicht hatten, sah ich, dass nicht nur Bjalla auf Merlin wartete. Jacob saß auf dem Gatter des Offenstalls neben Bjalla und schaute mir entgegen. Seine Augen waren allerdings ziemlich weit aufgerissen, als könne er nicht fassen, dass ich ihm tatsächlich entgegenritt.

Bjalla galoppierte wie verrückt im Stall hin und her und gab ein begeistertes Quietschen von sich. Jacob redete streng auf sie ein. Dann sprang er vom Gatter und kam mir entgegen. Ich sah erst jetzt, wie blass er aussah.

»Hi«, sagte ich und stieg aus dem Sattel.

Jetzt standen Jacob und ich einander gegenüber. Mein Herz klopfte ziemlich laut und ich wusste nicht, ob ich es wagen konnte, ihn zu umarmen. Er sah unglaublich schockiert aus. Auch schien er zu spüren, dass ich ihn drücken wollte, denn er trat einen Schritt zurück.

»Wie hast du mich gefunden?«, fragte er.

Ich musste lächeln. »Na ja, so schwer war es nicht«, sagte ich. »Du hast mir erzählt, dass du dich in diese Hütte zurückziehst, wenn du traurig bist. Also …«

»Aber woher wusstest du, wo die Hütte lag?«, wollte er wissen.

»Das Internet weiß alles«, erwiderte ich. »Linus' Mutter hat Merlin und mich mit dem Hänger zum Parkplatz gefahren.«

»Linus' Mutter? Sie ist auch hier?«, fragte Jacob und sein Blick verdüsterte sich noch mehr.

»Sie wartet im Auto unten am Parkplatz«, erklärte ich. »Wir wollen, dass du zurückkommst.«

Jacob wandte seinen Blick ab und schaute auf seine Schuhe. »Ich kann nicht«, sagte er. »Nicht nach all dem, was passiert ist.«

»Was ist passiert?«, wollte ich wissen.

Ich sah, wie Jacob mit sich kämpfte. Er war sich unsicher, ob er mir alles erzählen konnte.

»Sag es«, bat ich ihn. »Schweigen und abhauen macht es nur schlimmer.«

Jacob sah sehr traurig aus.

»Hast du Zeit für einen Tee?«, fragte er.

Ich nickte. »Nur eine Stunde. Du musst dich also beeilen.«

Wir saßen zusammen auf der Veranda und schauten zum Waldrand, hinter dem allmählich die ersten Sonnenstrahlen durch die Bäume glitzerten. Ich dachte mit schlechtem Gewissen an Christel Schröder und beschloss, ihr einen besonders großen Kuchen zu backen, wenn ich wieder zu Hause war. Hoffentlich kam Jacob bald mit seinen Erzählungen in die Gänge. Er saß immer noch da und starrte vor sich hin. Dann endlich hörte ich, wie er schneller atmete, und da wusste ich, dass er mir jetzt alles erzählen würde.

»Heiko Ahlers hat vor vier Jahren als Bereiter und Trainer auf dem Gestüt meines Vaters gearbeitet«, begann Jacob schließlich. Ich sah ihm an, dass es ihm schwer fiel zu erzählen. »Er war auch mein Trainer, ein harter Typ, der nichts durchgehen ließ. So war er zu mir, aber auch zu den Pferden.«

Jacob schluckte und warf mir einen kurzen Seitenblick zu. Ich nickte. Das hatten wir ja alles schon recherchiert.

»Er war zwar hart, aber ich habe einige tolle Preise in der Dressur erzielt«, berichtete Jacob weiter. »Das hat mich natürlich stolz gemacht und meinen Vater auch.«

Ich nickte. »Und dann wurde Ahlers immer gemeiner zu den Pferden, oder?«, fiel ich ein.

Jacob schluckte. »Er hat eine neue Trainingsmethode ausprobiert, die jemand entwickelt hatte, um die Pferde noch mehr in die Biegung des Halses zu bringen. Rollkur nannte sie sich. Die Pferde wurden mit Hilfszügeln dazu gezwungen, den Kopf bis zur Brust zu ziehen«, erzählte er leise. »Heiko meinte, er würde das Dressurreiten damit weiterentwickeln. Aber man musste sich die Pferde nur anschauen. Diese rollenden Augen, das Genick abgeknickt. Und diese Hilfszügel waren am Gebiss befestigt. Die Köpfe der Pferde wurden tief auf die Brust gezogen. Sie konnten gar nicht aus der Position heraus, auch wenn sie sich noch so sehr dagegen wehrten.«

»Das hört sich schrecklich an«, sagte ich.

Jacob starrte traurig vor sich hin. Er war so sehr in seine Erinnerung abgetaucht, dass er meine Anwesenheit fast vergessen hatte.

»Es war eine einzige Quälerei«, berichtete er nun. »Schlimm war nur, dass unsere Dressurequipe tatsächlich den ersten Preis gewann. Die Pferde sahen in der Dressur unglaublich edel aus, wie sie den Hals fast bis zu den Hufen wölbten. Wie das zustande gekommen war, fragte niemand.«

Jacobs Stimme war ganz leise geworden. Immer noch starrte er vor sich hin. Ich wagte es nun, vorsichtig über sein Handgelenk zu streicheln. Er sah auf, lächelte fast schüchtern. Dann fasste er meine Hand und umschloss sie mit seinen Fingern. Allmählich kehrte er in die Gegenwart zurück.

Leise fuhr er mit seinem Bericht fort: »Dann ging auf dem Hof meines Vaters alles den Bach herunter. Der Hof wurde verkauft, ein Pferd durfte ich mitnehmen. Ich habe mich für Bjalla entschieden. Was aus den anderen Pferden und aus

Heiko Ahlers wurde, wusste ich nicht. Ich wollte es auch gar nicht wissen.«

»Jetzt weißt du es«, erwiderte ich genauso leise.

Jacob schluckte. Dann lehnte er seinen Kopf gegen die Hauswand.

»Don und Felicia waren Heikos liebste Pferde. Ich hatte befürchtet, dass er sie kauft. Aber ich habe meinen Vater nie danach gefragt.« Er sah mich traurig an. »Ich hatte wohl Angst vor der Wahrheit, weil ich im Grunde genau wusste, dass er sie weiter auf diese Weise trainiert.« Seine Stimme schwankte. »Ich wusste es und ich habe es nicht verhindert.«

»Du warst ja gerade in einer schweren Situation«, fiel mir ein. »Deine Eltern hatten sich getrennt, der Hof wurde versteigert, du wusstest nicht, wohin du gehen solltest. Immerhin hast du Bjalla gerettet. Und du hast danach so viel für die Pferde getan. Diese sanfte Trainingsmethode, die du dann entwickelt hast – damit hast du vielen Pferden geholfen.«

»Aber Don, Felicia und die anderen habe ich im Stich gelassen«, murmelte Jacob.

»Noch ist es nicht zu spät«, sagte ich. »Du kannst ihnen noch helfen.«

»Sie hassen mich!«, stieß Jacob unglücklich hervor.

»Du musst dich bei ihnen entschuldigen«, sagte ich. »Dann werden sie dich verstehen.«

Jacob nickte. Er sah jetzt plötzlich erleichtert aus.

»Meinst du, Linus' Mutter nimmt mich mit zum Hof von Heiko Ahlers?«, fragte er.

»Sie wartet auf uns«, erklärte ich.

»Da sind wir wieder«, sagte Christel Schröder. Sie wirkte erleichtert. Jacob und ich schauten aus dem Autofenster. Wir waren wieder auf dem merkwürdigen Friesenhof angekommen. Jacob sah angespannt aus. Linus, Emma und die andren waren nicht zu sehen, aber die Gruppe der Friesenpferde schaute erwartungsvoll über das Gatter des Offenstalls und im Paddock neben dem Haus konnten wir die Pferde der Cassiopeiagruppe erkennen. Alle schienen noch da zu sein – das war ein gutes Gefühl.

Jacob und ich holten unsere Pferde aus dem Hänger. Inzwischen drängte sich Don an den anderen Pferden vorbei und streckte den Kopf weit über das Gatter. Er wollte unbedingt Bjalla wiedersehen.

»Bleib bloß da«, ermahnte ihn Jacob mit einem leichten Lächeln. »Ich bringe sie dir.«

Er führte Bjalla zum Stall hinüber, wo Don, Felicia und die anderen Pferde sie ausgiebig beschnupperten. Bjalla wirkte sehr glücklich.

»Wollt ihr auch mal Merlin beschnuppern?«, fragte ich und drehte mich zu Merlin um. Dann erstarrte ich. Aus den Augenwinkeln sah ich, wie sich hinter mir meine Cassiopeiafreunde aufgebaut hatten. Linus, Emma, Madita, Samuel und Henry standen nebeneinander, als hätten sie auf uns gewartet. Und neben ihnen befanden sich … Ilyas van Hees und Karina Demski.

Ich dachte, mich würde der Schlag treffen.

»Wo kommt ihr denn her?«, fragte ich erschrocken.

Nun fuhr auch Jacob herum. Sein blasses Gesicht wurde noch ein bisschen weißer und seine sowieso eher schmale Schultern fielen in sich zusammen.

»Falsche Frage«, zischte mich Karina an. »Die Frage muss heißen: Wo kommt *ihr* her? Und ich müsste sie an euch stellen.«

Ich blickte kurz zu Jacob und suchte nach einer Erklärung. Jacob schluckte.

»Bist du völlig verrückt geworden?«, schrie ihn Ilyas nun aus heiterem Himmel an. Er brüllte so laut, dass Merlin einen kleinen Schritt zurückwich. »Du hast einen Vertrag, Typ! Erinnerst du dich? Du solltest mit der Gruppe einen Wanderritt machen. Alle Ziele haben wir kleinschrittig abgesprochen. Und was ist? Ihr landet auf einem runtergekommenen Hof, kümmert euch um irgendwelche gestörten Pferde und dann machst du dich aus dem Staub! Weißt du, wie verantwortungslos das ist, Mann?«

Jacob atmete tief. Er suchte verzweifelt nach einer Antwort.

»Tut mir leid«, sagte er unglücklich. »Ich wollte das nicht ... Es ist plötzlich ... ich weiß auch nicht ...«

»Es tut dir leid? Was ist das denn für eine Erklärung? Du hast deinen Vertrag gebrochen. Du hast diese Kids hier ihrem Schicksal überlassen. Die sind minderjährig, weißt du das?« Karina kriegte sich gar nicht wieder ein.

Wer hatte uns verraten? Ich schaute die Reihe der Cassiopeiagruppe an und mein Blick blieb sofort an Madita hängen. Sie hatte ein triumphierendes Gesicht. Bestimmt war sie es gewesen, die Ilyas und Karina angerufen hatte.

»Ich gebe zu, dass es ein Fehler war«, erwiderte Jacob zerknirscht.

»Ein Fehler? So nennst du das? Das war verantwortungsloses Verhalten durch und durch!«, regte sich Karina auf. »Wir können niemanden in unserer Crew gebrauchen, auf den man sich nicht verlassen kann. Kapierst du das?«

Ich dachte daran, dass Karina gerne ihren Freund, Pferdeflüsterer Steve Reinhards, in die Show holen wollte. Jetzt hatte sie die große Chance ...

Karina redete sich richtig in Rage. »Das hätte ich niemals von dir gedacht«, fuhr sie fort. »Als du dich bei uns beworben hast, hast du so einen erwachsenen Eindruck gemacht. Du bist verantwortungsvoll mit den Pferden umgegangen. Du hattest uns alle überzeugt und wir waren ganz sicher, dass du gut zu uns in die Crew passt, obwohl du erst achtzehn bist. Ich muss sagen, ich bin enttäuscht von dir.«

Sie machte ein Oberlehrergesicht und erinnerte mich damit an meine Erdkundelehrerin. Am liebsten hätte ich »Heul doch!« gesagt. Aber damit hätte ich sie wahrscheinlich noch wütender gemacht.

»Du musst verstehen, dass wir das melden müssen«, ergänzte Ilyas. »Der Produzent muss wissen, dass du dich nicht korrekt verhältst und dass du deinen Vertrag gebrochen hast.«

»Ich sagte doch, es tut mir leid. Ich habe einen Fehler gemacht, aber jetzt mache ich ihn wieder gut«, rief Jacob aufgebracht.

»Diese Einsicht kommt leider zu spät«, versuchte Karina die Sache abzuschließen.

Ich kriegte Panik. Wenn Jacob jetzt gehen musste, wollte ich auch nicht mehr in der Gruppe bleiben.

Plötzlich mischte sich Christel Schröder ein. Eigentlich war sie schon zu ihrem Wagen gegangen und stand ein bisschen abseits, um die Szene zu beobachten, aber jetzt kam sie noch mal zurück.

»Jeder macht mal einen Fehler«, sagte sie mit ihrer freundlichen Stimme. »Wichtig ist doch, dass man ihn einsieht und dann daraus lernt.«

Karina und Ilyas blickten verärgert zu Linus' Mutter hinüber. Sie hatte sich ihrer Meinung nach auf keinen Fall einzumischen.

»Ich glaube, das geht Sie gar nichts an!«, versuchte Karina, Christel in ihre Grenzen zu weisen. »Wir reden hier über die Fortsetzung der Show.«

»Ich dachte, wir reden über Fehler«, meinte Christel Schröder überrascht. »Und da kann ich sehr wohl mitreden. Jeder von uns kann dazu etwas sagen, weil jeder schon mal welche gemacht hat.«

»Fehler sind eine Sache, Verantwortungslosigkeit eine andere«, zischte Ilyas.

Frau Schröder wandte sich ihm zu. »Ah, wo wir gerade über Verantwortungslosigkeit reden …«, sagte sie zu ihm. »Sie zum Beispiel haben doch Ihre Frau und Ihre beiden kleinen Kinder wegen dieses jungen Schlagersternchens sitzengelassen. Das habe ich in einer Zeitschrift gelesen. Wie hieß das junge Ding noch …?«

Jetzt waren wir alle wirklich überrascht. Alle schauten Ilyas an, der vor Überraschung ein wenig rot geworden war.

»Wie kommen Sie dazu, das zu sagen?«, rief Karina sauer. »Sie wollen doch nur vom Thema ablenken.«

»Und Sie zum Beispiel haben doch mal für so eine billige Fernsehshow Unterwäsche vorgeführt, weil Sie gehofft haben, Sie würden als Model entdeckt«, fuhr Christel Schröder fort. Sie war einfach nicht zu stoppen.

»Bitte gehen Sie jetzt!«, rief Karina.

Ich hätte beinahe laut gelacht. Christel war wirklich eine tolle Powerfrau.

»Jaja, das stand alles in meinen Zeitungen«, erwiderte sie fröhlich. »Aber ich kann verstehen, dass Sie das jetzt nicht so gerne hören wollen.« Sie lachte. »So ist das mit den Fehlern und der Verantwortung. Man schiebt sie immer gerne anderen zu. Über die eigene Verantwortung denkt man nicht so gerne nach.«

Wir waren alle ein wenig sprachlos. Karina schluckte und hatte Mühe, nicht ihre Beherrschung zu verlieren. Henry grinste. Emma lachte. Linus war das Ganze offenbar ein bisschen peinlich. Aber ich liebte Christel über alles und wenn ich sie nicht sowieso schon lieb gehabt hätte, hätte ich sie jetzt für immer tief in mein Herz geschlossen.

Frau Schröder wandte sich Linus zu. »Ich lasse euch jetzt mal alleine, oder? Ich habe wahrscheinlich viel zu viel gesagt.«

Linus nickte und sah ein bisschen erleichtert aus. »Vielleicht ist das besser so«, murmelte er.

»Aber wenn ihr Sorgen habt, könnt ihr euch jederzeit wieder melden. Ich bin für euch da«, fügte seine Mutter hinzu.

Ich umarmte sie fest. »Danke, dass es dich gibt«, sagte ich leise.

»Jaja, darüber bin ich auch froh«, lachte sie und drückte mich ebenfalls. Dann reichte sie Jacob die Hand. »Und setzten Sie sich durch«, ermahnte sie ihn. »Genauso wie Sie es bei den Pferden machen. Die Gruppe mag Sie, glaube ich.«

Jacob lächelte, aber er sah traurig dabei aus.

»Danke«, antwortete er leise. »Für alles.«

Wir hatten die Gartenstühle zu einem Kreis zusammengestellt und saßen nun hier, um alles miteinander zu besprechen. Ilyas und Karina schienen bereits bestens über das ganze Geschehen informiert zu sein. Sie wussten, dass Heiko Ahlers Jacobs Trainer gewesen war und fragwürdige Methoden angewendet hatte, um die Pferde auf Dressurturniere vorzubereiten. Und sie ahnten auch, dass sich Jacob auf dieses Training eingelassen hatte. Immerhin ließen sie ihm die Chance, alles noch einmal aus seiner Sicht zu erzählen.

Er berichtete nun der ganzen Gruppe, was er mir bereits in der Hütte anvertraut hatte: Von seinem Vater, von den Pferden, von der Rollkur und den Trainingseinheiten. Aber er erzählte auch, wie er sich schließlich von Heiko Ahlers getrennt hatte und seinen eigenen Weg gegangen war.

Danach schwiegen wir alle eine ganze Weile. Ich spürte,

dass Jacobs Ehrlichkeit und seine Traurigkeit bei vielen gut angekommen war. Aber dieses ständige Weglaufen, wenn es brenzlig war, sprach gegen ihn. Auch hatten Karina und Ilyas Angst, Jacob könnte unserer Gruppe schaden, wenn seine Trainingsmethoden bei den Medien bekannt würden.

»Wenn das mit dieser Rollkur bei den Medien durchsickert, sieht es schlecht um dich aus«, sagte Ilyas ernst. »Aber auch um uns.«

Jacob nickte. »Ich weiß«, murmelte er bedrückt. »Und das will ich natürlich auf keinen Fall.«

»Wer weiß, ob die Medien überhaupt davon erfahren«, rief ich. »Wenn wir alle versprechen, nichts davon zu verraten ...«

»Es kommt immer irgendwann ans Licht«, winkte Linus ab. »Irgendeiner verquatscht sich. Das ist leider so.«

»Das stimmt«, gab Emma zu und schaute kurz zu Madita.

Die schoss mich plötzlich von der Seite an. »Ich frage mich gerade, woher Juna wusste, wo Jacob war«, lenkte sie nun die Aufmerksamkeit auf mich und ihr lauernder Blick streifte mich. »Kanntest du diese Hütte, Juna?«

»Jacob hat mir mal davon erzählt«, erwiderte ich hastig und hoffte, dabei nicht rot zu werden.

»Ach, ja?« Es klang ironisch. »Nur dir?«

»Nein, uns beiden«, mischte sich nun Linus ein. »Er hat uns gesagt, dass er sich dorthin zurückzieht, wenn er traurig ist. Und er hat sie uns auch auf einem Foto gezeigt und uns erzählt, wo sie liegt.«

Ich sah Linus nicht an, denn das hätte Madita sofort bemerkt. Aber ich war ihm unglaublich dankbar für diese Lüge.

»Ich persönlich fände es wirklich besser, wenn wir Jacob aus der Crew der Cassiopeiashow entfernen«, schlug Madita nun vor. »Es wäre blöd, wenn unsere Gruppe durch ihn in Verruf gerät. Außerdem hat er uns ziemlich oft im Stich gelassen. Immer wenn es schwierig wurde, hat er sich davongemacht.«

»Das kannst du mir auch direkt sagen«, bemerkte Jacob. »Ich sitze ja hier.«

Madita senkte den Blick und schob die Unterlippe vor. Das war ihr nun doch zu persönlich.

»Jetzt traust du dich nicht, was?«, stichelte Emma.

»Doch«, erwiderte Madita trotzig und schaute Jacob nun direkt an. »Ich finde nicht, dass du unsere Gruppe leiten kannst. Du haust immer ab, wenn es brenzlig wird. So etwas kann ich nicht ausstehen. Das ist feige.«

»Ich verstehe dich gut«, nickte Karina. »Ich könnte auch einen Gegenkandidaten vorschlagen. Ich habe einen Bekannten, der sich sehr gut mit Pferden auskennt. Er würde eure Gruppe gerne übernehmen.«

Oh nein, jetzt kam sie mit ihrem Pferdeflüsterer um die Ecke. Das machte mich total verzweifelt.

Gerade wollte Karina weiterreden, da ertönte aus dem Offenstall ein lautes Wiehern. Wir drehten uns alle um. Don stand am Zaun und sah Jacob herausfordernd an.

»Der scheint auch ziemlich sauer auf dich zu sein, oder?«, gab Ilyas nun von sich. »Was will er von dir?«

Ich horchte in mich hinein und lenkte meine Aufmerksamkeit auf Don. Seine Erregung war ganz deutlich zu spüren. Er war ungeduldig, weil Jacob die ganze Zeit bei uns saß.

»Ich glaube, er will mit dir reden«, sagte ich.

Jacob wollte etwas antworten, doch nun ging Don bis zum Ende des Offenstalls und machte den anderen Pferden durch seine erhabene Haltung klar, dass sie Platz machen sollten.

»Der gehört doch gar nicht in diesen Offenstall!«, rief Jacob plötzlich. »Der muss eigentlich dort in den Paddock mit dem hohen Zaun. Hier kommt er doch immer über das Gatter und dann …«

Don tanzte er umher. Ich wusste genau, was jetzt kam, und auch Emma schien das zu spüren.

»Oh nein«, flüsterte sie. »Nicht schon wieder.«

»Er will schon wieder springen!«, rief Samuel erschrocken.

Die anderen Pferde machten dem Hengst Platz. Der galoppiert an und setzte mit einem kühnen Sprung über das Gatter, um dann in vollem Galopp auf unsere Gruppe zuzuschießen. Jacob sprang auf und stellte sich ihm entgegen. Kurz vor ihm hielt der Hengst an und senkte den Kopf, als wenn er einen Stierkampf plante.

Jacob schloss die Augen und hob die Hand.

»He, komm her, mein Freund. Komm her«, sagte er mit weicher Stimme. »Ich bin hier. Wenn du etwas von mir willst, lass die anderen in Ruhe.«

Der Hengst zögerte. Wir standen leise auf und wichen zurück. Meine Nackenhaare hatten sich aufgestellt. Ängstlich starrte ich zu Don, der Jacob bestimmt um einen Meter überragte.

Nun kam Don vorsichtig näher, streckte seinen Kopf vor und schnupperte an Jacobs Hand. Jacob stand da und ließ die Augen geschlossen.

Tu ihm nichts!, beschwor ich Don. *Er ist für dich da. Es tut ihm leid, dass er euch allein gelassen hat. Er hat euch lieb. Vertrau ihm.*

Langsam senkte Don den Kopf und schnupperte an Jacobs Gesicht. Jacob öffnete nun seine Augen und schaute Don an. Dann strich er ihm liebevoll über die Nüstern.

»Es tut mir alles so leid«, flüsterte er. »Entschuldigung, dass ich euch allein bei Heiko Ahlers zurückgelassen habe. Ich hatte keine Wahl. Bitte verzeih mir. Bitte!«

Behutsam berührte Don Jacobs Gesicht. Da küsste Jacob ihn behutsam auf den Nasenrücken.

»Ich mache es wieder gut. Ich passe auf euch auf«, murmelte er.

Don pustete hektisch. Langsam streckte Jacob die Hand aus und strich Don über den Hals. Ein Zittern lief über Dons Rücken. Aber er ließ es zu, dass Jacob ihn berührte.

Als die beiden so zärtlich voreinander standen, waren wir total gerührt.

Schließlich räusperte sich Henry.

»Also, wenn ihr mich fragt, ich hätte gerne, dass Jacob bei uns bleibt«, meinte er.

»Ich auch«, stimmte Emma zu.

»Ich auch«, sagten Linus und ich gleichzeitig.

»Ich habe auch nichts dagegen«, brummte Samuel.

»Na ja, dann bin ich überstimmt«, erwiderte Madita spitz.

Karina schien damit nicht einverstanden zu sein. Schließlich hatte sie ja noch ihren Gegenkandidaten im Hinterkopf.

»Ich finde nicht, dass ihr das zu bestimmen habt«, sagte sie. »Ilyas und ich werden den Produzenten der Cassiopeiashow von diesem Vorfall berichten und sie werden entscheiden, wie es weitergehen soll. Aber ich werde euren Vorschlag natürlich auch mitteilen.«

Jacob sah sehr bedrückt aus. Ich spürte einen Kloß im Hals.

»Ich wäre dafür, dass wir deine Probezeit verlängern, Jacob«, schlug Ilyas vor. »Und wenn wir uns alle für den Trailer wiedersehen, werden wir überlegen, wie es mit dir weitergeht.«

»Bis dahin nutze deine Chance«, sagte Karina. Aber ihr Gesicht verriet, dass sie sich wünschte, er würde die Probezeit nicht überstehen.

»Danke«, antwortete Jacob.

11. KAPITEL

AUSRITTE AUF DEM FRIESEN-RÜCKEN

Der Tag verlief in bedrückter Stimmung. Ilyas und Karina konnten sich nicht dazu entschließen wieder wegzufahren. Die Friesenpferde wirkten aufgewühlt, als hätten sie Angst, wir würden sie allein lassen. Und uns ging alles auf die Nerven. In diesem Haus zwischen den Pokalen und den altmodischen Möbeln kamen wir uns wie Einbrecher vor. Wir hatten auch keine Idee, wie es weitergehen konnte. Schließlich konnten wir ja nicht ewig hier bei den Pferden bleiben. Wir hatten doch unsere eigene Zukunft.

Mich bedrückte auch, dass ich nicht wusste, ob Jacob bei uns bleiben würde. Auch dass jemand von uns ihn verraten hatte, obwohl wir uns doch geschworen hatten zusammenzuhalten, machte mich traurig.

»Wisst ihr was?«, sagte Jacob schließlich. »Heute Nacht werden wir ein Feuer auf der Wiese machen und bei unseren Pferden schlafen. Und vielleicht wollen ja auch die Friesenpferde die Nacht im Freien genießen. Was meint ihr? Es ist zwar nachts schon ziemlich kalt, aber wenn das Feuer groß genug ist und wir uns warm einpacken und zusammenrücken …«, er schmunzelte ein wenig, vermied es aber mich anzuschauen, »… könnte es ziemlich gemütlich werden.«

Wir brauchten nur einen kurzen Blick zu tauschen, da wussten wir, dass diese Idee gut war.

»Ich kaufe uns etwas Leckeres zum Essen ein«, fiel Ilyas van Hees ein, der gerne an Essen dachte. »Vielleicht könnt ihr in der Zwischenzeit Holz für das Feuer sammeln. Und dann setzten wir uns alle zusammen und überlegen, wie es weitergehen soll.«

Der Gedanke entspannte uns und gab uns neuen Mut.

Während Ilyas, Karina und Madita zum Einkaufen fuhren, machten Samuel, Henry, Emma, Linus und ich uns auf den Weg, Holz zu sammeln. Als ich von der Wiese zum Wald hinübergehen wollte, fiel mir plötzlich ein, im Schuppen hinter dem Haus gestapelte Brennholzscheite gesehen zu haben. Ich ging hinüber und wollte gerade die Tür öffnen, da schoss eine Hand aus der Tür, jemand packte mich an den Handgelenken und zog mich in die Holzhütte hinein. Mein Herz setzte für mehrere Schläge aus, schlug dann aber dafür doppelt so schnell.

»Schhh«, machte eine Stimme, die mir verdammt bekannt vorkam. Im Halbdunkeln erkannte ich Jacob.

»Bist du verrückt?«, zischte ich.

»Schhh«, machte er wieder.

Dann zog er mich an sich und bevor ich auch nur nach Luft schnappen konnte, legte sich sein Mund auf meinen und er küsste mich. Als er mich losließ und ich nach Luft rang, sah ich, dass er lächelte.

»Das hatte ich heute schon den ganzen Tag vor«, flüsterte er mir ins Ohr. »Schon als du den Berg hinaufkamst, um mich in der Hütte zu besuchen.«

»Du bist wahnsinnig«, murmelte ich. »Karina und Ilyas

haben dich gerade auf eine Probezeit gesetzt, weil du deinen Vertrag nicht eingehalten hast. Und jetzt stehst du hier und küsst mich, obwohl das absolut verboten ist.«

»Stimmt«, lächelte Jacob und dann küsste er mich wieder.

Jetzt konnte ich nicht anders. Ich küsste ihn auch.

»Aber du weißt, wie gefährlich das ist?«, flüsterte ich.

»Das ganze Leben ist gefährlich«, murmelte Jacob zurück und lächelte liebevoll.

Dann schob er mich ein Stück von sich und betrachtete mich.

»Vorhin bei der Besprechung hast du so furchtbar traurig ausgesehen«, sagte er leise. »Das hat mir fast das Herz zerrissen. Ich war so blöd, ich habe euch alle allein gelassen, vor allem dich. Dabei hast ausgerechnet du immer zu mir gehalten.« Er streichelte meine Haare. »Mir ist noch mal klar geworden, wie wahnsinnig lieb ich dich habe und wie schrecklich es für mich wäre, wenn ich nicht mehr mit dir zusammen sein könnte.«

Jetzt zog er mich wieder an sich.

Ich versuchte, ihn auf Abstand zu halten.

»Warte«, flüsterte ich. »Mein Herz klopft gerade so furchtbar. Ich glaube, ich falle gleich in Ohnmacht.«

Jacobs Lächeln wurde noch intensiver.

»Meinst du, meins nicht?«, lächelte er. »Ich stehe hier schon seit einer Viertelstunde und schicke dir Gedanken zu, dass du zu mir kommen sollst. Aber du hast dir diesmal echt Zeit gelassen.«

»Oh«, machte ich verwirrt.

Seine Hände streichelten durch meine Haare.

»Wir sind echt verrückt«, versuchten meine Lippen zu formen.

»Sch«, machte er.

Von draußen hörte ich die Stimmen der anderen. Sie schienen mir unglaublich weit weg zu sein.

»Ich liebe dich«, sagte Jacob. »Und ich werde alles daransetzen, damit wir zusammenbleiben können. Das verspreche ich dir.«

»Danke«, flüsterte ich.

Die Stimmen draußen wurden leiser. Die anderen schienen sich zu entfernen.

»Und jetzt verschwinde!«, flüsterte Jacob und gab mir einen sanften Schubs. Dann öffnete er die Tür zum Schuppen und schob mich nach draußen.

Die Mittagssonne schien mir grell ins Gesicht. Ich war total verwirrt. Trotzdem fühlte ich mich plötzlich glücklich und getröstet. Es würde alles gut werden, das wusste ich nun.

»Es dauert bestimmt noch zwei Stunden, bis das Essen fertig ist«, sagte Jacob. »Wollen wir die Zeit für einen Ausritt nutzen? Jeder nimmt sein Pferd und eins der Friesenpferde und dann reiten wir ganz langsam bis zum Waldrand und zurück. Habt ihr Lust?«

Und ob wir das hatten.

»Wir haben die Friesen schon unter uns aufgeteilt«, berichtete Henry. »Jeder fühlte sich zu einem Pferd besonders hingezogen.«

»Na, umso besser«, freute sich Jacob. »Dann müssen wir nur noch darauf achten, dass eure Pferde auch zu eurem Pflegepferd passen.«

Madita räusperte sich. Sie sah plötzlich ängstlich aus.

»Ich habe mir Don ausgesucht«, sagte sie. »Aber ich weiß nicht, ob das mit uns im Gelände gut wird.«

»Ich begleite euch doch«, lächelte Jacob. »Und wenn du magst, bin ich die ganze Zeit an deiner Seite.«

Madita sah plötzlich ein wenig traurig und schuldbewusst aus.

»Das ist echt nett«, sagte sie dann.

Jacob hatte die Idee, dass wir zunächst unsere Pferde sattelten. Sie freuten sich, endlich wieder geritten zu werden. Als wir auf dem Pferderücken saßen, reichte er uns unser Pflegepferd als Handpferd, und dann mussten wir unter seinen kritischen Blicken einmal über den Reitplatz reiten.

Reiten mit einer Hand hatten wir alle schon oft geübt und bis auf Samuel hatten alle auch schon mal ein Handpferd mitgenommen. Wir waren nur unsicher, ob die Friesenpferde zu unruhig für so ein Abenteuer waren.

Jacob entschied sich trotzdem für ganz normale Stallhalfter, um die schwarzen Riesen zu führen. Bei Don und Mauritz zog er allerdings den Führstrick über die Nase, damit die Einwirkung größer wurde. Bei jedem Handgriff, den er machte, wirkte er ruhig und sicher. Jetzt war er wieder der, den wir alle kannten: Jacob, der so unglaublich viel von Pferden verstand.

Aufmerksam beobachtete er, wie Madita auf Smoky saß und nun den großen Don an ihre Seite nahm. Smoky war ein hibbeliges Pferd, jetzt aber schaute der kleine Wallach ängstlich und respektvoll zu Don hinauf.

»Oh, oh, ob das gut geht?«, murmelte Madita. Dann ritt sie vorsichtig über den Reitplatz. Don passte sich Smokys kleinen Schritten an, als müsste er auf seinen kleinen Bruder aufpassen.

»Das geht gut«, lachte Jacob.

Ich bekam Felicia an meine Seite. Sie schien verwundert zu sein, nur ein Halfter umgelegt zu bekommen. Eifrig reckte sie ihren Hals, um auszuprobieren, wie es sich anfühlte, den Hals weit vorstrecken zu können.

»Du kannst deinen Kopf auch hoch in die Luft werfen«, schlug ich ihr vor und das probierte sie ebenfalls sofort aus. Dabei sah sie sehr glücklich aus.

»Lass das Seil bei ihr lang, Juna«, rief mir Jacob zu. »Ich bin sicher, dass sie ganz ruhig an deiner Seite bleibt.«

Nach und nach waren auch Linus, Emma, Henry und Samuel bereit. Das Jungpferd Mauritz wirkte besonders aufgeregt. Jacob platzierte es in der Mitte.

»Okay, dann kann es losgehen«, schlug Jacob vor und schwang sich auf Bjallas Rücken. »Ich reite mit Bjalla voran, dann kommt Don, und so nach und nach fädelt ihr euch ein. Niemand überholt mich. Und wenn es Probleme gibt, ruft sofort.«

Wenn ich ehrlich war, hatte ich Jacob noch nie so verantwortungsvoll bei einem Ausritt erlebt. Plötzlich zeigte er eine ganz neue Verantwortung für unsere Sicherheit.

Ich sah, wie Ilyas und Karina ihn aufmerksam beobachteten, auch wenn sie so taten, als seien sie mit dem Abendessen beschäftigt, und wusste, dass Jacob ihnen auch beweisen wollte, wie rücksichtsvoll er sein konnte.

»Kommando Schritt!«, sagte Jacob nun und ritt mit Bjalla los. So etwas hatte er noch nie gesagt. Oft war er losgeritten und hatte sich nicht nach uns umgeschaut. Aber jetzt ritt er und drehte sich immer wieder um, um uns alle im Blick zu behalten.

Wir waren ein riesiger Tross an Menschen und Pferden und entfernten uns langsam vom Stall auf den Waldrand zu. Alle Pferde waren hellwach. Felicia neben mir schüttelte immer wieder erstaunt ihre lange Mähne, weil sie es nicht fassen konnte, dass sie ihren Hals frei bewegen konnte. Sie sah aus, als ob sie lachte. Merlin schaute immer wieder zu ihr und bemühte sich, mit ihren großen Schritten mitzuhalten. Don schnaubte in einer Tour. Er tanzte unruhig und man sah ihm an, dass er am liebsten galoppiert wäre. Aber er blieb auf einer Höhe mit Smoky und Madita war froh darüber.

Als wir alle wieder am Stall ankamen, waren wir erleichtert und unglaublich fröhlich.

»Lust auf ein zweites Abenteuer?«, fragte Jacob nun. Sein Blick glitt über die Reitergruppe. »Allerdings nur für eine kleine Gruppe.«

Wir sahen ihn neugierig an.

»Don, Felicia und Leika sollten noch ein bisschen Power erleben. Was meint ihr? Habt ihr Lust, mit mir und den drei Friesen eine wilde Galopprunde zu veranstalten?«

Was für eine Frage! Ich musste nur zu Madita und Linus hinüberschauen, da wusste ich, dass sie genauso große Lust auf eine wilde Runde hatten wie ich.

»Ich bin dabei!«, sagte ich.

»Aber du musst in meiner Nähe bleiben!«, murmelte Madita.

Jacob lächelte. »Ehrenwort. Wie gesagt: Ich lasse euch nicht alleine.«

Wir suchten lange nach brauchbaren Trensen. Die Gebisse, die Heiko Ahlers bisher verwendet hatte, waren viel zu scharf. Endlich fanden wir einige Gebisse, die nicht so scharf waren, tauschten sie aus und stellten die Trensen so ein, dass sie den Friesen passten.

In der Zwischenzeit versorgten die anderen unsere Pferde und machten sich dann daran, das Feuer zu entzünden und Fleisch und Gemüse auf den Grill zu legen.

»Ihr kriegt eine halbe Stunde«, legte Karina fest. »Dann fangen wir an zu essen.«

»Also, aufsteigen!«, ordnete Jacob an.

Ich stieg auf Felicia. Sie fühlte sich unter mir ganz anders an als Merlin. Auch wenn das Stockmaß zwischen Friesenstute und Araberwallach gar nicht so einen großen Unterschied ausmachte, kam ich mir plötzlich viel weiter vom Erdboden entfernt vor. Die Stute machte viel größere Schritte und wirkte unglaublich kraftvoll. Auch Linus und Madita konnte ich ansehen, dass sie überrascht waren, als sie auf einem neuen Pferd saßen.

»Ja, da seht ihr mal, dieses Gefühl habe ich jeden Tag«, lachte Jacob und klopfte seiner Stute liebevoll auf den Hals. »Tolle Pferde, diese Friesen, oder?«

»Wir haben auch tolle Pferde«, gab Linus zurück. »Ein Friese ist eine Sache, aber ein Shirecob wie Fairy ist einmalig.«

Und er hatte recht. Jedes Pferd war einmalig und Fairy war es allein durch ihren bunt gemischten Stammbaum.

»Können wir los?«, fragte Jacob.

Wir nickten.

»Niemand überholt mich!«

Jacob trieb Bjalla an und wir folgten seinem Beispiel. An der nächsten Kreuzung trabten wir.

»Achtet darauf, dass sie sich nicht verspannen!«, rief uns Jacob zu und betrachtete unsere Pferde aufmerksam. Jetzt sah er mit strengem Reitlehrergesicht zu mir. »Juna, Felicia ist zu hoch aufgerichtet. Lass sie vorwärtsgehen!«

Ich gab die Zügel weiter vor.

»Ja, so ist es besser.«

Jacob ritt neben mir und damit nahmen wir beide die Spitze ein.

»Friesen haben oft eine viel zu hohe Aufrichtung und einen weichen Rücken. Sie müssen lernen, sich zu dehnen.« Er sah mich an. »Übernimmst du mal kurz die Führung?«, fragte er dann. »Ich will mal eben zu Madita.«

Ich nickte. Es war ein gutes Gefühl, die Gruppe anzuführen. Ich achtete darauf, das Tempo nicht zu beschleunigen. Jacob ritt nun neben Madita und gab ihr ebenfalls Tipps. Dann wechselte er zu Linus und begleitete auch ihn bei der Trabarbeit.

»Okay, ich übernehme wieder«, rief er uns nun von hinten zu und überholte uns, um erneut an die Spitze zu kommen. »Ihr sitzt gleich aus und dort an der Birke galoppieren wir an. Nur ein kleines Stück bis zu dem Wäldchen, dann wieder in den Trab zurücknehmen, okay?«

»Ich glaube, ich habe einen Feuerstuhl unter mir!«, murmelte Madita.

Jacob drehte sich um und betrachtete sie.

»Ich passe auf dich auf«, sagte er. »Bist du bereit?«

Madita nickte.

»Galopp!«

Während Don abging wie Schmidts Katze, taten sich Felicia und Leika eher ein bisschen schwer mit dieser Gangart. Madita schoss an mir vorbei, wurde dann aber sofort von Jacob aufgehalten, der sich mit Bjalla vor Don schob.

»Durchparieren! Ja, so ist es gut. Und jetzt wieder angaloppieren. Bleib bei mir!«

Madita galoppierte jetzt dicht hinter Jacob. Nun schien auch Felicia Lust auf ein schnelleres Tempo zu haben. Sie hatte offenbar Mühe, sich gut auszubalancieren. Leika war eher langsam.

»Immer wieder zurücknehmen und neu angaloppieren. Drei bis vier Galoppsprünge reichen!«, rief Jacob. Dann wandte er sich wieder Madita zu.

»Und wir beide rennen jetzt mal bis zur Anhöhe hinauf. Bist du bereit?«

»Bereit!«, rief Madita und man konnte ihr die Freude anhören.

Die beiden galoppierten los, Jacob voran, Madita knapp hinter ihm.

Linus und ich fielen in den Trab zurück. Auch das war schön.

»Sieht aus, als wenn Jacob wirklich was gelernt hat«, sagte Linus leise zu mir.

»Und Madita auch«, gab ich zurück.

Als der Ausritt zu Ende war, brachten wir die Friesen zu unseren Pferden auf der Wiese. Zuerst wirkten sie unruhig und ängstlich, dann aber nahmen unsere Pferde sie in die Mitte und gaben ihnen damit das Gefühl von Sicherheit. Fairy war die erste, die sich schließlich der Länge nach im Gras ausstreckte. Sie hatte immer genauso ein Urvertrauen in die Welt wie Linus. Dann legte sich auch Merlin hin, schließlich Filou und Thessa. Zuletzt wagte es auch der junge Wallach Mauritz, sich ins Gras zu legen. Die anderen Pferde dösten im Stehen.

Wir setzten uns hungrig ans Feuer und ließen uns das Fleisch, das gegrillte Gemüse und das Brot schmecken.

»Ilyas und ich haben überlegt, nach dem Essen zurückzufahren«, sagte Karina schließlich in die Stille hinein. »Aber wir bleiben mit euch in Kontakt. Es wäre schön, wenn ihr jeden Tag meldet, wie es euch geht.«

»Außerdem geben wir Heiko Ahlers noch einen Tag. Wenn er dann nicht wieder auftaucht und das Schicksal seiner Pferde klärt, werden wir die Polizei rufen«, fuhr Ilyas fort.

Der Gedanke an Heiko Ahlers verursachte mir absolutes Unbehagen.

»Ich will nicht, dass dieser blöde Dressurreiter seine Pferde zurückkriegt«, rief ich. »Die Pferde haben Angst vor ihm. Und er geht nicht gut mit ihnen um.«

»Aber in drei Tagen müsst ihr in der Reitsportanlage zurück sein. Der Trailer ist fertig und wird präsentiert. Und ihr habt noch keinen Tag von dem Wanderritt genießen können«, sagte Karina heftig. »Ihr seid doch nicht hier, um die Welt zu retten.«

»Nicht die Welt, aber ein paar Friesenpferde schon!«, entgegnete ich genauso verärgert.

Jetzt redeten alle durcheinander.

»Wir sollten die Pferde vor dem Ahlers in Sicherheit bringen.«

»Wir sollten sie zu einem Gnadenhof bringen.«

»Wir sollten sie mitnehmen.«

Aber im Grunde waren wir alle ratlos. Sechs Friesenpferde konnte man nicht so einfach mitnehmen. Und Gnadenhöfe, die Pferde nahmen, gab es nicht so viele.

»Es bleibt uns keine Wahl. Wir müssen die Polizei informieren und die Pferde abholen lassen«, sagte Jacob schließlich.

Ich schaute zu Felicia und es tat mir weh, dass es für sie keine bessere Lösung gab.

Als Ilyas und Karina gefahren waren, lagerten wir uns auf Isomatten rund um das Feuer herum und deckten uns mit warmen Decken zu. Ich spürte Jacob in meiner Nähe und das war ein gutes Gefühl. Merlin lag bei Fairy, Don hatte sich zu Felicia gestellt und Emma und Linus schliefen aneinandergekuschelt. Aber auch wenn das hier friedlich und romantisch aussah, waren wir doch alle bedrückt. Das unsichere Schicksal der Friesenpferde beschäftigte uns.

Als wir erwachten, war das Feuer schon niedergebrannt. Henry erwärmte Wasser und kochte Tee, wir anderen aßen von dem Brot des Vortages. Niemand redete. Wir dachten alle daran, dass wir die Herde bald verlassen mussten, und das schlug total auf die Stimmung. Ich konnte es kaum ertragen, hier zwischen all den traurigen Gesichtern herumzusitzen. Also stand ich auf und ging zu meinem Pferd hinüber.

Merlin beugte sich über mich und pustete mir seinen warmen Atem ins Gesicht. Das tat mir gut. Plötzlich spürte ich, dass auch Felicia hinter mir stand. Vielleicht spürte sie, wie traurig ich war. Ich drehte mich zu ihr um. Ihr Gesicht wirkte so lieb und aufmerksam, dagegen sah ihr Hals immer noch schrecklich verspannt aus.

»Wenn ich dir doch nur helfen könnte«, sagte ich unglücklich.

Dann legte ich meine Hand auf den Mähnenkamm. Ich spürte die vielen harten Muskeln im Genick, die zeigten, dass Felicia mit harter Hand geritten worden war. Direkt hinter dem Halsansatz gab es eine richtig tiefe Kuhle. Auch sie zeigte mir, dass Felicias Hals viel zu sehr in eine Richtung gezogen worden war, statt die Muskeln gesund aufzubauen. Behutsam strich ich über die Kuhle und spürte, wie Felicia zusammenzuckte. Langsam ließ ich meine rechte Hand über das Genick gleiten, mit der linken strich ich über den Unterhals, der sich ebenfalls total verspannt anfühlte. Dann ließ ich meine Hände ganz ruhig liegen und schloss die Augen.

Das Gefühl, das ich jetzt in meinen Händen spürte, konnte ich nur schwer beschreiben. Es kribbelte plötzlich überall. Meine Hände glühten, als hätte ich sie in einen Ofen gesteckt. Gleichzeitig spürte ich, wie diese harten Muskeln an dem Pferdehals weicher wurden, wie Felicia den Hals dehnte und ihre Wirbelsäule fester in meine Hand drückte. Alle Kraft und Energie gab ich nun in meine Hände und wanderte langsam mit ihnen Stück für Stück die Wirbelsäule entlang.

»Juna?«

Jacobs Stimme war direkt an meinem Ohr. Ich zuckte zusammen und öffnete die Augen. Da sah ich, wie die Anderen einen Halbkreis um mich gebildet hatten und mich mit weit aufgerissenen Augen anstarrten. Es dauerte einen Moment, bis ich mich wieder in der Wirklichkeit zurückfand.

»Was ist?«, fragte ich irritiert und ließ langsam die Hände sinken.

»Siehst du, was passiert ist?« Jacob betrachtete mich liebevoll. »Felicia hat sich unglaublich entspannt. Schau mal, wie sie den Hals vorstreckt. Sie kann gar nicht genug von deinen Händen bekommen.«

Überrascht schaute ich die Stute an. Der Hals sah gleichmäßig bemuskelt aus. Sogar die Kuhle am Halsansatz hatte sich zurückgebildet.

»Deine Hände scheinen eine große Kraft zu besitzen«, sagte Jacob leise.

Ich dachte daran, dass ich auch bei Jacobs Berührungen manchmal diese Kraft und Energie gespürt hatte. Ob ich sie wohl auch in mir hatte?

»Kannst du uns nicht zeigen, wie man das macht?«, drängte Madita. »Ich will Don auch helfen, sich zu entspannen.«

»Ich weiß nicht, ob ich das kann«, entgegnete ich. »Aber leg ihm einfach mal deine Hände auf die verspannten Muskeln, wenn er es zulässt. Und dann konzentriere dich und schicke deine ganze Kraft und Energie in die Hände.«

Madita legte eine Hand auf Dons Mähnenkamm, die andere platzierte sie an den Unterhals. Dann schloss sie die Augen.

Don schnaubte nervös.

»Das klappt nicht«, murmelte Madita mit geschlossenen Augen. »Der entspannt sich nicht.«

Ich ging zu ihr und legte meine Hände auf ihre. Da spürte ich, wie Madita zusammenzuckte.

»Wahnsinn!«, flüsterte sie. »Das tut ja fast weh. Als wenn man in die Steckdose fasst.« Sie kicherte kurz, dann wurde sie wieder ernst.

Ich fühlte, wie sich meine Energie auf ihre Hände übertrug und wie diese Kraft auch bei Don ankam. Behutsam streckte er seinen Hals, ließ ihn dann entspannt nach unten fallen und schloss die Augen.

»Gleich schläft er ein«, murmelte Linus.

Natürlich wollten die anderen danach auch, dass ich ihnen bei ihren Pferden half. Ehrlich gesagt hätte ich nie gedacht, dass so viel Heilkraft in mir steckte. Ich ging von einem zum anderen, legte meine Hände auf die meiner Freunde, die wiederum ihrem Pferd halfen, sich zu entspannen. Ich konnte gut erkennen, wann meine Kraft bei den anderen angekommen war. Sie standen plötzlich alle mit einem entrückten Lächeln und geschlossenen Augen da, die Pferde vor ihnen mit hängenden Augenlidern.

Als ich allen geholfen hatte, trat ich zu Felicia zurück und legte erneut meine Hände auf ihren Hals. Sie war das Pferd mit den größten Verspannungen, sie brauchte die meiste Hilfe. Ich schloss die Augen und schickte meine Kraft und Energie zu ihr. Plötzlich legten sich zwei Hände auf meine und ich begriff sofort, dass es Jacob war. Seine Hände glühten genau wie meine. Da wusste ich, dass er diese Heilkraft auch in sich hatte. Ganz kurz standen wir da, die Hände aufeinander, und spürten die Energie. Ich hoffte sehr, dass niemand die Augen öffnete, um uns zu betrachten. Dann löste Jacob seine Hände von mir und trat zur Seite. Seine Kraft blieb bei mir.

12. KAPITEL

DIE ENTSCHULDIGUNG

Jacob hatte in der Sattelkammer ein paar Knotenhalfter gefunden und schlug vor, uns eine Reitstunde auf den Friesen zu geben – ohne Sattel und Zaumzeug. Wir waren begeistert.

Nur Mauritz war zu jung, um geritten zu werden, was Emma ziemlich traurig machte.

»Wenn du magst, kannst du Bjalla nehmen«, wandte sich Jacob an Emma. »Dann kannst du auch mal einen Friesen reiten.«

»Oh, echt? Wahnsinn! Danke!« Emma konnte ihr Glück kaum fassen. »Ich weiß das Angebot zu schätzen.«

Jacob lächelte still. Ich hatte ihn schon lange nicht mehr so zugewandt erlebt. Dass unsere Gruppe ihn freundlich wieder aufgenommen hatte, tat ihm offensichtlich gut. Er war so fürsorglich, wie ich ihn noch nicht erlebt hatte.

»Zunächst nur im Schritt«, kommandierte Jacob. »Und ganz ruhiges Abteilungsreiten. Don voran.«

Madita übernahm die Führung der Gruppe und ritt los. Wir anderen folgten im Abstand von einer Pferdelänge und konzentrierten uns nur darauf, dass sich das Pferd unter uns streckte und dehnte. Felicia machte ein paar ihrer seltsamen Verrenkungen, dann schnaubte sie begeistert ab. Sie hatte verstanden, dass sie sich heute frei fühlen konnte.

»Und jetzt voneinander lösen, jeder gymnastiziert sein Pferd. Volten, Schlangenlinien, Kreise verkleinern und vergrößern – kennt ihr ja«, brummte Jacob, während er verschiedene Stangen in die Mitte des Reitplatzes legte.

Im Offenstall nebenan wurde es unruhig. Mauritz rannte von einer Ecke in die andere.

»He, ruhig. Du kriegst sie ja gleich zurück!«, rief ihm Jacob zu.

Aber Mauritz wollte nicht auf ihn hören. Er war eben noch klein. Er wollte zu seiner Herde.

Jetzt wurden auch unsere Pferde unruhiger. Besonders Leika, die offensichtlich seine Mutter war, drehte sich immer wieder nach ihm um.

»Ich hole ihn auf den Reitplatz«, schlug Jacob vor. »Dann kann er sich schon mal anschauen, wie das mit dem Reiten geht. Und vielleicht kann ich bei einigen Übungen mit ihm mitlaufen.« Er nickte uns zu. »Macht ihr einfach so weiter.«

Dann ging Jacob zum Offenstall hinüber. Ich schaute ihm nach.

Plötzlich blieb mein Blick an der Wand des Offenstalls hängen. Hatte sich dort jemand versteckt? Ich kniff die Augen zusammen, aber ich konnte niemanden erkennen. Nun kam Jacob zurück. Er hatte Mauritz am Halfter und ließ ihn brav neben sich herlaufen.

»Okay. Komm her, mein Kleiner. Guck dir mal an, was die anderen machen«, schmunzelte Jacob und stellte sich mit Mauritz mitten auf den Platz. Mauritz spitzte die Ohren und blickte zu Leika hinüber. Sie wirkte jetzt wieder viel ruhiger.

»Schau mal, wie deine Mama das mit den Seitengängen

hinkriegt«, sagte Linus, verlagerte sein Gewicht und ließ Leika in leichtem Trab über den Platz gehen. Jetzt konnte man sehen, wie gut die Pferde dressurmäßig ausgebildet waren.

»Meinst du, sie können auch eine Piaffe?«, fragte ich Jacob.

Der betrachtete Felicia aufmerksam. »Sie kann es bestimmt«, erwiderte er dann. »Die war doch auf allen Turnieren top platziert. Nur ob du es ordentlich reiten kannst, nur über das Gewicht, das musst du mir erst mal beweisen.« Er zwinkerte mir zu. »Dabei musst du das Pferd gut an den Hilfen haben. Und ohne das Pferd über die Zügel in die Aufrichtung zu bringen, ist es eigentlich nicht möglich.«

»Eigentlich«, mischte sich Madita ein. »Aber wer eigentlich sagt …«

Und sie verlagerte genau wie ich das Gewicht in die Mitte und setzte sich tief in den Sattel.

Plötzlich legte Don die Ohren an.

»Pass auf, Madita!«, rief Jacob. »Du scheinst ihn echt sauer zu machen.«

Ich sah, wie Don nun zum Offenstall hinüberblickte. Die Ohren legten sich fast auf den Mähnenkamm. Blitzschnell drehte ich mich um. Langsam schob sich eine Gestalt hinter der Hauswand hervor und kam auf den Reitplatz zu. Ich erkannte ihn sofort: Heiko Ahlers. Mit linkischen Bewegungen steuerte er uns und unsere Pferde an. Jacob schien mir anzusehen, dass ich erschrocken war, und so drehte auch er sich um.

»Heiko!«, rief er dann überrascht.

»Na, Cordes! So sieht man sich wieder!«, sagte Heiko Ahlers und seine Stimme hörte sich ironisch an. »Hat der Pferdeflüsterer inzwischen aus meinen Pferden ein paar süße Schaukelpferdchen für die Kinder gemacht?«

Jacob suchte nach Worten, um etwas zu erwidern, aber er

kam nicht dazu. Don warf erneut den Kopf in den Nacken. Jetzt wieherte er. Es klang ziemlich gefährlich.

In einem Blitztempo standen mir alle Haare auf der Haut senkrecht. Ich wusste genau, dass nun etwas Schlimmes passieren würde. Hastig warf ich einen Blick auf das Tor zum Reitplatz. Verdammt! Jacob hatte es offengelassen.

»Jacob, pass auf!«, schrie ich. »Das Tor ist nicht zu!«

Jacob starrte mich erschrocken an und drehte sich dann zum Tor um.

»Mist!«, murmelte er.

Wieder wieherte Don und jetzt rannte er so schnell los, dass Madita das Knotenhalfter aus der Hand gerissen wurde. Zwei, drei Sprünge konnte sie sich noch auf Dons Rücken halten, dann fiel sie auf den Boden des Reitplatzes. Ich sah, wie Jacob Mauritz losließ und zu ihr lief. Im selben Moment schienen auch die anderen zu verstehen, dass gleich etwas Schlimmes passieren würde. Linus parierte Leika durch, sprang von ihrem Rücken, hielt sie mit einer Hand fest und schnappte mit der anderen Hand nach Mauritz' Strick. Auch die anderen stiegen von ihren Pferden und versuchten, sie festzuhalten. Ich saß immer noch auf Felicias Rücken, unfähig, einen klaren Gedanken zu fassen. Felicia aber galoppierte nun ebenfalls mit einem Sprung an. Intuitiv ging ich mit ihrer Bewegung mit und hielt mich auf ihrem Rücken.

»Macht das Tor zu!«, schrie ich.

Emma rannte zum Tor und versuchte, es zu schließen, aber Felicia war schneller. Mit mir auf dem Rücken jagte sie in letzter Sekunde an Emma vorbei. Sie rannte hinter Don her, der nun bei Heiko Ahlers angekommen war.

Der gab sich gelassen. Er stellte sich Don in den Weg, machte sich groß und hielt eine Hand hoch.

»Haaalt!«, rief er mit strenger Stimme. »Haaalt!«

Im ersten Moment war ich verblüfft, weil ich tatsächlich glaubte, Heiko Ahlers würde Don damit aufhalten. Er wirkte klar und streng und tatsächlich bremste Felicia unter mir respektvoll ab. Dann zog sie wieder den Hals ein und krümmte sich, als wenn sie Schmerzen hätte. Das tat mir schrecklich weh.

Don aber dachte überhaupt nicht daran, sich von Ahlers aufhalten zu lassen. Er gab einen verächtlichen Laut von sich, der wie ein Schnorcheln klang. Dann buckelte er und schlug mit den Hinterbeinen aus.

»Haaalt!«, versuchte es Ahlers noch einmal.

»Bist du blöd? Bring dich in Sicherheit!«, hörte ich Jacob jetzt schreien.

Für einen kurzen Moment blickte Ahlers in Jacobs Richtung, darum bemerkte er nicht, dass Don seine Kraft nun auf die Hinterbeine verlagert hatte. Ich aber wusste genau, dass er jetzt steigen würde.

»Achtung!«, schrie ich. Gleichzeitig sprang ich von Felicias Rücken.

Ahlers drehte sich nun wieder zu Don um, aber es war schon zu spät. Der Hengst stieß ihn mit so einer Kraft an, dass Ahlers der Länge nach hinfiel. Sein Gesicht war weiß wie die Wand.

Dann stieg Don.

»Verschwinde, Mann! Hau ab!«, schrie Jacob.

Ahlers versuchte, sich mit den Beinen nach hinten zu stemmen und unter Dons Bauch wegzukriechen.

»Don, nein!«, rief ich.

Ich war zu dem Hengst gelaufen und versuchte jetzt, ihn am Strick des Knotenhalfters zu fassen. Gleichzeitig schickte ich all meine Gedanken zu ihm.

Mach es nicht! Lass ihn in Ruhe!

Don drehte sich zu mir um und schnaubte. Schaum hatte sich vor seinem Maul gebildet.

Wir schützen euch!, schickte ich meine Gedanken weiter zu Don. *Wir passen auf, dass er euch nicht wieder wehtut!*

Jetzt war Felicia an meiner Seite. Ihr sanftes Wesen schien sich beruhigend auf Don auszuwirken. Er schnaubte noch einmal, schüttelte dann seine Mähne und gab ein verärgertes Schnorcheln von sich.

Mein Herz schlug wieder langsamer. Ich wusste, dass Don von Heiko Ahlers ablassen würde. Ahlers kroch auf allen vieren in Sicherheit. Er sah ängstlich aus. Don und Felicia beobachteten ihn mit angelegten Ohren. Feindselig und verächtlich waren ihre Blicke.

Nun war auch Jacob bei Ahlers und half ihm auf. Ahlers klopfte sich den Staub aus der Hose.

»Ich möchte wissen, was die heute so sauer macht«, murmelte er und hatte offenbar schon wieder Oberwasser. »Wahrscheinlich habt ihr sie den ganzen Tag verwöhnt und mit Leckerchen gefüttert.«

Es machte mich richtig wütend, dass er so über uns und die Pferde redete.

»Dann kommen Sie doch mal zu uns auf den Reitplatz und sagen den Pferden, dass sie nichts weiter sind als verwöhnte Kuscheltiere!«, rief nun Henry. Er sah aus, als wenn er gleich vor Wut platzen würde.

Ahlers zögerte.

Die anderen Pferde hatten sich am Stromzaun des Reitplatzes aufgestellt und blickten Ahlers aufmerksam an. Alle hatten ihre Ohren leicht nach hinten gestellt.

Ahlers blickte zu ihnen, drehte sich dann zu Don und Felicia um, die dicht hinter ihm standen. Ein ängstlicher Zug trat wieder in sein Gesicht.

»Sieht nicht gut um mich aus, oder?«, wandte er sich an Jacob.

»Offenbar nicht«, gab Jacob zurück.

Ahlers ließ den Kopf hängen. »Was soll ich machen?«, fragte er.

»Das solltest du deine Pferde fragen«, erwiderte Jacob.

Wir standen alle mit den Friesenpferden am Halfter um Heiko Ahlers herum. Er hielt seinen Kopf gesenkt und sah unendlich traurig aus.

»Tut mir leid. Tut mir wirklich leid, dass ihr euch nicht so gut bei mir gefühlt habt«, murmelte er. »Ich wollte doch nur …«

»›Nicht so gut gefühlt‹? Das ist ja wohl total untertrieben!«, fuhr Madita ihn an. »Sie haben den Pferden wehgetan. Mit Absicht. Damit sie diesen bescheuerten Rundhals beim Dressurreiten machen.«

»Diese Haltung sieht nun mal gut aus«, fuhr Ahlers Madita an. »Nicht umsonst haben wir viele tolle Preise gewonnen.«

»Wer hat die Preise gewonnen? Du oder die Pferde?«, zischte Jacob.

Ahlers schluckte. Dann wandte er sich Jacob zu.

»Du hast die Preise auch gerne genommen«, gab er zurück. »Weißt du noch, wie stolz du warst, als du beim Europaturnier gesiegt hast? Hast du deinen Kids erzählt, wie du zu diesem Preis gekommen bist?« Er lachte verächtlich. »Und jetzt spielst du dich als Pferdeflüsterer auf. Dabei hast du genau die gleichen Methoden angewendet.«

»Jeder Mensch macht mal Fehler«, wiederholte Linus nun den Spruch seiner Mutter. »Wichtig ist nur, dass man ihn einsieht und daraus lernt. Und dann muss man sich entschuldigen und sein Verhalten ändern.«

Ahlers sah Linus unsicher an.

»Das sagst du, weil du nicht weißt, wie dieser Sport funktioniert«, rief er. »Es reicht nicht aus, dass du gut bist. Du musst hervorragend sein.«

»Aber wie jämmerlich ist es, wenn man zu solchen Methoden greifen muss?«, rief ich. »Damit zeigt man doch, dass man ein schlechter Reiter ist.«

Jacob lächelte. »Willst du Heiko mal zeigen, wie du es schaffst, Felicia in die Biegung zu bringen?«, schlug er vor.

Ich nickte.

»Wir können es ihm alle zeigen«, sagte Samuel. »Ich glaube, niemand von uns hat es nötig, ein Pferd mit Schlaufzügeln zum Halsrollen zu zwingen.«

»Und wir sind sechzehn«, sagte Henry.

»Vierzehn«, verbesserte ich.

Ahlers sah von einem zum anderen. Er sah irgendwie ziemlich beschämt aus.

»Zeigt mal, was ihr so draufhabt«, sagte er schließlich.

Diesmal benutzen wir Trense und Zügel und sattelten die Pferde. Ich sah, wie ein ängstlicher Ausdruck in Felicias Augen trat, als ich ihr das Gebiss ins Maul schob, aber dann kaute sie sofort zufrieden und schien zu spüren, dass es ein weiches, doppelt gebrochenes Gebissstück war.

»Okay, die Pferde sind sicherlich aufgewärmt, aber reitet noch mal ein paar Volten und Schlangenlinien, damit sie sich an die Zügel gewöhnen«, schlug Jacob vor.

Nachdem wir einige Figuren im Schritt und im Trab geritten waren, bat uns Jacob, alle auf die lange Seite zu gehen. Dann rief er einem nach dem anderen eine Dressuraufgabe zu und derjenige musste sie ausführen. Ich musste punktgenau angaloppieren, an der langen Seite eine Hinterhandwende machen und zurücktraben. Madita machte Seitengänge im

Trab, Henry verkleinerte und vergrößerte einen Kreis im Trab, Samuel machte Traversalen, Linus galoppierte, hielt dann an einem Punkt an und ließ Leika rückwärtsgehen, und Emma durfte eine Piaffe zeigen. Aber sie ritt ja auch Bjalla, und Bjalla machte fast alle Dressuraufgaben sehr entspannt.

Es war nicht so einfach, die Aufgaben zu reiten und dabei die Hilfen nur über die Gewichtsverlagerungen zu geben, aber es gelang uns allen. Die Pferde waren uns dankbar dafür. Felicia streckte ihren Hals immer wieder weit nach vorne und sobald sie das machte, gab ich die Zügel vor. Sie schien kaum glauben zu können, dass sie so viel Freiheit hatte.

»Guck mal, Heiko! Siehst du das?«, rief Jacob plötzlich und zeigte auf Felicia. »Siehst du, wie sie ihren Hals dehnt?«

Jetzt starrten alle auf meine Friesenstute. Ich konnte vom Sattel aus sehen, dass sie den Hals ganz entspannt rundete.

»Es geht nicht bis zu den Knien, aber bis zur Brust!«, rief Jacob.

»Und das sieht sowieso viel natürlicher aus!«, meinte Linus.

Ich sah, wie Heiko Ahlers schluckte. Plötzlich nahm er seine beiden Hände an die Wangen, als wolle er die Tränen nicht zulassen, die ihm in die Augen getreten waren. Wir schauten ihn alle an. Seine Gesichtszüge waren weich geworden.

»Meinst du, ich kann das wiedergutmachen?«, fragte er leise.

»Wenn du es ehrlich meinst, werden sie es dir glauben«, erwiderte Jacob.

Heiko Ahlers stand in der Mitte des Reitplatzes, den Kopf gesenkt. Traurig sah er aus und irgendwie auch schutzlos. Die Friesenpferde hielten Abstand zu ihm. Sie taten ihm nichts, aber sie kamen auch nicht näher.

Unsere Gruppe stand hinter dem Gatter des Offenstalls und schaute zu. Niemand sprach. Ich spürte Jacob neben mir. Sein Arm berührte meinen ganz leicht. Linus hatte seinen Arm um Emma gelegt. Wir hielten alle den Atem an.

Eine ganze Weile bewegte sich niemand.

Ich konzentrierte mich auf Felicia. *Geh zu ihm*, schickte ich ihr meine Gedanken. *Zeig ihm, dass du keine Angst vor ihm hast. Zeig ihm deinen Hals. Er soll sehen, wie weh er dir getan hat.*

Felicia bewegte sich nicht, aber sie sah ganz kurz in meine Richtung.

Geh zu ihm. Trau dich!, versuchte ich es noch einmal.

Da hob sie den Kopf und sah Ahlers an. Der schloss seine Augen. Langsam setzte Felicia ein Bein vor das andere, bis sie schließlich mit einem kleinen Abstand vor ihm stand. Ahlers öffnete die Augen und schaute sie an. Jetzt streckte Felicia den Hals in dieser typischen Bewegung, die sie immer gemacht hatte, um auf ihre Verspannung aufmerksam zu machen.

»Ich weiß«, flüsterte Ahlers. Und dann schossen ihm echt die Tränen in die Augen. »Tut mir leid«, flüsterte er.

Felicia kam näher. Wir hielten den Atem an. Jetzt stand sie so nah vor ihm, dass er sie berühren konnte. Ob Felicia das wollte? Ich versuchte mich in sie hineinzuspüren. Ja, sie wollte, dass er ihren Hals streichelte. Ich nickte Ahlers zu und er lächelte, während ihm eine Träne die Wange herunterlief. Langsam streckte er seine Hand aus und streichelte Felicias Hals.

»Entschuldigung«, flüsterte er. »Bitte verzeih mir.«

Felicia ließ es nur kurz zu, dass er sie berührte, dann ging sie langsam wieder rückwärts an ihren Platz zurück. Als sie in der Herde stand, wurde sie von Don beschnuppert, als wollte er sie für ihren Mut loben. Dann setzte er sich in Bewegung.

Ein Pferd nach dem anderen kam auf Heiko Ahlers zu, ließ

sich von ihm berühren und ihn um Entschuldigung bitten. Es war wie eine heilige Zeremonie und sie dauerte bestimmt eine halbe Stunde.

Als alle Pferde an ihren Platz zurückgekehrt waren, kam Ahlers zu uns.

»Ich danke euch, dass ihr für meine Pferde da wart«, sagte er leise. »Ich weiß nicht, wie es ohne euch gegangen wäre. Sicherlich hätte ich keine zweite Chance gekriegt.«

»Hauptsache, du nutzt sie«, sagte Jacob.

»Das verspreche ich euch«, versicherte Heiko Ahlers.

Wir nutzten den Nachmittag, um noch einmal mit unseren Pferden einen kleinen Ausritt zu machen. Am nächsten Tag mussten wir zur Reitsportanlage zurückkehren. Der Trailer war fertig.

Als wir mit unseren Pferden auf den Hof zurückkehrten, sahen wir, wie Jacob und Heiko Ahlers einen kleinen, spielerischen Wettkampf auf dem Reitplatz veranstalteten. Beide ritten nur mit einem Stallhalfter Dressuraufgaben und hatten einen riesigen Spaß dabei. Wer das Turnier gewann, war nicht so leicht zu erkennen, denn beide ritten verdammt gut. Trotzdem passierten beiden auch immer wieder mal lustige Fehler, die durch ungenaue Gewichtsverlagerung entstanden.

»Du reitest gut, Jacob!«, rief Heiko seinem ehemaligen Schüler anerkennend zu.

»Ich hatte einen guten Lehrer!«, gab Jacob freundlich zurück.

Abends ging ich zu den Friesenpferden in den Offenstall, um mich von ihnen zu verabschieden. Besonders der Abschied von Felicia tat mir weh. Ich umarmte sie innig und sie streifte mein Gesicht mit ihren Nüstern.

»Tschüss, mein Riese«, sagte ich zärtlich zu ihr. »Ich besuche dich wieder und schwöre dir, dass ich auf dich aufpasse.«

Felicia hauchte mich warm an und ich streichelte ihren Hals. Das schien ihr nun nichts mehr auszumachen. Dann berührte ich erneut ihren Mähnenkamm.

»Versprich mir, dass du dich nicht mehr verspannst!«, flüsterte ich ihr zu.

Sie drückte ihren Hals fester in meine Hände, zum Zeichen, dass ich mit der Berührung fortfahren sollte. Das tat ich nur zu gerne.

Als ich aufschaute, sah ich erst, dass auch Jacob im Offenstall war. Auch er schien sich von den Pferden verabschiedet zu haben. Jetzt kam er zu mir. Er sah traurig aus.

»Dass alles so gut für sie ausgegangen ist, haben sie nur dir zu verdanken«, sagte er leise.

»Jeder hat dabei geholfen«, sagte ich. »Wenn wir die Gruppe nicht gehabt hätten, wenn Frau Schröder mich nicht zu dir gefahren hätte, wenn du nicht mitgekommen wärst …«

Jacob lächelte und strich eine Strähne hinter mein Ohr.

»Du kannst es ruhig mal annehmen, wenn ich dir sage, dass du ein tolles Mädchen bist«, sagte er.

Sein Gesicht kam näher und ich wusste, dass er mich küssen wollte. Doch jetzt sah ich auch, dass jemand auf den Offenstall zukam.

»Vorsicht. Da kommt jemand«, flüsterte ich und sah genauer hin. »Madita«, sagte ich dann.

Jacob ging ein paar Schritte zurück und wandte sich Mauritz zu. »Na, mein Kleiner! Lass dich nicht unterkriegen, versprichst du mir das?« Er klopfte Mauritz auf den Hals.

»Jacob?« Madita war jetzt am Stall angekommen. »Kann ich dich mal sprechen?« Kurz streifte mich ihr Blick.

»Klar«, sagte Jacob.

»Ich wollte sowieso gerade gehen«, erklärte ich.

»Du kannst ruhig bleiben«, erwiderte Madita und sah plötzlich ziemlich traurig aus. »Ich denke, es ist auch in deinem Sinne, was ich sagen will.« Sie wandte sich nun Jacob zu. »Ich finde es schrecklich traurig, mich von den Pferden zu verabschieden«, sagte sie leise. »Besonders von Don.« Sie räusperte sich. »Und ich habe auch Angst, dass dieser Ahlers irgendwann so weitermacht, wie er es immer gemacht hat. Mit diesen Schlaufen und Ausbindern, die die Pferde auf die Dressurarbeit vorbereiten sollen.«

Jacob sah ihr aufmerksam zu. Madita schluckte.

»Menschen ändern sich nicht«, sagte sie leise. »Auch wenn sie erst mal gute Vorsätze haben. Aber dieser Ahlers ist so ein strenger Typ. Irgendwann macht er so weiter, wie er es immer gemacht hat.«

Ich wusste, dass sie recht hatte. Auch Jacob wusste das. Er nickte.

»Ich habe auch darüber nachgedacht«, meinte er. »Und ich will darüber mit Heiko reden. Ich werde für eine Weile hier an den Hof zurückkehren, wenn wir die Arbeit an dem Trailer abgeschlossen haben. Dann werde ich Heiko beibringen, wie man auf sanfte Art mit Pferden arbeitet.«

»Das wirst du wirklich machen?«, fragte ich und eine warme Welle durchflutete mich. »Das finde ich … irgendwie unglaublich lieb.«

»Ich auch«, seufzte Madita. »Danke dafür.«

»Außerdem ist mir gestern eingefallen, dass mein Vater und seine Freundin gar nicht so weit von hier entfernt wohnen«, fuhr Jacob fort. »Ich werde Heiko mal fragen, ob mein Vater vielleicht zurückkommen kann. Dann können sie gemeinsam mit den Pferden arbeiten. Nur dass Heiko jetzt der Besitzer ist und mein Vater würde dann Bereiter.«

»Aber dein Vater, ist er denn auch so sanft zu Tieren wie du?«, wollte ich wissen.

Jacob lächelte. »Ich bin natürlich ziemlich perfekt«, sagte er. »Aber von meinem Vater habe ich viel über Horsemanship gelernt. Und was er noch nicht weiß, kann ich ihm beibringen.«

»Das hört sich nach einer ziemlich guten Lösung an«, seufzte Madita.

Der Abschied war für uns alle traurig, aber das Gespräch, das Jacob und Heiko miteinander geführt hatten, war gut verlaufen, und tatsächlich hatte Jacobs Vater zugesagt, am Nachmittag vorbeizukommen und sich den Hof und die Pferde anzuschauen. Darüber waren wir sehr froh und erleichtert. Trotzdem fiel es uns allen schwer, zur Reitsportanlage am Langenberger See zurückzureiten.

Es gab lange Umarmungen, Händeschütteln und Schulterklopfen, es gab Streicheleinheiten für die Pferde und geflüsterte Zärtlichkeiten in die Ohren der schwarzen Riesen, dann sattelten wir unsere Pferde und stiegen auf. Heiko Ahlers stand zwischen seinen großen Friesen und winkte uns nach. Dieses Bild brannte sich in mein Gehirn ein. Ich wollte es nicht mehr vergessen und hoffte, dass es eines Tages all die traurigen Bilder der Pferde überlagern würde.

Wir erreichten die Reitsportanlage am frühen Nachmittag. Als wir am Parkplatz vorbeiritten, konnte ich sehen, dass Ilyas und Karina bereits eingetroffen waren. Ihre Autos standen nebeneinander. Daneben hatte sich der Bulli des Mediengestalters platziert, der unseren Videoclip gedreht hatte.

»Sie sind da!«, rief Linus.

»Das Video ist fertig«, freute sich Henry.

»Mann, bin ich gespannt«, strahlte Madita.

»Vielleicht haben sie ja auch die Szene eingebaut, in der Merlin in die Kamera grinst«, fiel mir ein.

Wir redeten alle durcheinander. Dann sah ich Ilyas van Hees vor dem Hotel stehen. Er hatte offensichtlich das Hufgetrappel gehört und war nach draußen gekommen. Neugierig betrachtete er uns, warf dann Jacob einen nachdenklichen Blick zu.

»Ist alles gut gegangen?«

Bevor Jacob antworten konnte, mischte sich Linus ein.

»Sehr gut sogar«, sagte er. »Wir haben eine tolle Lösung für die Pferde gefunden. Heiko Ahlers ist zurückgekommen und wir haben ihm beigebracht, dass man Pferde auch feinfühliger reiten kann als mit seiner blöden Methode.«

»Toll«, sagte Ilyas gedehnt, aber man sah ihm an, dass er nicht so wirklich an ein Happy End glauben wollte.

»Ich weiß, was du denkst«, sagte Jacob jetzt. »Du denkst, Menschen ändern sich nicht so einfach, stimmt's?«

Jetzt sah Ilyas noch unsicherer aus. »Ich weiß nicht.«

»Manchmal reicht es ja auch schon, wenn sie den guten Willen haben«, gab Linus zu bedenken. Das hätte Frau Schröder nicht besser formulieren können.

13. Kapitel

Der Trailer

Noch am selben Tag bekamen wir den Trailer zu sehen. Wir saßen alle im Halbkreis nebeneinander in einem Konferenzraum der Reitsportanlage und schauten zu, wie der Mediendesigner den Film mit einem Beamer groß auf der Leinwand präsentierte. Es war ein tolles Video geworden. Zunächst wurden wir alle kurz gezeigt, wie wir unsere Pferde putzten, fütterten, sattelten oder trensten.

»Das ist Juna Altenberg«, ertönte zum Beispiel eine freundliche Frauenstimme, während ich Merlin die roten Gamaschen umband. »Mit ihren vierzehn Jahren gehört sie zu den jüngsten Teilnehmern der Show ›Cassiopeia‹.«

Merlin war nun groß im Bild. Er beugte sich zu mir herunter und schaute beim Binden der Gamaschen zu. Als ich mich wieder erhob, schaute er mich liebevoll an und ich streichelte kurz seine Nüstern.

»Aber zusammen mit ihrem Traumpferd Merlin, einem Rappschimmel-Araber, hat sie es geschafft, die Herzen der Crew zu erobern«, fuhr die Frauenstimme fort.

Ich warf kurz einen Blick zu Jacob hinüber und sah, dass

er lächelte. Er sah mich nicht an, aber ich wusste, dass er dasselbe dachte wie ich: Ein Herz hat sie besonders erobert!

Der Film ging weiter, stellte Madita vor, die Smoky trenste, präsentierte Linus, der Fairy eine Möhre reichte, zeigte Emma mit Filou, Henry mit Duke und Samuel mit Thessa. Dann kam der Vorspann. *Cassiopeia – Die magische Pferdeshow.* Die Musik wurde lauter. Jetzt wurde die Reithalle gezeigt, in der das Kreuz für die Quadrille aufgebaut war, und nun ritten wir ein, verbeugten uns und galoppierten los. Ich sah Merlin und mich an der Spitze reiten, hinter mir folgten die anderen.

Bis jetzt hatte ich mich nicht so oft in einem Video auf Merlin gesehen. Manchmal wurden wir bei Reitkursen gefilmt, um den einen oder anderen Fehler zu zeigen. Aber bei diesem Video sah ich, wie toll Merlin und ich zueinander passten.

Nach dem ersten Sprung gab es einen kleinen Schnitt. Dann wurden Linus, Madita und ich in unseren Einzelübungen gezeigt: Linus stehend auf Fairy, Madita mit ihrer Piaffe auf Smoky und Merlin und ich mit diesem wahnsinnigen Spin. Dann ging die Quadrille in einem schnellen Tempo weiter. Wir hatten unsere Gruppe jetzt geteilt und ritten spiegelverkehrt aufeinander zu.

Ich merkte, wie ich mich allmählich entspannte. Schließlich wusste ich, dass bei dieser Quadrille alles gut gegangen war.

In der folgenden Unterbrechung wurden die Einzelübungen von Samuel, Emma und Henry gezeigt, dann ging die Quadrille dem Ende zu. Es folgte das Reißverschlussreiten über das innere Kreuz, dann sammelten wir uns an der kurzen Seite, um uns gemeinsam zu verbeugen.

Zuletzt lief der Abspann. Wir lasen unsere Namen noch einmal, anschließend folgten die Namen der Crew, zuletzt das Logo der Medienfirma. Dann war es zu Ende.

Einen Moment schwiegen wir alle beeindruckt. Schließlich begann Ilyas zu klatschen. Wir fielen in den Applaus ein.

»Können wir das noch einmal sehen?«, fragte Henry.

Am nächsten Tag gab es eine große Abschlussveranstaltung im Hotel, zu der einige ausgewählte Gäste, vor allem aber die Presse, eingeladen waren. Das war die Gelegenheit für uns, uns mal richtig schick zu machen.

Wir Mädels kramten in unseren Klamotten herum und waren richtig aufgeregt.

»Ich habe überhaupt nichts mit!«, stöhnte Emma. »Nur die Reithose und ein paar Kapuzensweatshirts.«

»Ich kann euch was leihen«, sagte Madita großzügig und breitete den Inhalt ihres Koffers aus. Verschiedene Kleider, Röcke, Shirts und Pullis hatte sie mitgenommen, außerdem Leggins, Jeans, Schminksachen, Schmuck, Haarspangen und Parfüm.

»Bedient euch!«

»Wahnsinn! Jetzt weiß ich, warum du diesen riesigen Koffer dabeihast«, lachte ich.

Emma und ich traten unsicher an die vielen Klamotten heran. Emma hob ein Kleid hoch und drehte es nach links und rechts.

»Im Kleid erkennt mich niemand«, behauptete sie.

»Ich wette, Linus erkennt dich allein durch den Geruch deiner Haut«, entgegnete ich.

»Mama sagt immer, ich stinke nach Pferd«, meinte Emma kleinlaut und zog die Augenbraue hoch. Wir mussten lachen. Diesen Spruch hatten wir alle schon mehr als einmal gehört. Ein Grund mehr, mal wieder gut zu duschen und sich dann ein paar frische Sachen anzuziehen.

Ich föhnte mir meine Haare mit der Rundbürste und ließ

sie offen über die Schultern hängen. Das machte ich nur selten, aber es sah gut aus und ließ mich etwas älter erscheinen. Dann probierte ich ein türkisblaues Kleid an, das lange Ärmel hatte, aber die Schultern frei ließ. Es hatte kleine Spitzen am Ausschnitt und am Rocksaum.

»Wahnsinn!«, schrie Madita und zog mich zum Spiegel. »Guck mal, wie toll du aussiehst. Wie ein Model. Du musst nur noch ein bisschen Schmuck um den Hals machen, die Augen schminken, ein bisschen Make-up …«

»Hör auf. Das mag ich nicht«, versuchte ich, abzuwehren, aber Madita ließ sich nicht auf meinen Protest ein. Sie wusste, wie man sich gut stylte, und schließlich hörten Emma und ich auf sie.

»Du ziehst auch ein Kleid an«, sagte Madita streng zu Emma. »Am besten das weiße. Dann siehst du wie ein Engel aus.«

Emma gehorchte widerstandslos. Und tatsächlich, Madita hatte einen guten Blick für Mode. Das Kleid stand Emma fantastisch und sie sah damit fast magisch aus. Wir flochten ihr die Haare zu Zöpfen.

Im Gegensatz zu uns entschied sich Madita für eine Jeans und ein kurzes rotes Top, dazu zog sie hohe Schuhe an. Damit sah sie viel älter als wir aus, vor allem, als sie sich die Haare zu einem Knoten hochband und sich ein paar Strähnen ins Gesicht kämmte. Dann gab sie uns Anweisungen zum Schminken.

»Ein bisschen Make-up, dann Puder, zunächst rund ums Gesicht, schließlich etwas dunkler auf die Wangenknochen, dann kleine helle Akzente setzen …«

Emma und ich sahen ihr fasziniert zu. Schließlich machten wir es ihr nach – es war irgendwie spannend, sich gemeinsam zu schminken. Ich wusste genau, wenn Mama mich sehen würde, würde sie zusammenbrechen. Aber hey – ich war vierzehn Jahre alt und ich hatte einen tollen heimlichen Freund, der sogar schon achtzehn war. Ein bisschen Farbe im Gesicht konnte da nicht schaden.

Von Madita lernten wir auch, wie man sich die Augen groß schminkte: zuerst mit einem feinen Lidstrich, dann mit einer Wimperntusche, die feine Härchen hatte. Emma und ich stellten uns ziemlich an, zuletzt aber sahen auch unsere Augen irre cool aus. Madita benutzte dann sogar noch einen Lippenstift, ich nahm ihren Lipgloss. Nur Emma verzichtete auf das Schminken der Lippen.

»Nachher küsst mich Linus nicht mehr«, überlegte sie.

»Wahrscheinlich küsst er dich sogar doppelt so oft«, behauptete Madita, aber da war ich mir bei Linus auch nicht so sicher.

Als wir endlich fertig waren, klopften wir an der Tür der Jungs. Linus öffnete und ich war echt geplättet. Er trug ein weißes Hemd und eine Jeans, hatte die Haare frisch gewaschen und ein bisschen Gel in den Haarspitzen. Er sah richtig klasse aus. Auch Henry machte einen coolen Eindruck und sogar Samuel hatte sich bemüht, seine Haare ein bisschen erwachsener zu stylen.

»Wow, du siehst ja süß aus!«, rief ich Linus zu und küsste ihn auf die Nasenspitze.

»Danke, gleichfalls!«, erwiderte Linus und drückte mich. Dann schob er mich zur Seite und wandte sich Emma zu. »Ich wusste, dass ich heute einem Engel begegnen würde«, sagte er. Das fand ich einfach zu lieb. Die beiden umarmten sich innig und Linus küsste Emma lange.

Emma warf Madita und mir danach einen verschwörerischen Blick zu.

Hab ich es doch gesagt, versprach dieser Blick.

Gemeinsam gingen wir in den Empfangsraum der Hotelhalle. Viele Gäste waren schon da und standen mit ihren Sektgläsern herum. Ich sah Ilyas mit dem Produzenten der Show zusammenstehen und reden. Als sie uns entdeckten, kamen sie auf uns zu und begrüßten uns. Jetzt bemerkte ich auch Karina, die mit einem Mann in einer Ecke stand und ihm schmachtende Blicke zuwarf. Vielleicht war das dieser Pferdeflüsterer, den sie so gerne in die Show einbringen wollte.

Dicht am Buffet stand Sheila Brown, die Stylistin der Show. Sie war offensichtlich zu dem Abend verpflichtet worden, denn sie stand mit ihrem muffeligen Gesicht bei den Lachsbrötchen und schien darauf zu warten, dass das Buffet eröffnet wurde. Und nun sah ich Jacob und mein Herz setzte für ein paar Schläge aus, um dann wie wild gegen meine Rippen zu trommeln. Ich hatte ihn noch nie im Anzug gesehen und dieses lässige graue Jackett, das weiße Hemd und die schmale, etwas gelockerte Krawatte ließen ihn völlig anders aussehen. Er hatte die Haare wuschelig in die Stirn gekämmt und seine dunklen Augen sahen unter den dichten Wimpern fast schwarz aus. Da war er wieder, dieser magische Blick, der mich immer so fasziniert hatte. Als wir auf ihn zukamen, strahlte er uns an, dann glitten seine Augen über mein Kleid.

»Ihr seht umwerfend schön aus«, sagte er, aber dabei betrachtete er nur mich.

»Danke«, erwiderte Emma und warf ihre Zöpfe nach hinten. »Du siehst auch nicht schlecht aus!«

»Danke«, gab Jacob zurück und zwinkerte mir zu.

Ein heller Ton erklang. Jemand schien gegen ein Glas geschlagen zu haben. Die Gespräche verstummten. Der Produzent ergriff das Wort. Jetzt sahen alle zu ihm nach vorne. Ich spürte Jacob an meiner Seite.

Der Produzent berichtete von der Idee, einen Trailer zu

entwickeln, erzählte von den Vorbereitungen und rief schließlich Karina, Jacob, Sheila und Ilyas nach vorne, um sie den Gästen vorzustellen. Auch Ilyas hielt nun eine kurze Rede, bedankte sich bei allen wichtigen und unwichtigen Personen, gab ein paar Informationen über die Sponsoren …

Ehrlich gesagt hörte ich gar nicht so genau zu. Ich schaute immer nur kurz zu Jacob, der jetzt zwischen Karina und Sheila vor den Gästen stand. Er wirkte so anders an diesem Abend. Eigentlich sah er wahnsinnig toll aus, doch plötzlich wurde mir der Altersunterschied zwischen uns deutlich bewusst. Jacob war achtzehn, er war erwachsen, und daneben kam ich mir wie ein kleines Mädchen vor, das an diesem Abend ein hübsches Kleidchen trug, um ein bisschen älter zu wirken. Auch wurde mir wieder bewusst, dass er zur Crew gehörte und ich nur eine Teilnehmerin der Show war, die zu tun hatte, was die anderen sagten.

»Betrachten Sie nun mit uns, was die Jugendlichen der Cassiopeiashow mit ihrem Trainer Jacob Cordes erarbeitet haben«, rief Ilyas und machte dem Mann der Medienagentur ein Zeichen, damit er den Film starten konnte.

Die Crew trat zur Seite und blieb dort an der Wand stehen. Das war schade, denn ich hatte mir gewünscht, Jacob würde zu mir zurückkommen.

Alle drehten sich zur Leinwand um. Der Film startete. Wieder sahen wir den Trailer, den wir ja nun schon zweimal angeschaut hatten. Und trotzdem entdeckte ich immer wieder etwas Neues darin. Diesmal fiel mir auf, wie fröhlich Merlin wirkte, wenn er über die Stangen sprang oder den Spin drehte. Wir hatten bei diesem Film ganz neu zueinander gefunden.

Als der Abspann lief, gab es einen großen Applaus. Nun trat Jacob erneut nach vorne und sprach ein paar abschließende Worte. Dann wandte er sich an unsere Gruppe.

»Jetzt wird es Zeit, dass ich Ihnen diese fantastische Gruppe vorstelle. Wie Sie bereits im Film gesehen haben, haben diese sechs eine ganz besondere Beziehung zu Pferden. Da ist zum Beispiel Emma Reichel, die mit ihrem Berber Filou durch die tiefsten Wälder töltet …«

Emma lachte.

»Komm zu mir!«, rief Ilyas und machte ihr ein Zeichen, auf die Bühne zu kommen. Emma rannte nach vorne.

»Und was wäre die Gruppe ohne Henry Mendel, ohne den die Gruppe im Wald verloren wäre, und der zusammen mit seinem Pferd Duke alle Hindernisse überspringt …«

Henry machte ein Victoryzeichen und lief ebenfalls nach vorne.

»Madita de Lorenzo, die auch die wildesten Pferde zähmen und sogar ihrem nervösen Paint Smoky eine Piaffe beibringen kann …«

Madita lachte und stürmte zur Bühne.

»Samuel Beckert, der mit seiner Holsteinerstute Thessa die Pferde zum Reden bringt und mit ihrer Hilfe die schwierigsten Pferde versteht …«

»Das stimmt«, murmelte Emma und Samuel grinste. Auch er stürmte unter dem großen Applaus der Zuschauer zur Bühne.

»Unser Nesthäkchen Juna Altenberg, die Menschen und Tiere mit geschlossenen Augen erkennen kann, besonders aber in die Seele ihres Traumpferdes Merlin schauen kann …«

Jacob sah mich lächelnd an und ich lief nun ebenfalls nach vorne.

»Und zuletzt Linus Schröder, der sogar in der Lage ist, seine Fairy mit den Füßen stehend zu lenken …«

Linus strich sich ein wenig verlegen durch die Haare, dann kam auch er zur Bühne.

Wir stellten uns nebeneinander, nahmen Jacob in die Mitte und fassten uns an den Händen. Es war natürlich Zufall, dass Jacob dabei meine Hand hielt, aber es war ein wundervolles Gefühl. Gemeinsam traten wir zum Bühnenrand und verbeugten uns. Die Menschen applaudierten.

»Das Buffet ist hiermit eröffnet«, sagte Ilyas.

»Juna, Linus, kommt ihr nachher bitte in den kleinen Konferenzsaal?«, zischte Ilyas mir zu, als ich genussvoll Mousse au Chocolat löffelte und mich mit Linus unterhielt.

»Pressekonferenz«, flüsterte Linus. »Habe ich eben mitgekriegt.«

»Okay. Die wollte ich immer schon mal geben«, grinste ich und Linus lachte vergnügt.

Wir beeilten uns, unseren Nachtisch zu essen und fanden uns dann in dem Konferenzzimmer ein, das am Ende des Flurs lag. Vorne an der langen Seite war ein Tisch aufgebaut, darauf unsere Namensschilder. Vor jedem Platz war ein Mikrofon aufgebaut. Himmel, das sah ziemlich professionell aus. Ich hatte bis jetzt noch nicht so oft durch ein Mikrofon gesprochen.

Jacob saß bereits am Ende des Tisches und winkte uns zu. Ich sah, dass mein Namensschild neben seinem stand und setzte mich an seine Seite.

»Ich habe die Schilder aufgestellt«, raunte er mir zu. »Ich hoffe, das ist in deinem Sinne.«

»Sehr sogar«, gab ich zurück. »Ich bin ziemlich aufgeregt.«

Ich überlegte, kurz seine Hand zu drücken, dann aber sah ich, wie sich ein paar Fotoapparate in meine Richtung bewegten. Schnell machte ich ein ernstes Gesicht und setzte mich. Hoffentlich bemerkten sie nicht, wie verliebt ich aussah.

Nun suchten auch die anderen ihre Plätze. Im Publikum nahmen die Journalisten und Fotografen Platz. Ich war überrascht, dass es so viele waren. Jemand schloss die Tür und gab ein Zeichen, damit die Fragen beginnen konnten. Ein Journalist hob die Hand, andere folgten.

Ilyas übernahm die Rolle des Moderators.

»Ja, bitte?«, sagte er zu dem ersten Journalisten, der sofort loslegte.

»Ihr seid dafür bekannt, dass ihr eine besondere Beziehung zu Pferden habt. Wie ist euch das aufgefallen?«, wollte er wissen.

Linus entschied sich, auf die Frage zu antworten.

»Ich habe mein Pferd gesehen und wusste sofort, dass es mein Traumpferd ist«, erzählte er. »Wir sind jeden Tag zusammen und darum kennen wir uns durch und durch.«

Der Journalist schien mit der Antwort zufrieden zu sein.

»Von dir, Juna, erzählt man sich, du würdest Pferde mit geschlossenen Augen erkennen können«, begann eine Frau ihre Frage. »Wie machst du das?«

Ich überlegte. Es war schwer, dieses Gefühl zu erklären.

»Ich kann es einfach«, sagte ich. »Ich weiß selbst nicht, wie ich das mache. Ich spüre es und sehe es vor meinem inneren Auge.«

Die Journalistin nickte mir zu. Meine Antwort schien ihr zu gefallen.

Eine Frage folgte der nächsten. Wir wurden zu unseren Pferden befragt, zu unseren Reitkünsten, zu unserer Freundschaft zueinander. Ob es da auch Rivalitäten gäbe. Oder ob man zu jemandem eine ganz besondere Beziehung entwickelte. Wir antworteten so ehrlich wir konnten, aber wir passten auch auf, nicht zu viel von uns preiszugeben. Emma und Linus erzählten nichts von ihrer Beziehung, genauso wenig wie wir berichteten, dass Madita manchmal sauer werden konnte und nicht immer zu uns hielt.

Aber dann wurden die Fragen immer schneller, immer persönlicher, immer bedrängender.

»Ihr habt im Sommer einer Herde Kinskypferden geholfen, wieder in ihr Reservat zurückzukehren«, sagte ein Reporter, der ziemlich unsympathisch aussah. »Gab es auch in diesen Ferien irgendwelche Pferde, denen ihr geholfen habt?«

»Ja, die gab es«, sagte Madita. »Wir kamen bei unserem Ritt an einem Friesenhof vorbei …«

»Ganz zufällig?«, unterbrach sie der Reporter.

»Na ja, genau genommen war es so, dass Juna von einem Friesenpferd zu diesem Hof gelockt wurde …«, versuchte Madita, es genauer zu erklären. Sie wirkte plötzlich unsicher. Wir fragten uns alle, woher der Reporter diese Geschichte kannte.

»Kanntet ihr den Dressurreiter, der diese Pferde misshandelt hatte?«, bohrte der Reporter weiter.

Jetzt wurde es unruhig im Raum. Alle drehten sich zu dem Mann um, der die Frage gestellt hatte. Er war nun aufgestanden.

»Ich weiß nicht …«, begann Madita verwundert. »Eigentlich war es so, dass …«

»Ich wollte wissen, ob ihr Heiko Ahlers kanntet. Wusstet ihr, dass er die Pferde mit fragwürdigen Methoden zu Dressurübungen zwingt?«, wurde der Reporter immer forscher.

»Nein, das wussten wir nicht«, entgegnete Henry nun. »Wir wussten überhaupt nicht, dass dieser Friesenhof dem Dressurreiter gehörte. Wir haben uns nur gewundert …«

»Aber Jacob Cordes war dieser Mann doch bekannt, oder?«, unterbrach der Reporter scharf. Nun wandte er sich an Jacob. »Herr Cordes, was wissen Sie über diese Quälereien im Dressursport? Haben Sie sie auch angewendet? Es wird erzählt, dass sie Heiko Ahlers kannten und er eine Weile Ihr Trainer war.«

Wir blickten nun alle zu Jacob. Er sah angespannt aus. Unruhig biss er sich auf die Unterlippe. Er suchte nach einer Antwort, aber da kam schon die nächste Frage.

»Sie waren ja auch sehr erfolgreich als Dressurreiter«, rief nun eine Fotografin.

Dann richtete sie ihr Objektiv auf Jacob und zoomte ihn heran.

Ich schaute nun wieder geradeaus, fühlte aber Jacob neben mir. Ich konnte seine Anspannung fühlen, seine Unruhe und auch seine Wut.

Jetzt blickte ich mich im Raum um, sah Karina neben diesem Pferdeflüsterer stehen. Wahrscheinlich hatten sie den Reportern diese Geschichte gesteckt und wussten, dass sie Jacob damit abschießen konnten. Wenn diese fragwürdigen Methoden erst mal in Verbindung mit Jacob durch die Presse geisterten, war seine Karriere zu Ende. Ganz sicherlich würde man ihn aus der Crew entfernen.

»Es ist tatsächlich so, dass ich Heiko Ahlers kannte«, begann Jacob etwas hilflos. »Er war mein Trainer und hat mir eine sehr unangenehme Reitmethode gezeigt. Er nannte sie Rollkur.«

»Haben Sie sie angewandt?«, rief nun ein anderer Reporter aus der hinteren Ecke. »Haben auch Sie die Pferde gequält, Herr Cordes?«

Ich spürte, wie eine kalte Hand nach meinem Herzen griff. Das hörte sich mehr als schrecklich an. Mir schien, als würden die Reporter näher rücken. Eine unangenehme Hitze lag im Raum.

Jacob öffnete den Mund, um etwas zu erwidern, doch

plötzlich erhob sich ein Mann, der direkt an der Tür saß. Und jetzt erkannten wir Heiko Ahlers.

»Ja, das hat er!«, sagte er. »Aber nicht, weil er es wollte, sondern weil ich ihn dazu gezwungen habe. Ich war nämlich fest davon überzeugt, dass es eine gute Methode war.«

Alle sahen Ahlers überrascht an und er verbeugte sich mit einem leichten Lächeln. »Heiko Ahlers, Dressurreiter«, stellte er sich vor.

Sofort richteten sich alle Objektive auf ihn. Man hörte das Klacken der Fotoapparate. Dann wurde es wieder ruhig. Ahlers wartete, bis auch die letzte Stimme verebbt war. Dann sprach er weiter.

»Jacob war damals vierzehn Jahre alt. Er hatte immer eine ganz besondere Beziehung zu Tieren und wusste mit den Pferden umzugehen, wie ich es noch nie bei einem Reitschüler gesehen hatte. Ich fand diesen innigen Kontakt viel zu eng. Ich war immer der Meinung, das Pferd müsste sich dem Menschen unterordnen.«

Er schluckte. Jetzt war es so still, dass man es garantiert gehört hätte, wenn jemand eine Stecknadel fallen gelassen hätte.

»Heiko, bitte. Du musst das jetzt nicht erzählen«, rief Jacob aufgebracht. »Es geht der Presse doch nicht um dich. Es geht um mich.«

Ahlers sah ihn an und rang sich ein Lächeln ab.

»Aber gerade weil es plötzlich um dich geht, muss ich von mir erzählen«, rief er Jacob zu. Dann machte er eine Handbewegung zu Ilyas hinüber. »Kann ich mal das Mikro haben?«

»Kommen Sie zu mir nach vorne!«, forderte Ilyas ihn auf.

Mit langen Schritten ging Heiko Ahlers nach vorne. Das Klacken der Fotografen folgte ihm. Dann räusperte er sich.

»Jacob war mein Schüler«, erklärte er. »Sein Vater hatte

mich gebeten, ihn zu trainieren. Ihn und noch zwei andere. Ich zeigte den Schülern meine Dressurmethoden. Jacob regte sich schrecklich darüber auf und wollte die Pferde nicht auf diese Weise trainieren, aber die anderen fanden es gut. Schließlich zwangen wir Jacob mitzumachen. Und als die Equipe die ersten Plätze holte, musste Jacob einsehen, dass ich recht hatte. Jedenfalls war ich fest davon überzeugt, dass uns diese Rollkur den Sieg gebracht hatte.« Er seufzte tief.

»Haben Sie nicht gespürt, wie sehr die Pferde gelitten haben?«, rief eine Frau nun sehr aufgebracht.

Ahlers zuckte hilflos die Schultern. »Der Pferdesport ist ein harter Sport«, sagte er. »Es geht ums Gewinnen und Verlieren. Da fragt keiner nach den Pferden.«

Einen Moment lang schwiegen alle betroffen. Ahlers ergriff erneut das Wort.

»Jacob hat furchtbar gelitten«, sagte er. »Und als der Hof verkauft wurde und auch ich entlassen wurde, war er sehr erleichtert. Ich habe ihn danach eine Weile aus den Augen verloren und habe erst vor kurzer Zeit gesehen, wie intensiv er mit den Pferden arbeitet.«

Nun richteten sich die Blicke wieder auf Jacob. Ich sah, dass er sich ein wenig entspannt hatte. Jetzt lächelte er sogar. Sicherlich dachte er an Bjalla.

»Ich selbst habe in den letzten Tagen zu spüren bekommen, wie es ist, ganz anders mit den Pferden zu arbeiten«, fuhr Ahlers fort. »Diese Gruppe hier ist gekommen und hat es mir gezeigt.« Er drehte sich nun zu uns um und schaute uns nacheinander ganz lange an. Zuletzt blieb sein Blick bei mir hängen und jetzt lächelte er wieder. »Danke«, sagte er.

Danach nickte Ahlers den Journalisten und Fotografen noch einmal zu und kehrte schließlich auf seinen Platz zurück. Jetzt redete niemand mehr.

»Hiermit erkläre ich die Pressekonferenz für beendet«, schloss Ilyas die Runde.

Als wir aus dem Raum strömten, sah ich, dass Jacob von Reportern und Fotografen umzingelt war. Er lächelte sein faszinierendes Lächeln und stellte sich erneut den Fragen der Journalisten. Ich brauchte sie nur anzuschauen, da wusste ich, dass er es schaffte, sie für sich zu gewinnen. Er hatte immer so eine sympathische Art und Weise, sich Menschen zuzuwenden. Ein Fotograf wandte sich ihm mit freundlichem Blick zu und knipste. Eine Reporterin notierte ein paar Sätze in ihr Heft. Sie sah sehr verständnisvoll aus.

Jetzt fiel mein Blick auf Karina und ihren pferdeflüsternden Freund. Sie lächelte nicht. Offenbar wurde ihr gerade klar, dass ihr Spiel nicht aufgegangen war.

14. KAPITEL

WIEDER EIN ABSCHIED

Wir machten einen letzten gemeinsamen Ausritt zusammen. Jacob begleitete uns.

»Macht nicht so traurige Gesichter«, ermahnte er uns. »Es ist ja kein Abschied für immer. Ich habe gerade von den Produzenten erfahren, dass sie in den Osterferien eine neue Cassiopeiashow planen, und sie wollen sie unbedingt wieder mit euch machen. Ihr seid offensichtlich die Reiter der Herzen.«

»Osterferien. Das ist ja cool!«, freute sich Linus und strahlte zu Emma hinüber. »Dann sehen wir uns doch bald wieder.«

Ich musterte Jacob verstohlen. »Und du?«, fragte ich leise. »Wirst du auch dabei sein?« Diese Frage brannte mir unter den Nägeln.

Jetzt drehten sich alle zu Jacob um. Jacob lächelte. »Das werde ich«, sagte er. »Die Probezeit ist zwar noch nicht zu Ende, aber ich kann erst mal bleiben. Der Produzent ist extra noch mal auf mich zugekommen und hat mir gesagt, ich hätte mich in der Pressekonferenz gut dargestellt.«

»Obwohl die Journalisten so über dich hergefallen sind?«,

rief Henry überrascht. »Das ist ja klasse. Ich dachte schon, das wäre dein Ende.«

»Ich auch«, gab Jacob zu. »Aber Heiko Ahlers hat mich gerettet. Wenn der nicht alle Schuld auf sich genommen hätte ... Das werde ich ihm nie vergessen.«

»Na, hör mal, wir haben ihm ja schließlich auch geholfen!«, rief Madita. »Außerdem konntest du ja wirklich nichts dazu.«

»Doch, das konnte ich«, sagte Jacob leise. »Auch mit vierzehn kann man sich gegen solche Methoden wehren. Ich hätte es tun müssen.«

»Du hast es hundertmal wiedergutgemacht«, meinte Linus. »Und wie meine Mutter immer sagt: Jeder macht mal Fehler, es kommt nur darauf an, ob man daraus lernt.«

»Danke«, lächelte Jacob. »Was meint ihr? Haben die Pferde wohl Lust auf einen Springparcours? Ich habe ein paar kleine Hindernisse im Wald aufgebaut. Seid ihr dabei?«

Natürlich waren wir das. Jacob gab das Tempo vor und wir folgten ihm begeistert.

Auf dem Weg durch die Felder lag ein Baumstamm, auf dem Pfad durch den Wald ein Heuballen, und auf der Wiese hatte Jacob verschiedene Stangen in die Erde gesteckt, die wir im Slalom umreiten mussten. Zuletzt gab es eine wilde Galopprunde zum Reiterhof zurück. Das letzte Stück gingen wir dann im Schritt, ließen die Pferde die Zügel aus der Hand kauen und schlugen die Bügel über den Sattel.

Auch wenn der Abschied so fröhlich verlaufen war, spürte ich doch den Kloß im Hals. Fast sechs Monate ohne die Gruppe waren eine lange Zeit. Ob sich Jacob wenigstens in dieser Zeit mal melden würde? Ich wünschte es mir sehr.

»Wir gestalten den Abschied ähnlich wie die Begrüßung«, schlug Jacob vor und hielt ein paar Tücher hoch. »Jeder verbindet sich die Augen. Dann gehen wir mit geschlossenen Augen aufeinander zu, versuchen zu erspüren, wer der andere ist und verabschieden uns von ihm.«

Natürlich waren wir damit einverstanden. Wir standen auf dem Paddock zwischen unseren Pferden. Kurz blickte ich in die Runde. Samuel, Henry, Emma, Madita und Linus sahen traurig aus und ich fühlte mich genau wie sie. Es war immer schwer, sich zu trennen, selbst wenn wir nun wussten, dass es nicht mehr lange dauern würde, bis wir uns wiedersahen.

Jacob reichte mir nun ein Tuch und ich band es mir um die Augen. Es fühlte sich warm und weich an.

»Ich muss gerade daran denken, wie wir mit dieser Maske über dem Kopf ins Unbekannte reiten mussten«, fiel Madita gerade ein. »Juna ist damals kurz vor einem Abgrund zum Stehen gekommen.«

»Ja, Wahnsinn!«, lachte ich unter meinem Tuch. »Hoffentlich hat Jacob nicht einen Graben auf dieser Wiese gebuddelt und lässt uns alle da reinplumpsen.«

Auch wenn ich Jacob nicht sehen konnte, wusste ich doch, dass er schmunzelte.

»Lasst euch überraschen«, sagte er. »Seid ihr soweit?«

»Hast du dir auch die Augen verbunden, Jacob?«, fragte Emma.

»Ehrensache«, erwiderte Jacob. »Nur die Pferde sind ohne Augenbinde.«

Wir kicherten.

»Na dann, los!«, rief Linus.

Ich konnte spüren, dass er sich genau auf mich zubewegte und streckte meine Arme aus. Linus lief direkt hinein und drückte mich ganz fest.

»Wie gut, dass wir uns wenigstens haben«, flüsterte er in mein Ohr.

Ich wuschelte ihm durch die Haare. »Dachte ich auch gerade.«

Einen kurzen Händedruck, dann trennten wir uns. Ich ging nun auf ein Pferd zu – Thessa. Ich konnte sie riechen. Liebevoll streichelte ich über ihre Nüstern.

»Danke für deine Klugheit«, flüsterte ich ihr zu.

Ich wusste, dass sie mir ihre Ohren zugewandt hatte. Wahrscheinlich wunderten sich die Pferde über unser Aussehen.

Kaum drehte ich mich von Thessa fort, spürte ich Jacob auf mich zukommen. Seine Nähe hatte immer eine ganz besondere Intensität, das schien auch er zu merken. Wir umarmten uns ganz innig, ohne ein Wort zu reden.

Dann drückte ich Madita, danach Emma und Henry. Ich streichelte Bjalla, umarmte Filou, ließ Duke an meiner Hand schnuppern, um ihm über die Nüstern zu streicheln, und ging dann wieder auf die Gruppe zu. Madita stolperte noch einmal über mich. Der Abschied schien sie nervös zu machen.

»Ups – Entschuldigung. Bist du das schon wieder, Emma?«, raunte sie mir ins Ohr.

Ich musste kichern. »Juna«, sagte ich.

Auch Henry nietete mich fast um. Dann zog er an meinen Haaren.

»Ah, Juna. Stimmt es?«

»Au! Geht es vielleicht etwas feinfühliger?«, zischte ich.

»Oh, tut mir leid. Aber ich sag dir Tschüss. Es war schön mit dir!«, murmelte Henry.

Mit geschlossenen Augen versuchte ich, Samuel ausfindig zu machen, aber es drängte sich eine andere Person in den Vordergrund und ehe ich mich versah, lag ich schon wieder in Jacobs Armen.

»Ich wollte eigentlich jemand anderen aufspüren«, flüsterte er mir zu.

Ich musste lachen. »Ich auch«, gab ich zurück.

»Wir kommen wohl heute nicht voneinander los, was?«, raunte Jacob in mein Ohr.

»Sieht so aus«, kicherte ich.

Wieder umarmten wir uns innig. Eigentlich wollte ich Jacob küssen, doch das wäre leichtsinnig, und da stolperte auch schon Samuel in uns hinein.

»Was ist das denn? Zwei mit einer Klappe«, rief er begeistert.

Ich spürte, wie mir heiß wurde, und ich drehte mich schnell zu Samuel um, um ihn zu umarmen. Gleichzeitig merkte ich, dass Jacob einen Schritt zurückgetreten war und auf Samuel wartete.

Wir ließen uns Zeit mit diesem Spiel, um den Abschied hinauszuzögern. Aber dann hörten wir Karinas Stimme. »Seid ihr fertig, Jacob?«, rief sie. »Die ersten Eltern sind gekommen.«

»Okay, das war's dann wohl«, beendete Jacob die Abschiedsrunde. »Nehmt die Tücher ab und lasst uns noch ein letztes Mal in den Kreis kommen.«

Wir nahmen die Tücher von den Augen und blinzelten in die kühle Herbstsonne. Dann traten wir auf Jacob zu, der uns die Hände entgegenstreckte. Hand in Hand stellten wir uns zu einem Kreis auf.

»Alles Gute.«

»Bleibt gesund!«

»Bis zu den Osterferien.«

»Passt auf eure Pferde auf.«

»Habt eine gute Zeit.«

»Es war schön mit euch.«

»Wo wart ihr so lange?«, begrüßte mich Mama vorwurfsvoll. Sie war diejenige, die Linus und mich heute abholte. Das fand ich schade, Christel Schröder hätte uns auf alle Fälle mehr Zeit gegeben.

»Wir haben noch voneinander Abschied genommen«, versuchte ich zu erklären.

»So lange?«, meckerte Mama. »Ihr seht euch doch schon in den Osterferien wieder.«

Es war zwecklos, ihr zu erklären, dass Ostern noch lange hin war und dass es uns allen schwerfiel, uns so lange nicht mehr zu sehen.

»Dann hol mal deinen Koffer! Ich kann nicht ewig warten.«, drängelte Mama weiter.

Ups, mit dieser Aufforderung erwischte sie mich kalt. Ich hatte nämlich noch gar nicht gepackt. »Kleinen Moment. Ich muss schnell noch ein paar Sachen …«

»Sag bloß, du hast noch gar nicht gepackt!«, machte mich Mama an. »Das glaub ich jetzt nicht.«

Linus bemerkte, dass ich in Erklärungsnot geriet. »Ich helfe dir«, sagte er.

»Aber du hast sicherlich schon alles fertig, stimmt's?«, wandte sich Mama an Linus.

Linus war so nett, nicht zu antworten. Aber natürlich hatte er seine Sachen fertig. Auf ihn war immer Verlass und er war absolut gut organisiert.

Linus stellte seinen Koffer neben Mama in die Hotelhalle und lief dann mit mir zu unserem Mädelzimmer hinauf. Emma war gerade dabei, ihren Koffer zu schließen. Madita steckte in einem noch größeren Chaos als ich.

»Komm, die paar Sachen kriegen wir schnell gepackt!«, rief Linus und stopfte meine Klamotten ungefaltet in den Koffer. »Pack schon mal deine Duschsachen zusammen.«

Ich rannte ins Badezimmer und stopfte mein Duschgel und die Zahnputzsachen in den Kulturbeutel.

»Ich glaub es nicht!«, hörte ich Mama wieder meckern. »So ein Durcheinander. Seit wann wisst ihr, wann der Abreisetag ist?«

Ich antwortete nicht. Jetzt sah ich Jacob hinter Mama im Türrahmen auftauchen. Offenbar war er gekommen, um mir Tschüss zu sagen, und schaute nach einer Gelegenheit, mich noch einmal zu umarmen. Aber Mama gab ihm keine Chance. Sie überwachte mich mit kritisch mütterlichen Augen, damit ich mich nicht noch einmal aus dem Staub machen konnte. Also blieb mir nichts anderes übrig als zu packen.

Als ich mit meinem Koffer die Treppe hinunterkam, stand Jacob in der Hotelhalle und redete mit Ilyas und Karina. Während er mit den beiden redete, blickte er immer wieder zu mir hinüber. Doch es gab keine Gelegenheit für einen Abschiedskuss.

»Bring deinen Koffer ins Auto. Linus holt die Pferde schon«, sagte Mama.

Es blieb mir nichts anderes übrig, als kurz zu Jacob hinüberzuwinken. Er streckte mir die Handfläche zu, bog die Finger kurz auseinander und wieder zusammen. Ein letzter Gruß.

Im Gegensatz zu vorher meldete sich Jacob nun oft bei mir. Manchmal telefonierten wir abends sogar stundenlang. Trotzdem vermisste ich ihn sehr.

Ich war so froh, dass ich Merlin hatte und natürlich Linus und Fairy. Fast jeden Tag gingen Linus und ich mit unseren Pferden ausreiten und redeten immer wieder über unsere tolle Gruppe und das Abenteuer, das wir gemeinsam erlebt hatten.

Der Trailer war inzwischen online gestellt und schon einige tausendmal angeklickt worden. Die nächste Show, bei der wir auftreten sollten, würde mit Sicherheit ein noch größerer Erfolg sein als die erste. Allerdings war immer noch unklar, ob Jacob weiter in der Gruppe bleiben durfte. Er hatte in den nächsten Wochen einen Termin bei den Produzenten der Cassiopeiashow, aber es stand gut um ihn.

Als ich an diesem Nachmittag zu Linus hinüberritt, um ihn zum Ausritt abzuholen, war er gerade in ein Telefongespräch vertieft. Jetzt hielt er sein Handy ein Stück von seinem Mund fort.

»Reite schon mal los«, rief er mir zu. »Ich brauche noch eine Weile.«

Ich fand, dass er sehr geheimnisvoll aussah, und da ahnte ich, dass er mit Emma telefonierte.

»Okay. Ich reite ins Tal runter«, gab ich zurück. »Dann auf den Berg hoch zur Schutzhütte. Da warte ich eine halbe Stunde. Wenn du nicht kommst, geht es den Weg durch die Felder zurück.«

Linus nickte. »Wenn es spät wird, komme ich dir durch die Felder entgegen.«

Ich wendete Merlin und ritt mit ihm vom Hof hinunter. Erst war ich ein bisschen enttäuscht, alleine ausreiten zu müssen, aber als ich spürte, wie sich Merlin auf den Ausritt freute, stieg meine Laune. Der Herbstwind war kälter geworden und es war lustig, sich dem Wind entgegenzustellen. Merlin legte ein schnelles Tempo vor. Ich spürte, dass er traben wollte, und ließ ihn darum an der nächsten Kreuzung vorsichtig antraben. Der Weg ins Tal hinunter war nicht sehr steil, aber Merlin konnte eine wahnsinnige Geschwindigkeit einschlagen, wenn er gut drauf war. Da musste ich ihn leider ein bisschen zügeln. Aber als die Strecke den Berg hinaufging, gab ich die Zügel vor und galoppierte Merlin an. Allerdings passte ich auf, dass er auch hier nicht gleich in einen starken Galopp fiel. Dann setzte ich mich tief in den Sattel, schob die Hüfte vor und ging locker mit Merlins Sprungbewegungen mit.

Als wir auf halber Strecke waren, sah ich, dass oben an der Schutzhütte jemand stand und uns beim Galoppieren zuschaute. Und jetzt erkannte ich auch, dass dieser jemand ein Pferd an dem Pfosten angebunden hatte, das uns ebenfalls beim Galoppieren betrachtete. Es war ein schwarzes Pferd …

»Bjalla?«, murmelte ich verwundert. Gleichzeitig versuchte ich, mir diesen Gedanken aus dem Kopf zu schlagen. Es konnte nicht Bjalla sein, die da oben stand, denn wenn Bjalla da war, wäre ja auch Jacob nicht weit, und das wäre ja nun absolut unwahrscheinlich. Jacob wohnte in Berlin, das war mindestens vier Stunden von hier entfernt.

Aber auch Merlin schien das Pferd zu kennen. Er warf plötzlich den Kopf in den Nacken und schnaubte. Dann beschleunigte er das Tempo.

Ich kniff die Augen zusammen. Mein Herz raste plötzlich. Dieser Mann an der Schutzhütte sah tatsächlich aus wie Jacob. Auch wenn das total unwahrscheinlich war, dass er da stand, auch wenn er in Berlin wohnte und das sehr weit zu mir war, auch wenn er doch eigentlich diese Hütte gar nicht kennen konnte, genauso wenig wie das Ausreitgelände, auch wenn er doch gar nicht wissen konnte, dass ich gerade jetzt hier mit Merlin auf dem Weg zur Schutzhütte war …

»Bauchmuskeln weiter anspannen!«, rief er mir zu. »Bleib weiter im Gleichgewicht!«

Ich musste lachen. Bauchmuskeln anspannen war dabei nicht möglich und um ein Haar hätte mich Merlin aus dem Sattel katapultiert, weil ich so verblüfft war. Aber jetzt wusste ich genau: Er war es!

Merlin und ich ritten Jacob und Bjalla entgegen und je näher wir kamen, umso begeisterter zeigten sich die Pferde. Ehrlich gesagt konnte ich es kaum fassen, was – beziehungsweise wen – ich da sah, aber ich bemühte mich, mein klopfendes Herz unter Kontrolle zu halten.

»Das glaube ich jetzt nicht!«, rief ich und hielt genau auf Jacob zu. Dann parierte ich Merlin durch, ließ ihn noch ein paar Schritte gehen und hielt ihn dann genau vor Jacob und Bjalla an. Bjalla knabberte begeistert an Merlins Fell, Jacob kam zu mir und half mir aus dem Sattel.

»Was machst du hier?«, rief ich immer noch völlig verwirrt.

»Ich warte auf dich«, erwiderte Jacob und lächelte. »Du hast dir ziemlich Zeit gelassen. Zwanzig Minuten stehe ich hier schon, nachdem Linus gesagt hat, dass du jetzt auf dem Weg bist!«

»Linus!«, lachte ich. »Wahnsinn! Dann warst du das also am Telefon?«

»Sieht so aus.« Jacob grinste. Ich musste ihn immer wieder anstarren.

»Kannst du mich mal kneifen?«, fragte ich. »Ich glaube das alles nämlich nicht!«

»Geht auch küssen?«, fragte Jacob und seine Lippen kamen näher.

»Geht auch, wenn du willst!«, murmelte ich.

Da küsste er mich tatsächlich. Danach umarmte er mich und ich drückte mein heißes Gesicht an seinen kuscheligen Pullover.

»Was machst du hier? Ich verstehe das alles nicht«, sagte ich leise in die Wolle des Pullovers hinein.

Jacob fasste mich an der Hand und zog mich auf die Bank in der Schutzhütte.

»Ich habe dir etwas zu erzählen«, berichtete er. »Ich hatte heute ein Gespräch mit der Produktionsfirma von Cassiopeia.« Er sah ein bisschen bedrückt aus. Mein Herz raste plötzlich. »Es war kein besonders angenehmes Gespräch«, fuhr er fort. »Sie haben mich noch einmal darauf aufmerksam gemacht, dass ich für euch verantwortlich bin. Dass ich euch nicht alleine lassen darf, dass ich euch beim Reiten begleiten muss, dass ich eure Ausbildung in der Show übernehmen muss …«

»Okay«, sagte ich leise und hatte nun richtig Panik, dass man ihn doch vorzeitig entlassen hatte.

»Sie haben mir noch einmal eine Chance gegeben«, berichtete er weiter. »Aber ich musste ihnen versprechen, dass ich in Zukunft in Sachen Verantwortung noch ein bisschen was drauflege.«

»Das ist ja keine schlechte Idee«, erwiderte ich.

Er rang sich ein Lächeln ab. »Zuletzt haben sie mir noch gesagt, dass ich natürlich auch keine Beziehung mit jemandem von euch eingehen darf. Aber sie meinten dann, das wüsste ich ja sowieso, und Gott sei Dank wäre ich ja auch verantwortungsvoll genug, das nicht zu tun.«

Ich wusste nicht, ob ich jetzt lachen oder weinen sollte. »Gott sei Dank«, sagte ich, aber ich wurde tatsächlich unsicher, was das für mich zu bedeuten hatte. »Und jetzt?«, fragte ich.

»Alles weiter wie besprochen«, erklärte Jacob.

Ich schluckte.

»Oh, das ist wundervoll«, sagte ich und ich musste lächeln, obwohl ich gleichzeitig auch traurig war.

»Also los«, schlug Jacob vor. »Linus wird heute nicht mehr mit dir ausreiten. Magst du auch mit mir vorliebnehmen?«

»Unbedingt«, erwiderte ich.

Wir gurteten die Sättel nach und stiegen auf. Und dann ritten wir den schönen Weg in das Tal hinunter. Die Sonne schimmerte rot durch die Herbstbäume.